千金好酷

下

蕭未然 著

風 文創 624

目錄

第二十八章　糾纏不清

離開湖心亭之後，陸煙然便毫無目地地亂逛。護國公府大得很，比文國公府更甚，只是一座花園，她就轉了好一會兒。

陸煙然離開，是為了讓她娘和裴氏好說話，此刻她見到一處遮蔭遊廊，索性停下腳步。帶路的丫鬟生怕招待不周，連忙出聲。「小姐，奴婢帶您去花廳吧，我們夫人在那兒種了不少花，正好可以看看，而且夫人早早讓廚房的人熬了綠豆湯，特地用冰冰鎮著，就是要用來招待您的呢。」

綠豆湯？聽起來不錯。

「這兒挺涼快的，就在這裡用湯好了。」陸煙然看了丫鬟一眼，說道：「妳能否幫我盛一碗綠豆湯？」

丫鬟哪裡會拒絕，但是若自己離開，就沒人伺候客人了，她不放心地叮囑道：「小姐可別亂走，奴婢很快就回來。」

待四周安靜下來，陸煙然就坐在遊廊上靜靜地等候，思索一些問題。

被擄走後發生的一連串事情，讓她意識到，站在她對立面的人原來不是小郭氏，而是她的親生父親，陸鶴鳴。

這個人……怎麼說才好呢？當你覺得他很深情時，他可以毫不猶豫地拋下小郭氏；當你覺得他好面子時，他又能立刻服軟。
說起來，她恨小郭氏，但是更恨陸鶴鳴！她之所以被人擄走，確實是小郭氏歹毒，可陸鶴鳴這個當爹的，就一點責任也沒有嗎？
這個世間就是對女人這麼不公平。
男人尋花問柳，責怪花樓裡的女子是狐媚子；和離了，怪妻不賢；而小郭氏害她，是當繼母的心思歹毒。
陸鶴鳴一點污水也沒沾上，毅然休掉妻子，反倒讓人覺得他大義滅親。他明明知道小郭氏正是害她之人，還想要包庇她，他這般肆無忌憚，不就是仗著他是她爹？
幸好她對這個爹沒有絲毫期盼，相反的，想到上輩子的遭遇，她就恨他，若是能讓他吃癟，她再高興不過。
他們父女倆之間的接觸不算多，可是陸煙然知道陸鶴鳴有野心，想要大展拳腳，要是讓他與想得到的東西失之交臂……
正想得入神，眼前突然一暗，陸煙然抬眸一看，一張巨大的荷葉蓋住了她的頭，還沒來得及反應，她便聽到一道熟悉的聲音。
「妳怎麼來了？」
這聲音微微有些嘶啞，陸煙然不用想也知道是誰。她拿下頭上的荷葉一瞧，果然是他。
「你怎麼變黑了？」陸煙然看著面前的人，脫口而出。
姜禪沒想到，陸煙然竟然冒出這樣一句話來，氣得瞪了瞪眼，取走她手中的荷葉，重新蓋在她頭上，說道：「不許看。」

陸煙然覺得頂著一張荷葉有些怪怪的，正準備將荷葉取下來，結果頭頂頓時一重——一隻手壓在她頭上。

生氣了？

陸煙然心中有些忐忑，連忙開口。「你沒變黑，我只是說說而已。」

其實姜禪確實不黑，可因為他之前的膚色一直很白皙，所以儘管只是黑了一些，也十分明顯。

聽了陸煙然的話，姜禪哼了一聲，索性用雙手蓋著她的頭頂說：「反正不准看。」

陸煙然想了想，回道：「不會一直這麼黑的，過兩天就白回來了。」又或者……她給他兩個美白方子？入雲閣的姑娘們都愛用，很有效的。

姜禪不知道陸煙然的想法，手還是沒移開，就這麼坐到了一旁。

陸煙然覺得兩人此時的姿勢怪異得很，正準備說話，就聽他說道：「我同我父親去軍營待了幾天，和軍營裡的士兵相比，我已經很白了。」

他話一落，陸煙然才反應過來，他是在解釋自己為什麼變黑？

荷葉蓋著陸煙然的頭往下垂，幾乎要到她的胸前，遮擋視線不說，也不好看。陸煙然抿了抿唇。既然撥不開頭上的手，她索性直接從中間撕開荷葉，露出自己的臉。

她的動作很快，姜禪才轉過頭，便見荷葉被她撕成兩半，氣得瞪了她一眼。「不聽話。」

他的語氣像是在指責小孩一樣，但陸煙然並不在意，出聲問道：「你去軍營做什麼？」

姜禪微微一愣。「就是想去看看。」

陸煙然應了一聲，想到姜禪的爹是個大將軍，他去軍營看看也正常，隨後她像是憶起了什麼，表情變得有些微妙。

她在康元二十一年結束上一世，而康元二十年時，今朝國侵犯卞州，一年之後戰亂平定。汝州刺史想要用她去討好的那位將軍，便是帶兵戰勝今朝國的人。

如今，不知道那位將軍在哪兒？

陸煙然看了姜禪一眼，終是忍不住問道：「你認識一個叫……姜輕安的人嗎？年齡應該和你不相上下。」

姜禪蹙起了眉，清俊的臉上滿是疑惑。「妳問這個幹什麼？」

陸煙然心想，當初聽聞那位年輕的將軍家世顯赫，若是有這個人，姜禪必定認識，而且他們碰巧都姓姜。

這麼一想，陸煙然語氣一軟。「你就想想吧。」說著，她臉上露出乞求的笑容。

姜禪受不了她這個樣子，想了一會兒之後道：「在晉康，姓姜的大族沒兩家，而且都是我的族人，我沒聽說過他。」

得到這個答案，陸煙然稍稍一頓。難道因為她重生，所以哪裡發生了變化，導致現在沒那個人了？

她微不可察地鬆了一口氣。

上一世被逼，說來也是因為那位將軍，雖然對方無辜，可是誰也不知道，這輩子自己會不會又因為他而發生什麼事？如果沒這個人，自然再好不過。

陸煙然這個問題頓時引發了姜禪的好奇心，纏著她要答案。

重活一世的事情如此荒謬，說出來也沒人會相信，陸煙然隨便說了幾句話敷衍他，可姜禪哪是那麼好唬弄的，幸好之前去取綠豆湯的丫鬟回來了，讓陸煙然逃過一劫。

丫鬟見到自家世子，連忙行禮，慶幸自己用食盒帶了一小鍋綠豆湯來。

姜禪和陸煙然一起走到不遠處的石桌邊坐下，丫鬟盛出綠豆湯後，他們一人端起一碗喝了兩口，頓覺神清氣爽。

申時過了兩刻，嚴蕊與陸煙然才離開護國公府。上了馬車之後，陸煙然就發現嚴蕊悄悄地在打量她。

陸煙然直接問道：「娘，怎麼了？」

其實嚴蕊是想到了裴氏提到的人。懷安世子是嚴蕊的舊識，她與陸鶴鳴成親之後，他就隨父親威遠侯回祖籍地梁州。

梁州是大越國最西南的地方，離晉康十萬八千里，一開始兩人還傳過兩封信，後來為了避嫌，嚴蕊未再回信，若不是裴氏突然提起，她都快忘記這個人。

裴氏會提起梁懷安，是因為他不知從哪兒得知嚴蕊回到了晉康，竟然在打探她的消息。

梁懷安的胞姊是裴氏的閨中密友，所以拜託人在晉康的她幫忙打探，透露出想要求娶的意思。

嚴蕊很是驚訝。說實話，她記不清梁懷安的樣子，況且她沒有再嫁的心思，只想看著女兒長大，再為女兒找一個好夫婿，她的人生就圓滿了。

雖然這麼想，可是嚴蕊終究覺得有些不自在，忍不住偷偷地打量起女兒，沒想到竟然被抓包。

嚴蕊輕聲咳了咳，用幾句話搪塞女兒。

陸煙然怎麼會看不出她娘在迴避問題，現在倒是更想知道內情了。

裴氏定是與她娘說了什麼！

陸煙然正想著，自己若是撒嬌，嚴蕊會不會告訴她時，馬車突然一頓，因為沒有防備，車內的人皆往前一俯，好在馬車速度不快，並未出事。

半藕輕輕拍了拍胸口後，掀開布簾一角朝外看去，當她瞧見擋在馬車前的人時，臉色微微一變。

嚴蕊正準備問半藕是怎麼回事，外頭就傳來一道聲音。「還請嚴家大小姐移步說話。」

陸煙然聽見這聲音，皺起眉道：「娘，讓護衛趕走他。」此番她們出門有兩位護衛隨行，要趕走他再容易不過。

車外的人不是別人，正是陸鶴鳴！

嚴蕊沒答應陸煙然的提議，反倒說：「有了這一次，肯定會有下一次，倒不如去聽聽他到底要說什麼？」

陸煙然不想讓她娘見到那個爛人，抿了抿唇說道：「娘，我去。」

嚴蕊一愣：「可……」

陸煙然不待她說下去，就掀開布簾下了馬車，只見陸鶴鳴身旁跟著兩個下人，正站在馬車前方。

陸鶴鳴見是大女兒出來，皺了皺眉道：「怎麼是妳下來了，妳娘呢？」

緩步走到他面前，陸煙然回道：「我娘不能見外男。」

陸鶴鳴沒想到她竟說出這種話，臉色一黑。「我是妳爹！」

靜靜地看了他兩眼，陸煙然不痛不癢地叫了一聲：「爹。」

陸鶴鳴只覺得心中彷彿有把火燒了起來，不過他耐住性子，像哄小孩一樣說道：「煙然，我有話和妳娘說，去讓妳娘下來，就耽擱一會兒。」

陸煙然仰頭看向他，一字字地重複剛才的話：「我娘不能見外男！」

「妳！」陸鶴鳴氣急，手一揚，做出要打人的樣子，一旁的護衛馬上擋在陸煙然面前，他只得收回手，妥協道：「那我跟妳把話說了，妳再告訴你娘。」

陸煙然沒有反對。大庭廣眾之下，她不信陸鶴鳴會做出什麼事情。

今日陸鶴鳴外出，是因為公事上有了大麻煩，他甚至無意間聽到，吏部準備將他降職外派，不用說也知道這是嚴家在整治他！

他花了四年從虞州回到晉康，回來才不到兩個月又要被外派，甚至可能降職，他實在無法接受。

陸鶴鳴四處奔走了幾日毫無收穫，之前幫過他忙的大人今天甚至直接賞了他閉門羹，他只得無功而返，沒想到意外撞見從護國公府出來的嚴蕊母女倆，於是他攔住馬車，之前準備的東西也有了用處。

讓下人退開一些後，陸鶴鳴看了大女兒一眼，眸中閃過一絲深意道：「煙然，妳在外祖家住了這麼久，難道不想祖母嗎？」

陸煙然低下頭，沒有回答。

陸鶴鳴見狀連忙又勸了幾句，最後他突然說道：「別家的小姑娘有爹也有娘，妳難道不想嗎？」

聽到這句話，陸煙然心頭一驚，陸鶴鳴接下來說什麼，她都聽不進去了。

陸鶴鳴卻以為她一直在聽，很有耐心地說：「妳在妳娘面前說說爹的好話，這樣妳就有爹也有娘了。」

話落，他從懷裡抽出一個信封遞給她，囑咐道：「這個交給妳娘。」

陸鶴鳴說完就帶著人走了。他之所以敢攔住她們的馬車，是因為這邊離文國公府還有段距離，如今達到了目的，自然想快些離開。

陸煙然攥著信封的手微微用力，她眯了眯眼，直接拆開信封看了起來。片刻之後，陸煙然看完了信，發出一聲冷笑。

陸鶴鳴竟然在信中描述和離之後，自己有多想念嚴蕊，說自己是鬼迷心竅被小郭氏迷惑，甚至後來鬧得不能收場也是受了她的挑唆，最後表達了懺悔之意。

信中還提到了陸煙然，表示他不想讓女兒因為父母的事被旁人說閒話，更無恥的是，他問嚴蕊這幾年獨身一人，是不是因為忘不了他？正好他也還記著舊情，兩人不如復合。

手中的信瞬間被陸煙然揉皺，她向車夫要了火摺子，直接燒了那封信。

一陣風吹過，陸煙然腳邊的灰燼被風吹散，像是什麼也沒發生過一樣。她整了整臉色回到馬車上，看起來一派輕鬆。

「然然？」嚴蕊問道：「是什麼事？」

陸煙然彎了彎嘴角回道：「娘，只是祖母想我了，讓我回去看看。」

嚴蕊臉色一變。她就怕女兒去陸家，因為很有可能回不來。

在馬車上不便多說，回到文國公府之後，嚴蕊趕緊打探女兒的想法。陸煙然已經生出回鎮國侯府探望的心思，也沒有瞞她。

嚴蕊不放心，可她又不能陪著去，只得勸女兒打消念頭，她甚至想出邀請大郭氏上門的法子，可是最後陸煙然還是說服了她。

陸煙然再三保證自己一定會回來，況且於情於理，她都該回去看看大郭氏，只希望不會發生什麼讓人寒心的事情。

第二日一早，陸煙然準備出門，嚴蕊不放心，讓陸煙然帶上兩個嬤嬤、好幾個護衛，又再三囑咐下人，要是有事一定要及時通報，說完才放了人。

馬車往鎮國侯府駛去，車內的陸煙然面色平靜。她不擔心出什麼狀況，因為最難對付的陸鶴鳴已經上早朝去了。

半刻鐘後，馬車停在鎮國侯府門前，門房的人認識陸煙然，沒敢攔下他們。由於後院不方便讓外男進去，因此陸煙然讓護衛留在前院，只帶著兩個嬤嬤在身旁。

走上抄手遊廊，過了小花園，離大郭氏的福祿院越來越近，陸煙然心中竟生出了一絲忐忑。

大郭氏的確真心對待過她，然而跟自己的兒子相比，她這個孫女又有多大的分量？

陸煙然正思考著這個問題，身後一個嬤嬤忽然叫道：「表小姐，小心！」

剛剛抬起頭，陸煙然就瞧見一道粉色的身影朝自己衝來，嬤嬤雖然反應快地拉了她一把，可是她還是被撞得生生後退了兩步。

「陸煙然，妳這個壞人！害了我娘還不夠，竟然還有臉來陸家？妳滾，快給我滾！」

在陸煙然有些怔忡時，那個人又吼著：「妳還我娘，還我娘！」

那道粉色的身影，是陸婉寧。

一個嬤嬤立刻上前拉住她，陸婉寧像是不甘心，伸出腳想踢人，陸煙然瞄了她一眼，說道：「不要鬧了！」

陸婉寧紅著眼眶瞪著陸煙然，吼道：「妳自己的娘沒人要就來害我的娘！陸煙然，妳這個壞人，妳和妳娘都是壞人，活該爹不要妳們！活該……」

「啪」的一聲響起，原來是另一個嬤嬤聽不下去，一巴掌揮了過去，還道：「不要胡說！」

這一幕，正好被大郭氏撞見。

看見陸煙然的那一刻，大郭氏很是高興，然而正準備喚人，就見到二孫女被一個嬤嬤押著，還挨了打，臉頰泛紅。

既然是跟在大孫女身邊的人，大郭氏哪裡不知道對方的身分，她臉色沈了沈，語氣不善地說道：「還不快放了人！」

陸煙然朝那嬤嬤使了個眼色，嬤嬤當即將人鬆開。

獲得自由的陸婉寧嘴巴一撇，還想說些什麼，結果就被大郭氏白了一眼，喝道：「回院子去！」

陸婉寧雖然十分不情願，但還是被趕來現場的丫鬟拉著離開，臨走前，氣呼呼地看了陸煙然幾眼。

陸煙然表情沒有一點變化，也絲毫不感到愧疚。小郭氏有這樣的下場，是因為生了歹念，這一世她躲過了，上輩子卻沒有。

該恨的人是她！

大郭氏好些日子沒見到大孫女，有些憐惜地說道：「煙然，妳瘦了好多！」

陸煙然細細數了數，發現自己離開陸家快一個月，此時陪著大郭氏往院子裡走去，環境竟是有些陌生。

大郭氏對著大孫女一陣關心，又詢問她在嚴家的情況，陸煙然便挑了一些事情告訴她。

雖然陸煙然並沒說什麼重要的事，可大郭氏還是聽得出來，大孫女和前兒媳之間相處得很好，她們母女倆分明好些年沒見了，她還以為……

看著面前的大孫女，大郭氏的眸色一沈，想到了兒子不久前說的那些話。

到了福祿院，祖孫倆一坐到扶手座椅上，大郭氏隨即吩咐下人讓廚房做些糕點過來。

陸煙然見祖母對自己同以前一樣，心頭一酸，然而下一刻便聽見大郭氏說了一句微妙的話。

大郭氏問道：「煙然，妳娘有沒有在妳面前提過妳爹？」

第二十九章　再無情分

祖孫倆好些時日未見，和睦的氣氛因為大郭氏這一句話而瞬間改變。

陸煙然本來頗為隨意，聽到這話後，頓時提起了一顆心，她狀似無知地回道：「好像有，又好像沒有，我忘記了，祖母問這個做什麼？」

經過小郭氏那件事，大郭氏臉上的皺紋更深了，陸煙然含糊不清的話，讓她額間擠成了一個川字，她的語氣有些急：「煙然，妳好好想想，到底有沒有？」

陸煙然抿了抿唇，回道：「有。」

大郭氏心中微動。難道真如兒子說的那般，前兒媳一直沒有再嫁，是因為還掛念著兒子？

也是，好歹是文國公府的閨女，即便嫁過了人，還是有人願意娶，她一直不嫁，可不就是忘不了兒子！

陸鶴鳴在嚴蕊回到晉康後就一直有這種想法，休了小郭氏時，他就寫好那封要給嚴蕊的信，還跟大郭氏提起這件事。

大郭氏看了陸煙然一眼。「煙然，妳想回侯府嗎？這樣妳每天都能陪祖母，也能見到妳爹了。」

陸煙然眼中的諷刺一閃即逝。聽到這兒，她哪裡還不知道大郭氏的意思，分明跟陸鶴鳴打著一樣的主意！

她裝出無辜的樣子說道：「可是我想和我娘在一起。」

大郭氏眸光閃了閃。「那妳問妳娘願不願意回來？」

她越想越覺得有戲，想看看能不能從大孫女這邊套話？卻沒注意到，陸煙然的臉漸漸繃了起來。

陸煙然有些生氣地說道：「我不要問，爹太討人厭了。」

大郭氏見她一臉不高興，皺眉問道：「可是有人在妳面前說了什麼？妳爹之前會那樣，也是被那毒婦蒙蔽了，怎麼能討厭妳爹呢？」說著說著，她不由得板起臉。「就算妳爹有錯，妳也不能這樣！」

此時大郭氏有些不耐，總覺得嚴家對大孫女說了許多陸家的壞話，畢竟她在這的時候還很聽話，沒理由忽然變成這樣。

對於大郭氏的反應，陸煙然竟然一點也不覺得驚訝，這個時候她才發現，原來自己早有了心理準備。

陸鶴鳴是大郭氏唯一的兒子，她自然站在他那邊，說到底，他們母子倆是一丘之貉！

心中最後的那絲溫情也消失了，陸煙然不想聽下去，只道：「祖母，您好好保重身體。」說著，她便起身往外走去。

大郭氏一愣，待她回過神來走到門邊，已不見陸煙然的身影。

院子裡的下人見狀，丈二金剛摸不著頭腦，連忙問道：「老夫人，要不要去將大小姐追回來？」

大郭氏的眉毛抖了抖，心情有些不平靜，聽到下人這麼問，搖了搖頭後就進屋坐下。

陸煙然離開福祿院之後，並未直接出府，反倒去了自己以前居住的玉竹院。

本以為院子裡大概已經沒人了，沒想到一進去就看見葡萄和荔枝，她們正坐在正屋的屋簷下聊天。

葡萄先瞧見了陸煙然，她又驚又喜地叫道：「小姐！」

見到主子，兩個丫鬟哪還坐得住，立刻站起來向陸煙然跑去。

到了陸煙然面前，荔枝忍不住哭著說：「小姐，您沒事，真是太好了！」畢竟她是親眼看見陸煙然被人擄走，因而即便知道她已平安獲救，還是一直掛念著。

荔枝哭夠了，才問道：「小姐可是回府了？」

陸煙然搖了搖頭。「我只是回來拿點東西。」說完她便往屋子裡走去。

雖然她人沒在玉竹院，可是屋子一直有人打掃，纖塵不染。

陸煙然很快就找出她要的東西，是一個帶鎖的小箱子，鑰匙放在她隨身的荷包裡。

她迅速地打開箱子，裡面有兩個丫鬟的賣身契和一些飾品，最重要的是，還有一份嚴蕊當初的嫁妝單子。

因為她留在陸家，所以嚴蕊和離之後，並沒帶走嫁妝，而嫁妝單子一直在大郭氏手上。

從虞州回鎮國侯府後，陸煙然一直很得大郭氏喜歡，她心想，反正那些東西以後都是大孫女的，索性趁那次給丫鬟賣身契時，一併交給她。

陸煙然本是隨意收著，這回陸鶴鳴要她回來探望大郭氏，倒是讓她想起了這單子。她確認過東西，隨即看向兩位丫鬟道：「妳們要同我走嗎？」

丫鬟們一聽，皆露出驚訝的表情，荔枝先回過神，說道：「小、小姐，我的家人都在這裡……」她開口沒多久就頓住了，意識到自己沒資格講這種話。

見兩個丫鬟神情猶豫，陸煙然能理解她們的心情，她將手中的賣身契遞了出去。「那妳們收好這個吧。」

荔枝下意識地伸出手。她是家生子，賣身契都有些發黃了，只看了一眼，她就將較新的那張交給葡萄。

處理好這件事，陸煙然不再逗留，轉身往外走去。

眼見她走出屋子，一直未做表示的葡萄突然咬了咬牙，追上去。「小姐，您帶我走吧！」

她原本就不怎麼聰明，能在小姐身邊伺候已是福氣，若是小姐不再回府，她不知道會被派到哪裡去？就算拿到賣身契，成了自由身，她也是獨身一人，不曉得該去哪兒？

就在陸煙然頓住腳步那一刻，葡萄跑過去將賣身契塞回她手裡，怯生生地說道：「小姐，我想和您走。」

陸煙然點點頭，帶著葡萄離開。

大郭氏在陸煙然離去後才得知此事，氣得脹紅了臉。「這、這……總歸是摻了嚴家的血脈！」

然而更氣人的還在後面。不到一個時辰，嚴家竟然派人上門來取回嫁妝！

想到不久前同大孫女說的那些話，大郭氏只以為是嚴家的人知道了，特地上門噁心人，她的脾性也不好，當即以「空口無憑」這個理由回絕。

豈知嚴家的人馬上拿出當初的嫁妝單子，那是嫁妝入庫時，陸家的人親自謄寫的，最下面還有鎮國侯府的章印。

大郭氏這才想起之前她將嫁妝單子交給了大孫女，自然明白這是怎麼回事，儘管心中有氣，可她也不想被人看笑話。媳婦的嫁妝，夫家本就不能強占；再說了，陸家也占不住！

她正準備妥協，結果陸鶴鳴就回來了，大郭氏連忙將事情告訴兒子。

陸鶴鳴一聽，頓時皺起了眉。

大郭氏追問道：「這會兒該怎麼辦？」

陸鶴鳴得知大女兒回府的消息，不過他並不認為這是孩子自己的主意，想了想，說道：「嚴蕊應該只是一時氣不過吧。娘，就讓他們帶走，也好表示我們的誠意。」

當初自己確實傷了嚴蕊的心，這會兒服服軟是應當的，她這些年一直沒再嫁，心中肯定還有他；再說了，還有哪個男人會要她？

陸鶴鳴揮了揮手，要下人打開庫房。

來者是嚴家的二管家，他一樣一樣地核對裝箱，結果發現少了不少東西。嚴蕊在陸家時，有不少鋪子和莊子的收入當家用，不會動用嫁妝，少掉的那些東西，可想而知去哪兒了。

雖然對方什麼話都沒說，可是陸鶴鳴卻覺得他看自己的眼神有些不對，像是在數落他。嚴蕊的嫁妝不少，看著東西一箱一箱地抬出鎮國侯府，爽快應允這件事的陸鶴鳴仍不免感到心痛。

但是他立刻平復心情，告訴自己：這些嫁妝遲早會回來的！

陸煙然在得知自家舅舅回府之後，找了個藉口去了大房那邊。

嚴家大房的院子坐落在文國公府西南角落，單獨開了角門，出入十分方便。守著院門的嬤嬤看見陸煙然，便準備進去通報。

陸煙然揮了揮手道：「不用了，我自己進去就可以了。」

新進府的葡萄低著頭乖乖地跟在她身後，陸煙然要她不要緊張、放輕鬆，她還準備說點別的，就聽見了一道銀鈴般的笑聲。

「表姊，妳終於來找我玩了！」嚴雪看到陸煙然，露出燦爛的笑容，只見她提著裙襬朝陸煙然跑來，隨後撲進她懷裡。

嚴雪比陸煙然小兩歲左右，身高已經到了陸煙然的下巴，陸煙然被她這麼一撲，生生往後退了兩步，還是葡萄擋在身後，她才沒跌倒。

見到這幕的蔣氏，連忙將懷裡的小兒子遞給一旁的嬤嬤，迅速地朝兩人走去。

「雪兒，都說了好幾次，妳怎麼還這般魯莽！」蔣氏氣得想掐女兒一把，可是見她生得白白嫩嫩的，又下不了手，只得洩氣地看著外甥女說：「可被撞傷了？」

陸煙然哭笑不得地搖了搖頭。「表妹那麼小，不礙事。」

蔣氏瞪了女兒一眼。「以後可別這般橫衝直撞的，聽見沒有？」

嚴雪也知道自己錯了，躲在陸煙然身後可憐兮兮地看著她娘，一雙黑葡萄似的眼睛頓時瞧得蔣氏沒了脾氣。

陸煙然陪著表妹玩了一會兒，又逗了逗兩歲的小表弟，終於說到正事上。

「大舅母，大舅舅不是回府了嗎？」陸煙然有些疑惑地說。「怎麼沒見到他？」

蔣氏回道：「妳大舅舅在書房呢。」話落，她才反應過來，外甥女是來找丈夫的。

她沒多問，喚了一個下人帶路，嚴雪想要跟去，被擋下了。

蔣氏所說的書房並不在這個院子，因為文國公嚴邵酷愛詩書，所以特地在家中建了一座書樓，底層當作書房。

書僮守在門口，見到陸煙然來了，連忙往裡通報：「世子爺，表小姐過來了。」

嚴謹正在書桌前寫東西，聞言便放下手中的筆，心想外甥女為什麼會突然來找自己？難道是聽到了什麼消息？

這想法剛剛落下，嚴謹便見一個穿著松花色上衣、水紅色碎花裙的身影進了屋子，小姑娘一張小臉蛋嬌豔無比，目光澄淨，像極了嚴蕊小時候。

陸煙然叫了一聲：「大舅舅。」

嚴謹走向外甥女，問道：「然然，可是有事？」

因為受不了陸鶴鳴那個小人，嚴謹將人拉下位置，若外甥女要為她爹求情，他該怎麼辦？

陸煙然不知道自家舅舅在想些什麼，她將這兩天發生的事情全說了出來，之所以瞞著她娘，是擔心她被噁心到，而大舅舅肯定不會將這些話傳出去。

剛開始，嚴謹的臉色還算淡定，但隨著陸煙然說得越多，他的表情就越難看。

陸鶴鳴不要臉的程度，顯然更勝當年！

嚴謹心頭憋了一口氣，恨過去嚴家竟無人看出他的真面目，這會兒只覺得如鯁在喉。

陸鶴鳴之前雖擔任虞州刺史，要回晉康卻沒那麼容易，是他寫信相求，嚴謹又念著好幾年沒見到外甥女，才將他調回晉康待職。豈料，不過短短時間，就發生了翻天覆地的變化，好在如今外甥女已經來了文國公府，他不用再顧忌什麼。

嚴謹忍不住伸手摸了摸外甥女的頭。「然然，我會處理好這件事的。」

實際上，他已經處理好了。

陸煙然聞言一怔，卻沒有細問。他們兩個都是個性乾脆的人，話說完之後，陸煙然便往嚴蕊的院子走去。

一進院子，陸煙然便瞧見嚴蕊對著滿院子的嫁妝箱子瞠目結舌。一旁的半雪看到陸煙然，連忙行禮。

嚴蕊也看到了女兒，她指了指那些箱子道：「然然，這、這些都是妳讓人搬回來的？」

在嚴蕊心中，這個女兒就是貼心的小棉襖，陸家的人是什麼德行，她再明白不過，怎麼會這麼容易讓女兒將東西要回來？

陸煙然淡淡地說了一句。「這些東西都是您的，自然要搬回來。」

嚴蕊心頭突然一暖。她慶幸女兒原諒了她，更感謝女兒回到她身邊。

轉眼又過了兩天，陸煙然從嚴謹那兒得到了消息。

吏部革了陸鶴鳴在兵部的職，任命他為卞州司馬，任期八年。這司馬一職十分微妙，雖然是刺史的副手，卻沒有任何實權，是個徹徹底底的閒差。

陸鶴鳴在虞州擔任刺史時是從五品，轉任司馬就是被貶官了，而且任職之地是最南方的卞州，距離政治中心十分遙遠。八年之後，他就算有機會回來，也不可能再有任何發展。

陸煙然當然看出其中的玄機。她不是很清楚朝廷的制度，卻知道一般外派的官員任期只有四年，再長也只有六年，因為大越國面積廣大，往來路程動輒超過半個月，為了不讓時間浪費在交通上，任期比較長。八年……著實長得過火。

從都城到卞州，趕路就要兩個多月，也就是說，陸鶴鳴在晉康待不久了。

陸煙然彎了彎嘴角，十分滿意。

此刻陸鶴鳴也收到消息，吏部的人親自將任職公函送到他手中，看了公函之後，他的臉色鐵青。

卞州司馬？他怎麼會不知道司馬是什麼樣的職位！

當初在虞州時，他從來沒問過司馬的意見，甚至根本不將對方放在眼裡，若是他也被人這般對待……

嚴家！

陸鶴鳴的眼神一冷，心中有了決定。

陸煙然將陸家的事情拋在一邊，卻無意間從半藕那兒得知嚴蕊的生辰，不僅如此，她還發現自己的生辰在同一天！

這讓陸煙然有些驚訝又有些心酸。前世她不記得自己何時出生，可是她知道自己哪一天進入雲閣，便將那天當作自己的生辰。

如今終於知道自己正確的生辰，她心中除了悵然，更多的是歡喜。

陸煙然假裝不知情，悄悄地為嚴蕊準備起了禮物，然而她的女紅不怎麼樣，繡個荷包還勉強能看，其他的卻做不出來了，不過她有拿手的項目，想了半日之後，終於確定要送什麼。

派小廝尋了地方後，陸煙然準備出門，但是她得先同她娘說一聲。

嚴蕊正在為一件上衣的衣襟鎖邊，聽到陸煙然說要出門，一個閃神，針刺到了指甲肉，讓她發出一聲輕呼。

陸煙然瞧見了，喊了聲：「娘！」

嚴蕊忙道了一聲「沒事」，隨後有些嚴肅問女兒要去哪兒？雖然事情已經過去，可是女兒單獨出門，她還是擔心受怕。

陸煙然當然不可能告訴她實情，好說歹說，嚴蕊終於同意，但是她要求女兒多帶幾個護衛。

看著為數眾多的隨行護衛，嚴蕊終於放了心，更何況女兒說過她不會走太遠。

其實若不是有人懷有惡心，天子腳下是不會那麼容易出事的。

嚴蕊找藉口安慰自己，又開始繡起手上的東西。女兒的生辰只剩幾天了，等衣裳做好，正好當作生辰禮，她要加抓緊時間才行。

陸煙然要去的是城北一戶燒窯的人家，他們祖上專門燒製陶器，在晉康小有名氣，所以小廝很容易就打探到。

一行人往城北的方向前進，可才過了幾條街，便被堵在巷口。

陸煙然見轎子突然停下，掀開旁邊的珠簾問道：「葡萄，怎麼了？」

葡萄看了不遠處的人一眼，嘴唇輕輕蠕動了幾下。「是侯爺。」

她的聲音雖然小，可陸煙然還是聽見了，當即哼了哼，心想：這人怎麼陰魂不散？

「不用管他，直接繞過去。」陸煙然冷冷道。

自從公函送到陸鶴鳴手中後，他就被兵部徹底閒置，雖然他不想坐以待斃，然而根本無人幫忙。

堂堂侯府，竟然在朝中找不到幫手，說出來都沒人相信！

再三思索之下，陸鶴鳴只得來文國公府附近候著，想與嚴蕊好好談一談，而且上次要求大女兒交信給她之後，他還沒收到任何回音。

然而一連好幾日，嚴蕊都沒出門，是以今日遇到陸煙然出來，他便跟了上去。

儘管他擋住了去路，大女兒卻不願意下轎，陸鶴鳴不禁生出火氣，他袖子一甩，往轎子走去，身後突然有人叫住他。

「不可！」

第三十章　青梅竹馬

姜禪是碰巧路過，沒想到竟然撞見了這一幕，當即出聲阻止。

「世子。」陸鶴鳴下頷有些發緊，他忍下心中的怒氣，說道：「幾日沒見到女兒，我才前來探訪，沒想到這個不孝女竟不願下轎，我只好親自動手了。」

對方是長輩，姜禪不敢托大，他用眼尾餘光瞥了轎子一眼，說道：「侯爺這話嚴重了，表妹應當是有什麼急事，不若改日再見吧。」

聽到這兒，陸鶴鳴哪裡還聽不出姜禪是站在女兒那一邊的，他按捺不住不滿，冷聲說了一句：「世子，這是我的家事。」

不過是個半大的小子，就算他是護國公府世子，也沒資格管這件事。

陸鶴鳴喊道：「陸煙然，妳給我下來！」

姜禪抿了抿唇。「侯爺，既然……」

陸鶴鳴像是知道他要說什麼，直接打斷他的話。「世子還是不要多管閒事了！」

他們離轎子並不遠，兩人之間的談話一字不漏地落在陸煙然耳裡。都到了這個時候，她自然不能再待著了，於是伸手掀開布簾走了出去。

陸鶴鳴看見陸煙然，瞪了她一眼道：「妳還知道下來，我有事和妳說！」

這個大女兒與自己有幾分相似，可是卻像個冤家一樣處處跟自己作對，他心中僅剩的一點疼惜，全都消失了。

陸鶴鳴舉步往一旁的茶樓走去，然而走了兩步卻發現大女兒沒跟上，當即斥道：「還不快跟上！」

見陸煙然不為所動，陸鶴鳴知道她這是故意的，氣得臉色一青。「才在文國公府待了那麼一陣子，妳就不將我這個當爹的放在眼裡了，嚴家就是這麼教妳的？」

若只是罵她，陸煙然可能還會忍受，然而牽扯到她娘跟外祖家，她頓時怒氣橫生。這個男人總是怪別人，為什麼不想想自己是不是有問題！

陸煙然冷著小臉說道：「養不教，父之過，您是怎麼教導我的？」她瞥了他一眼，繼續說：「教我恬不知恥，還是自視甚高？」

恬不知恥？自視甚高？

陸鶴鳴哪裡不知道她是在諷刺自己，怒道：「好啊妳，我看我今天就該好好教教妳！」他袖子一揮，朝著陸煙然走過去，表情駭人。

一旁的姜禪本來還沒當一回事，結果沒想到陸鶴鳴竟然真的動手了，明明可以直接阻止他，可是也不知道怎麼回事，他就這樣傻乎乎地擋在陸煙然面前。

「啪」的一聲過後，周圍的一切像是凍結了一般。

陸鶴鳴臉上先是閃過一絲不可置信，隨後沈聲說道：「這是我的家事，世子還是不要摻和為好。」

姜禪沒有說話，陸煙然則是嗤笑了一聲。「這就是陸侯爺的家教。」

「妳……」陸鶴鳴只覺得氣血翻湧。他沒料到大女兒竟變得如此牙尖嘴利，過了好一陣子才丟出一句話。「妳是不是想被開除家籍才高興？」

陸煙然淺笑著回道：「那真是太好了！」

一聽到這話，陸鶴鳴又作勢要打陸煙然，姜禪二話不說地張開手，擺明了護著她。

「你、你們！」陸鶴鳴可以不顧忌陸煙然，卻不得不給一出生便被封為世子的姜禪面子，他的臉色變來變去，最後袖子一甩，氣呼呼地走了。

陸鶴鳴一走，陸煙然立刻拍了拍姜禪的背，有些擔心地問道：「你有沒有怎麼樣？」剛剛那巴掌的聲音可不小，陸鶴鳴用了多大的力氣，可想而知。

她話音剛落，姜禪就轉過頭來，兩人的視線就這樣撞在一起，陸煙然這才發現，姜禪的雙眸中竟帶著幾絲笑意。

陸煙然納悶地說：「被打了還高興成這樣？」

想到剛剛陸鶴鳴被氣走的情形，姜禪眼中的笑意更甚。雖然不十分清楚當初嚴、陸兩家鬧翻的細節，但他無意間聽他娘說過兩句，所以並不覺得小丫頭大逆不道。

儘管心裡這麼想，他嘴上卻說道：「他可是妳爹。」

陸煙然努了努嘴。「我沒說他不是我爹啊。」

說完，陸煙然走到一個護衛身邊小聲交代了幾句。如今她沒了顧忌，當然是想怎麼來就怎麼來，只希望能出一口氣。

護衛像是聽到了什麼讓人震驚的話，頓時張大了嘴，一時之間合不攏。

陸煙然催促道：「快點，要是辦好了，有賞！」

護衛一聽，連忙叫上另一個護衛，兩人相偕離去。

雖然陸煙然說話的聲音有些小，但姜禪還是隱隱聽見了一些，他用怪異的眼神看著陸煙然。「妳……」

陸煙然朝他揚了揚下巴，回道：「怎麼了？」

姜禪哪敢說什麼，只是搖了搖頭。陸煙然見狀滿意地點了點頭，一旁的嬤嬤連忙掀開轎子的布簾。

待陸煙然坐上轎子，姜禪忍不住淡笑一聲，喃喃自語道：「小丫頭翻臉不認人啊。」

話落，他抿了抿唇，尋了自己的小馬駒跟上前去。

在相隔不遠的某個巷口，陸鶴鳴臉色鐵青地往鎮國侯府的方向走去，穿著青衫的小廝跟在他身後不敢說話，渾然不覺身後跟了兩個鬼鬼祟祟的影子。

陸鶴鳴被陸煙然氣得快吐血，卻還是想著要怎麼樣將她接回陸家？因為只有這樣，他才有可能改變去卞州的命運。就在他動起歪腦筋時，眼前突然一黑，接著就被人用東西縛了起來。

他們背後那兩個人撲了上去，分別往陸鶴鳴與小廝身上套麻袋，隨後動作迅速地用麻繩一纏，將他們拉往一旁的巷子深處。

「大膽！你們是什麼人，還不快快將我……」陸鶴鳴出聲大喊，然而話才說到一半，就被人一陣拳打腳踢。

巷子內，拳腳相交的聲音不絕於耳。

陸鶴鳴一開始還在抵抗，可是腹部被踢了一腳後，他疼得發出痛呼，再沒力氣反抗，不知過了多久，動手的兩人對視一眼，迅速收手，毫不拖泥帶水地離開。

沒多久，一旁的小廝終於從麻袋中掙脫開來，他慌亂地爬向另一個麻袋，叫道：「侯爺、侯爺！」

片刻之後，陸鶴鳴的臉終於露了出來，看到自家侯爺的模樣，小廝有些惶恐地咽了咽口水。

陸鶴鳴那張英俊的臉，此刻布滿青青紫紫的傷痕，看起來相當淒慘。

重獲自由的陸鶴鳴只覺得自己臉上傳來陣陣疼痛，他咧了咧嘴，發出一聲咒罵。

城北靠近護城河的地方，便是陸煙然此行的目的地。

一刻鐘後，轎子停在一間宅子的門口，陸煙然一下轎就看見了姜禪。

他騎著自己的小馬駒，停在宅子外的大樹下，只見他不慌不忙地下馬，將馬綁在樹幹上，接著就朝陸煙然走去，渾然沒有跟蹤別人該有的心虛。

「你怎麼來了？」陸煙然微微蹙眉，瞄了他一下。

姜禪沒回答她的問題，反而問道：「妳來這兒做什麼？」

陸煙然正準備說話，方才先進去通報對方的小廝就走出來說道：「表小姐，進去吧！」

儘管這戶人家從祖上就開始製陶，手藝相當精湛，卻一直沒擴大經營，如今仍舊是個小作坊。

很快的，裡面走出一個穿著樸素的婦人，只見她打探了一行人兩眼，隨後收回視線道：「進去吧。」

陸煙然點點頭跟了上去，姜禪自然跟著陸煙然一起，他偏過頭看著她說：「妳要做陶器？」

說起來，他們兩人也算是生死之交，陸煙然沒瞞他，應了一聲。

眾人進了院子，西北角有一個大漢不停地忙碌著，汗水淋漓。陸煙然瞧了一眼，知道對方是在配泥。

帶路的婦人露出不好意思的笑容道：「院子有些亂，請公子跟小姐別在意。」

陸煙然應了一聲「無事」，姜禪也表示不在意。

因為屋內的空間有些小，隨行的護衛留在院子裡，其他幾人進了裡屋。

裡面有好幾個人正在幹活，婦人將眾人引去一通風口處，隨後讓人將需要的東西送上來。過了一會兒，材料都備齊了，陸煙然就坐下來準備動手。

姜禪忍不住拉了拉她的袖子說：「妳一個千金小姐，真要玩泥巴？」

聽到這句話，陸煙然看向姜禪，不知道該說什麼才好？

姜禪發現，陸煙然看自己的眼神有些奇怪，正要說話，便聽陸煙然問道：「就是玩泥巴，你來嗎？」

這話頓時讓姜禪皺了皺眉，可他還沒來得及拒絕，就見陸煙然袖子一挽，直接挖了一團泥放到他面前，隨後吐出一個字：「來。」

姜禪的表情有些嫌棄。自己小時候都沒玩過這個，可不想在今天破戒，然而陸煙然簡單的一個字，竟讓他感受到了威脅。

想到之前發生過的事，姜禪的背脊一寒，腦子還來不及反應，人已經坐在身後的凳子上。

不知道什麼時候開始，他在陸煙然面前膽子越來越小了。

陸煙然不知道姜禪內心的糾結，見他坐下之後十分滿意，吩咐道：「世子，麻煩你幫我揉泥了。」

到了這個時候，姜禪也只能硬著頭皮上了。揉了幾下之後，他慢慢習慣了，還主動問自己的手法對不對？

陸煙然看了兩眼，點了點頭道：「世子，你看起來很有經驗啊。」說著，她也動起手來。

姜禪聽她一口一聲「世子」，有些彆扭地說：「妳還是叫我的名字吧。」

「那你也叫我的名字？」陸煙然反問他。

知道她這是在為難自己，姜禪聳了聳肩，不再多言。

由於黏土已經由作坊的人處理過，陸煙然揉了揉就進行下一個步驟。她先將泥胚搓捏成泥條，接著便照腦中的想像，從底部開始盤繞。

雖然陸煙然沒真正做過陶器，但是她前世在入雲閣時看過各類書籍，多少有點概念。

姜禪還在揉自己面前的泥，一偏頭便見陸煙然那邊已經多了個簡易器具，頓時有些驚訝。

他打量的眼神很明顯，但陸煙然並沒理會他，繼續忙自己的，待坯體完成，她又用拍木開始敲打它。

姜禪見狀，開始收拾自己面前的泥，可身邊一直傳來不輕不重的敲打聲，讓他忍不住時不時看一眼。

只見陸煙然表情認真，一雙眼睛專注地盯著眼前的坯體，他甚至瞧見她鼻尖冒出細細的汗珠，讓他有一種想要伸手擦掉的衝動。

之前她那圓潤的下巴消瘦了不少，雙頰帶著健康的粉紅，明明是個小丫頭，卻隱隱有了少女的姿態。

這個想法一竄入腦袋，姜禪猛然回過神，收回了視線。

陸煙然沒發現他在偷看，大約半個時辰，做好了一個坯體，她看了看，確認沒問題，就將它放到一邊，繼續做下一個。

姜禪就沒她那麼費工夫了，直接用手捏起泥來。

時間慢慢過去，陸煙然完成了今天的任務，接下來她只要等泥晾乾後再過來即可。

見陸煙然讓作坊的人幫忙將物品拿去晾曬，姜禪也將自己捏的坯體拿了出去。

陸煙然朝姜禪那邊瞥了一眼，只見他手裡捧了一些形體不明的東西，她看了半天，硬是沒看出來是什麼？雖然她做得不算好，可是至少能看出個形狀，姜禪那一堆是什麼？

許是陸煙然眼中的嫌棄過於明顯，姜禪氣得耳根都發紅，一句話也不想說。

回去時，姜禪將陸煙然送到文國公府門口，二話不說便直接離開，陸煙然這才發現一路上他都沒對自己開過口。

她十分不解，最後只得問隨行的葡萄。「葡萄，妳說世子這是怎麼了？」

葡萄小心翼翼地說道：「世子爺大概是被傷了自尊心吧。」

聽到這個回答，陸煙然更加疑惑，不過她想了半天還是沒想出來到底是怎麼回事，只得將這件事拋到了一邊。

兩日之後，陸煙然帶著準備好的器具又去了小作坊，婦人見到她來了，就取出了晾乾的坯體。

陸煙然讓葡萄準備好工具，隨即審視起眼前的瓶子。

只見器形還算周正，並未歪斜，稱得上是優美，不過表面卻與之前不同，相當平整細膩，這讓陸煙然有點驚訝。

大概是看出她的心思，一旁的婦人有些忐忑地說：「作坊的人簡單地修整了一下。」這小姑娘一看就知道是大戶人家的人，她怕對方怪罪，也怪自己沒提醒作坊的工人。

陸煙然聞言一愣，隨後笑了笑說：「難怪我覺得漂亮了許多。」

聽她這麼說，婦人一顆提著的心這才落下。

抖。

此時葡萄已經將帶來的彩漆擺在一邊，陸煙然見了，又開始忙活。

在坯體上作畫遠不如在畫紙上那般簡單，陸煙然慶幸自己一直持續練字，所以手不怎麼抖。

坯體表面上漸漸出現了輪廓，後來越來越細緻，葡萄忍不住瞪大了眼睛，覺得那模樣有些眼熟。

點塗、勾勒、填線，沒多久，瓶身上出現一個梳著髮髻、身穿襦裙的女子，從身形、眉眼來看，是嚴蕊無疑。

陸煙然在葡萄的注視下，不慌不忙地持續作畫，最後在瓶身上了一層作坊特製的漿水，便大功告成。

葡萄問道：「小姐，這樣是不是就可以了？」

在一旁觀看的婦人忍不住開口道：「還得進窯呢。」

看著變了個模樣的坯體，婦人有些訝異，不由得打量了陸煙然幾眼，不過她也有自己的事要做，沒一會兒便離開了。

終於，第二個瓶身完成，陸煙然放下了手中的工具。

瓶身上畫的依舊是嚴蕊，不過動作和服飾變了一個樣，葡萄不禁讚嘆道：「真好看！」

陸煙然沒接話，視線落在旁邊那堆東西上。她拿起一個瞧了瞧，倒是看出一點影子來。

瞧了那些坯體一遍後，陸煙然心中隱隱有了計畫。

想到前兩日離開時不搭理自己的姜禪，她眸中閃過一絲笑意，拿起了擱在一旁的筆。

過了兩日，到了嚴蕊和陸煙然生辰那一天。

一大早，嚴蕊就將準備好的生辰禮送給女兒，是一套夏衫，針腳細密，一看就知道相當用心。

陸煙然道過謝，見她娘一臉期盼地看著自己，便轉身去了內室，待她走出來時，新衣裳已經上身了。

藕色的衣裙稱得人比花嬌，嚴蕊看著女兒，臉上的笑容怎麼也止不住。「然然大了一歲了。」

陸煙然走過去抱了抱她，輕聲說道：「謝謝娘。」

一開始她的確有些恨嚴蕊，可是後來想到，同為女子，她娘在這世上本來就不易立足，她何必記著那些過去？

面對她這個舉動，嚴蕊有點手足無措。女兒向來不黏人，也甚少親近自己，她實在不知道該怎麼回應？察覺到自己的失態，她連忙深吸了口氣，隨後摸了摸女兒的頭，眼中泛著一絲淚光。

這是陸煙然在嚴家過的第一個生辰，大夥兒十分重視，特地透過家宴慶祝。外祖父母、大舅與二舅一家都給了陸煙然生辰禮，表兄妹們甚至另外備了一份，陸煙然表達謝意之後一一收下，心中滿是暖意。

宴席上，陸煙然發現二舅母似乎有話對她娘說，結果被嚴蕊制止了，雖然二舅母沒能說出口，但是陸煙然大概猜得出她要講什麼。

宴席結束之後，陸煙然先回了院子，嚴蕊和家人又聊了半個時辰才準備離開。蔣氏、嚴蕊隨二房的人一道走出飯廳，袁欣見外甥女不在，終於將之前想問的話說了出來：「煙然不知妳和她的生辰同一天嗎？」

嚴蕊笑了笑，回道：「我沒同她說過，她自然不知。我的生辰不重要，只要她高興就好。」

走到下一個路口，幾人分頭離去，嚴蕊回到自己的院子，進了中堂後才發現屋裡靜悄悄的。

嚴蕊叫了女兒一聲，見沒人回應，便往內室走去。她沒看到女兒，倒是被條案上一個木匣子吸引住目光。

她記得很清楚，今天去用膳之前，條案上並沒有東西，這麼一想，她就走了過去。

木匣子是用普通木料做的，嚴蕊打量了幾眼，取下匣子放到一旁的圓桌上，接著打開匣子，拿出裡面的東西——是兩個陶瓶。

只見瓶身上泛著漂亮的釉色，待看到上面的畫時，嚴蕊不禁心頭一跳，轉瞬落下淚來。

她知道，這是女兒送給她的生辰禮。

第三十一章 意外訪客

護國公府內，姜禪正在自己的院子蹲馬步，外面本就豔陽高照，沒一會兒他便大汗淋漓，可是他卻仍舊文風不動。

過了一陣子，護國公府二管家姜民安從院外走了進來，手中抱著一個黑匣子，見到姜禪，連忙說道：「世子爺，有人送這個來給您。」

聽了這句話，姜禪才直起身，接過匣子之後，他忍不住嘟囔了一聲：「送我的？」

姜禪揭開匣子，發現裡面是好些帶色的小陶器。他拿起其中一個看了看，覺得形狀雖然有些奇怪，可是上色之後卻很好看，就像是個小茶壺。

他又看了看其他陶器，察覺那些小東西湊成了十二生肖，儘管跟原本的不太一樣，可是他還是認出來了，因為是他捏的！

想到唯一可能做這件事的人，姜禪的嘴角忍不住彎了彎。算了，別再生氣，還是原諒她吧。

陸煙然不知道自己隨意做的一件事，竟輕鬆地擺平了某個小氣的人。

陸煙然與嚴蕊生辰當天申時過半時，文國公府前突然傳來一陣馬蹄聲，一個人從馬上一躍而下。

「威遠侯府梁懷安有事前來拜訪，還請通報一聲！」

門房聞言，連忙進去通報。

威遠侯過去是軍中一員大將，可大越建朝以來國泰民安，他便一直賦閒在家，將士無用武之地，難免不得志，索性舉家離開晉康，回到祖籍地梁州。

眼看有功之臣無奈離去，皇上為了表示朝廷的重視，特地任命威遠侯為特殊監察使，監督梁州百官。這個命令，讓威遠侯府眾人得以於梁州再次扎根。

經過了數年，這是梁懷安首次回到晉康。

梁州離晉康足足有幾千里，梁懷安卻只花了十餘日就到了。這一路上，他只有累極時才會休息一下，其他時間都在趕路，經過了不知多少驛站，馬也換了好幾匹。

風塵僕僕的梁懷安難掩疲憊，可在見到走到影壁處的人，他臉上露出些許驚喜，隨後又感到有點不安。

在看到石階下的人真的是梁懷安時，嚴謹眼中閃過一絲笑意，叫了一聲：「懷安。」

「嚴大哥！」梁懷安緊張地抿了抿唇回道。

嚴謹見到他有些慌張的模樣，忍不住悶笑道：「你如今是當爹的年紀了，怎麼見到我還這個樣子？」

梁懷安咧了咧嘴，不知如何回應？

他如今二十有七，年紀與嚴苛相同，他們年幼時沒少在一起插科打諢，嚴謹大了一些，個性也成熟，時常想法子收拾這兩個人。

梁懷安記得當初自己為了嚴蕊，被嚴謹整治了不知多少次，即便過了這麼多年，他對嚴謹依然很是敬畏。

晉康的威遠侯府已經閒置好些年，只留了幾位守著宅子的下人，看到梁懷安的樣子，嚴謹就知道，他到晉康後直接來了文國公府。

嚴謹眸色微微一黯，心中有了猜測，面上卻沒有一絲變化，只淡淡地道：「侯府若不方便，你就暫時住在這裡吧。」

一聽到這番話，梁懷安臉上的笑容怎麼都藏不住。他生得俊秀又有些孩子氣，明明年齡與嚴苛一樣，看起來卻年輕許多，與喜歡板著一張臉的嚴謹更是區別甚大。

嚴謹見這麼些年過去，梁懷安卻看不出有什麼變化，不禁搖了搖頭。

梁懷安無意間注意到他這個動作，心頭一澀，只得裝作沒發現，走下石階取下他掛在馬兒身上的行李。

嚴謹見狀，連忙讓下人幫忙，梁懷安表達感謝，欣然接受他的好意。

既是到人家府上做客，當然要拜見長輩。梁懷安本想先去跟文國公夫婦請安，嚴謹卻提議他沐浴過後再去不遲。

梁懷安上下瞧了自己兩眼，知道自己此時的形象不適合見主人，當即點頭同意了。

嚴謹吩咐下人送梁懷安去客房，並交代待會兒要為其領路之後，便往正廳走去。

他親自將父母請到正廳，又讓人去請妻子過來，更差人去請已經回到公主府的弟弟與弟媳，唯獨沒找妹妹嚴蕊，因為他有預感，梁懷安此次回晉康，必定與自家妹妹有關。

待梁懷安隨下人來到正廳，面臨的便是三堂會審的情形。他先是一愣，接著連忙開始問好。

雖然已經好些年沒見，嚴家的人還是記得他，文國公嚴邵問了威遠侯的情況，聽到對方一切安好，就露出了欣慰的表情。

薛氏算是看著梁懷安長大的，自然親切地問候他；嚴苛與梁懷安的關係最好，兩人對視一眼，只說了幾句話就打住。反正人都在這裡了，日後再聊也不遲。

沒看見想見的人，梁懷安很是失望，不過他還是沒忘記禮數，送上帶來的禮品，雖然是些小東西，卻是他的心意。

過了半晌，梁懷安見眾人仍舊沒提到「關鍵字」，終於忍不住問道：「如今蕊妹不是在府中嗎？」

因為兩家是舊識，梁懷安又與嚴苛是好兄弟，所以他一直厚著臉皮這樣稱呼嚴蕊，事隔多年，還是沒能改過來。

嚴苛聽到他這麼說，眼神一黯，語氣有些急。「懷安切莫這般叫。」

不料嚴苛話音一落，就見梁懷安快步走到嚴邵和薛氏面前，跪下道：「世姪心悅蕊妹多年，獨身至今，懇求世伯將蕊妹許配予我，我……我一定會對她好的！」

此話一出，眾人皆驚訝不已。

文國公個性雖然剛烈，卻相對沈穩，聽了這話，他的眉頭微微動了動，只說了一句：

「世姪還是先起來吧。」

聞言，嚴苛準備攙扶梁懷安起來，不料卻被他避開了。

梁懷安低著頭，語氣堅持。「世伯若是不答應，今日我就不起來。」

薛氏見狀，重重地嘆了口氣道：「懷安，你也知我們做不了這個主，蕊兒肯定不願意。」她何嘗不希望女兒遇上良人，可是她跟丈夫不會逼迫自己的孩子。

聽了薛氏的話，梁懷安身子一顫，知道她說的話是事實。

雖然他大了嚴蕊兩歲，然而她一向比他成熟，自幼就對他很是照顧，說是妹妹，其實更像姊姊。他藉著跟嚴苛是好友這點親近嚴蕊，是優勢，也是劣勢，因為對她來說，他不過就是個兒時玩伴。

最後，他連自己的心裡話都沒能說出來，因為嚴蕊已心繫他人……

然而經過這麼多年，他已不是當初那個需要嚴蕊照看的男孩，而是鐵錚錚的男子漢了！

梁懷安再次表明自己的心意，甚至重重地朝地上磕了一下頭，這個舉動讓嚴家眾人內心有所觸動。

嚴邵皺起眉頭道：「世姪，你可知她如今的情況？是否會介意？」

「世伯，我怎麼會介意！」梁懷安心疼都來不及。若不是這些年他一直在今朝國、梁州之間來回奔波，加上他刻意不讓自己關注嚴蕊的動向，怎麼會這麼晚才得到消息？

薛氏的神色鬆動，輕聲道：「那你可知……」

她正要往下說，嚴邵突然咳了一聲。「蕊兒看似柔弱，性子卻擰，若你真有心，就自己想辦法。」

聽見這番話，梁懷安心中狂喜，連聲稱謝，然而事實證明，他高興得太早了，因為接下來兩天，他根本連嚴蕊的面都沒見著。

梁懷安不想坐以待斃，他向嚴謹尋求幫助，可對方沒幾句話就打發了他，他這才發現嚴家人是放著他不管了！

想見的人見不到，甚至連特地準備的生辰禮都沒能送出去，讓梁懷安險些急得撞牆。他是客人，又是外男，不能去後院，只得去外宅與內宅銜接處的小花園不停打轉，期盼見到朝思暮想的嚴蕊。

這天，梁懷安在小花園閒晃，突然瞥見一道嬌小的身影經過，他一下便猜出對方是小輩，心中頓時有了計較。

「小姑娘，過來一下！」

葡萄先聽到聲音，喚了走在前面的陸煙然一聲。「小姐，好像有人在叫我們！」

陸煙然這才停下腳步，順著葡萄的聲音看了過去，只見一個男人正朝自己不斷招手。她心中疑惑，卻是鬼使神差地朝他走了過去。

陸煙然在第一時間打量了此人一番，見他五官周正、神色自若，身上穿著的衣物是綢緞製成。雖然猜不出身分，但她也知道對方不是普通人，既然能在這裡，應當是嚴家的客人吧。

得出這個結論，陸煙然猶豫了一瞬，出聲問道：「不知您喚我何事？」

看清眼前的人之後，梁懷安愣住了，他覺得面前的小姑娘眼熟至極，不過沒多久他就暗罵自己傻。

這位小姑娘大約八、九歲，看起來嬌滴滴的，想必是嚴大哥的女兒吧！

他成熟得晚，當初離開晉康時性子還未定，雖是自己的父親決定舉家遷回梁州，可是當初嚴蕊已經嫁人，他離去時多少帶著賭氣的意味，即便之後與她通過信，卻很快就斷了聯繫，如今回來，他才知道自己錯過了多少。

掩住心中的悵然，梁懷安連忙從懷裡掏了幾個金葫蘆遞給小姑娘，說道：「這、這是叔叔給妳的禮物。」

想了半天，梁懷安還是覺得這個稱呼比較妥當，話落，他見小姑娘一點反應也沒有，不禁有些頭疼。自己不是沒有姪子跟姪女，可是他卻從來沒逗過他們，這個年紀的小姑娘，究竟該怎麼哄啊？

陸煙然看著面前的男子，微微皺了皺眉，見他一臉糾結，她還是伸手將東西接了過來，問道：「有什麼事要我幫忙嗎？」

梁懷安心裡一突，看了小姑娘兩眼，隨後做賊心虛似地喚她靠近一些。

陸煙然也想知道這個人到底想做什麼，順從地跨了一步到他身邊。

梁懷安半彎下腰，小聲說道：「我與妳大姑姑是舊識，有事與她相商，妳可願意幫我叫她過來？」

大姑姑？有事相商？

陸煙然覺得這些話有些突兀，後來才反應過來他話裡的「大姑姑」是誰。她沒懷疑對方這番話的真假，畢竟他看起來不像壞人。思索再三，向對方確認了幾遍之後，陸煙然就讓葡萄去叫人了，隨後示意他跟她一同走去不遠處的石桌旁等待。

梁懷安見這個小姑娘這麼爽快，不由得添了幾分好感，又因為終於獲得幫助，怎麼也掩飾不住心中的喜悅。

看見他這副模樣，陸煙然狀似無意地問了一些話，梁懷安都樂於回答，渾然不知自己的底細漸漸透露出來了。

經過試探，陸煙然判定他確實是嚴蕊的舊識，不知怎麼的，她的心情有些複雜。

片刻之後，嚴蕊來了。

聽到葡萄的通報，嚴蕊本來以為女兒出了什麼事，可是她沒料到竟會瞧見女兒正在同一個男子聊天，她心中一急，快步走了過去。

「蕊妹！」

聽到這個稱呼，嚴蕊不禁朝男子看了過去，她覺得對方有些面熟，隨後脫口而出：「你、你是懷安？」

陸煙然見狀，拉了拉她娘的袖子，指了指對面的花棚。

嚴蕊看懂了女兒的意思，點了點頭，見女兒離開後，這才看向面前的人，只覺得他變了個樣。

打趣起他來。

「你離開晉康已有七年，終於捨得回來了？」兩人相識，又是多年後再見，嚴蕊不由得說起來，嚴蕊的心情是過於激動了，竟一時忘記梁懷安是在她成親之後才離開晉康的。

梁懷安無奈地說：「蕊妹，我離開晉康已經快十年了……」

陸煙然去的地方離兩人並不遠，隱隱能聽見說話的聲音。

為了避嫌，嚴蕊跟梁懷安附近還站了兩個嬤嬤跟兩個丫鬟，陸煙然很快就發現，才說了兩句話，他們就突然停住了。

她自然想知道兩人在聊什麼，不過也很清楚身為小輩，自己不太適合偷聽，索性耐心地等待。她有一種感覺，這個男人是為了她娘而來的。

聽到梁懷安的話，嚴蕊愣了愣，有些尷尬地說：「你離開晉康這麼久了啊……」

梁懷安故作鎮定地清了清嗓，說道：「是有那麼久了，妳當初……」

他的話突然頓住，再說下去，就要談到她成親的時間點，他快速換了話題。「妳這些年過得怎麼樣？」

嚴蕊露出一絲笑容，說自己過得不錯。兩人聊了幾句之後，她覺得經過這些年，梁懷安成熟了許多。

「此次只有你一個人回來嗎？嫂夫人呢？」雖然梁懷安比自己年長兩歲，可是嚴蕊還是習慣以從前的態度對待他，過了好一會兒，她才想起他也到了當爹的年紀了。

梁懷安聽了，臉頰有些泛紅，他不自在地扭了扭身子。「我……我還沒成親呢！」

「還沒成親？」嚴蕊瞪大了眼道：「梁宇，你今年可都二十七了！」

聽到嚴蕊叫自己的字，梁懷安知道她是真的急了，不過此刻他顧不上這些，他壓抑不住心中的悸動，說道：「蕊妹，因為我一直想娶妳！」

嚴蕊聽見這話，震驚得不知道該說什麼，待她回過神來，就見到梁懷安一臉認真地看著自己，她二話不說，起身就想逃離現場。

梁懷安見她這樣，知道她肯定是不好意思面對他，可是他不想再耽擱了，喊道：「蕊妹，我知道妳與那姓陸的已經和離，就給我一次機會吧，我真心想娶妳！」

當初就是自己遲遲沒表達愛意才錯過佳人，這次他說什麼都要把握。

嚴蕊怒道：「梁懷安，切莫再胡言亂語！」她氣得雙頰脹紅。

陸煙然注意到他們似乎起了爭執，連忙走了過去。

梁懷安知道，自己要見嚴蕊一次不容易，當即趁這次機會繼續訴說自己的心意。

嚴蕊聽著他說的那些話，臉頰更紅了，看見女兒過來，連忙說道：「然然，這是娘和二舅舅的舊友，快叫懷安舅舅。」

懷安舅舅？怎麼會這麼叫，那不是嚴大哥的女兒嗎？

梁懷安有些驚訝，隨後注意到嚴蕊與陸煙然的面容，心中突然有了個想法。

陸煙然當然不管梁懷安是怎麼想的，馬上照嚴蕊的吩咐稱他一聲「懷安舅舅」。

梁懷安一雙眼睛在她們臉上左右巡視。這個小姑娘的眉眼確實能看出來嚴蕊的影子，他有些遲疑地說：「她、她是……」

嚴蕊摸了摸女兒的頭，說道：「是我和陸鶴鳴的女兒，如今住在文國公府。」她說完就目不斜視地看著梁懷安，並不覺得有什麼見不得人的。

她和陸鶴鳴鬧到現在這個地步，算是孽緣，可即便如此，她卻從來沒後悔過，只能說自己命中注定有此一劫……

陸煙然察覺到身旁的娘親有些不對勁，便拉了拉她的手。嚴蕊看了女兒一眼，見梁懷安還沈浸在震驚當中，就轉身往後院走去。

梁懷安有這個反應再正常不過，因為梁州與晉康離得太遠，他根本不清楚具體情況為何，就連嚴蕊和離、帶髮修行又回到文國公府的事情，威遠侯府的人也是無意間得知，所以他真的不曉得她有一個女兒！

待梁懷安回過神來，發現嚴蕊已經帶著小姑娘進了後院，他暗道一聲「壞了」，立刻要追上前去。

然而他還沒走兩步，一旁的嬤嬤就制止了他。

梁懷安急得跺了跺腳，知道嚴蕊肯定是誤會了，可他真的只是太過驚訝，腦子暫時轉不過來而已。

就算她有了女兒，他也想要娶她，他要當她的丈夫，當她孩子的爹！

不過梁懷安此時在想什麼根本就不重要，因為轉眼間就見不到她們母女倆的身影了。

「好歹聽我把話說完啊……」梁懷安氣得想賞自己兩巴掌，不過想想還是算了，他可得靠這張臉將蕊妹和女兒騙回家呢。

陸煙然隨嚴蕊回到院子，直接進了內室。

一路上女兒都沒說話，嚴蕊知道她性格早熟，怕她多慮，便說道：「然然，妳別擔心，娘不會丟下妳的。」

陸煙然眼睛眨了眨，並未說什麼，心中卻想，若是他們兩人彼此有情意的話，能在一起更好。

她認為她娘年紀還輕，值得被人好好疼愛，不能因為陸鶴鳴便失去信心，畢竟不是所有人都像他那般無情無義，若是梁懷安真的對她娘好，她不介意拉他一把，當然，也要看她娘的意思。

目前，她保持中立。

第三十二章　刻意討好

隔天，陸煙然收到了一封信，是大舅舅嚴謹親自送來的。

陸煙然有些驚訝，看了上面的署名，才知道是姜禪寫的，她向自家舅舅道了一聲謝，隨後當著他的面拆開信。

嚴謹看著外甥女，覺得有些心累。他可是堂堂文國公府世子、當朝的吏部侍郎，怎麼會淪落到為小輩傳信的地步？

但心情再複雜，嚴謹表面上還是保持平靜，片刻之後才問道：「世子在信上說了何事？」

陸煙然回道：「說是明天與煜表弟約好了去遊湖，叫我一起去。」她有些納悶，姜禪不是怕水嗎，還遊湖？

她口中的煜表弟是嚴苛的獨子，比陸煙然小一些。

嚴謹沒反對，只說了一句：「讓妳表哥陪妳一起去吧。」

陸煙然點了點頭，說道：「要不表妹也一起去吧，她肯定會很高興。」

聽了她的話，嚴謹想也不想便搖了搖頭。「妳表妹性子野，你們自己去吧，記得多帶兩個護衛。」

陸煙然有些無奈。既然大舅舅都發話了，那麼她那可愛的表妹嚴雪肯定是出不了門了。

嚴謹又叮囑了兩句，隨即轉身離開。

陸煙然回院子之後便告訴嚴蕊此事，同時詢問她的意見。

嚴蕊看著女兒，笑著說：「妳就該多出去玩玩。」她對姜家那位世子挺放心的，何況還有兩個姪子陪同，著實不需要煩惱。

其實陸煙然覺得，她娘才應該多出門散散心，可是到了最後，她還是什麼都沒說。

出遊當日，嚴蕊為女兒準備了好些東西，都是她特地要廚房做的小點心，好讓他們墊墊肚子。

陸煙然帶著嬤嬤和葡萄要出院子時，就瞧見嚴恩已經在院門口等著。

「表哥。」陸煙然叫了一聲。

嚴恩不僅性格像嚴謹，連表情也像，父子倆就像是一個模子印出來的，見到陸煙然，他點了點頭，淡淡地說：「走吧。」

知道嚴恩一向寡言，陸煙然也沒多說，幾個人一道出了府，隨後帶著護衛往約好的地方趕去。

半個時辰後，到了湖邊。

天朗氣清，湖水碧波蕩漾，岸邊綠樹成蔭，時不時吹來一陣涼風，讓人不由得精神一振。

表兄妹倆去了一處涼亭等候，嬤嬤見狀，便將帶來的點心食盒放在亭內的石桌上。

嚴恩怕陸煙然無聊，索性讓人取了兩塊糕點讓她餵魚玩。

陸煙然已經不是一、兩次被嚴恩當作小孩了，她不免想起前幾日他給她的生辰禮，覺得要她餵魚比收到撥浪鼓好多了。

本來只是敷衍一下嚴恩，沒想到將糕點碎屑扔到湖裡之後，還真的引來了不少魚，頓時讓陸煙然起了一點興致。

餵完一塊糕點，姜禪和嚴煜也到了，他們大概是看到了陸煙然跟嚴恩，直接朝著亭子走來。

姜禪手中抱著一個木匣子，他見陸煙然半個身子懸在外面餵魚，只覺得一顆心突突地跳個不停，忍不住訓斥了一聲。「陸煙然，妳身子伸那麼外面做什麼?!」

陸煙然嚇了一跳，連忙轉過身。

嚴恩看了姜禪一眼，皺眉道：「你嚇到我表妹了。」

兩人的視線撞在一起，瞬間似有火花迸出。他們年紀差不多，雖然還只是少年，卻各有各的架勢，誰也不讓誰。

看見桌上的食盒，嚴煜本想瞧瞧自家表姊帶了什麼好吃的，結果發現堂哥與表哥莫名其妙地對峙起來。

「表姊，他們這是怎麼了？」嚴煜溜到陸煙然身旁，一臉茫然地拉了拉她的袖子，疑惑地問道。

陸煙然也有些傻眼，不過想到方才他們說的話，她就反應過來了。兩人之所以針鋒相對，原因在自己身上。

她清了清嗓，連忙說道：「我娘讓廚房的人做了好些糕點，大家一起吃吧。」

聽到這些話，原本對視著彼此的姜禪與嚴恩各自收回視線，隨後坐到一旁的石凳上，彷佛剛剛想吵架的人不是他們。

見狀，陸煙然心想，真不愧是世家子弟，就連對對方不滿也這麼文雅，太讓她佩服了。

嚴蕊差人做的糕點，有綠豆糕、蓮葉糕、豆沙糕，不僅模樣精緻，味道也不錯。

嚴煜沒一會兒就吃了兩塊，腮幫子都鼓了起來。

見他吃得這般急，嚴恩忍不住打趣道：「公主府缺東西讓你吃嗎？」

嚴煜一聽他這麼說，頓時嗆得咳了起來。不知道為什麼，他就是容易犯饞，他娘也想要改掉他這個壞習慣，所以常要下人把點心藏好，嚴恩說的話，還真是事實。

陸煙然見表弟咳得上氣不接下氣，連忙取出食盒裡的水壺倒水讓他喝，嚴煜這才好了一些。

不料，此時姜禪冷不防冒出一句話：「你嚇到我表弟了。」

這句話擺明了是在回敬嚴恩剛才的指責，陸煙然不禁覺得這兩個人應當是八字不合。

果然，正如陸煙然預料，嚴恩不久後展開反擊。

吃完點心後，眾人開始遊湖，然而姜禪是出了名的怕水，於是嚴恩利用這點暗諷起了姜禪。

姜禪不傻，聽出嚴恩在嘲笑自己，回刺了他兩句，兩人就像是針尖對麥芒一般。

幾個人不過繞著湖走了半圈，兩人就你來我往了好幾個回合，眼見戰火升溫，陸煙然趕緊提議大夥兒回府。

嚴恩想也不想就直接應了，嚴煜也是舉雙手贊成。

眼看他們都想各自回府，姜禪頓時臉色一黑，對著陸煙然淡淡地說道：「妳等會兒再走，我有話同妳說。」

嚴恩聽到這句話，有些不贊同地看了姜禪一眼。不過他知道，姜禪曾經救過自家表妹，所以並未出聲制止。

待嚴恩同嚴煜走遠，嚴恩便問道：「你怎麼會想到跟世子遊湖，還找你表姊出來？」

嚴煜不假思索地回道：「是表哥拜託的！」

看著一臉天真的嚴煜，嚴恩搖了搖頭。他這堂弟啊，將來可不要哪天被人賣了都不知道！

姜禪不知道自己就這樣被供出來了，看著面前的小姑娘，他的神色有些複雜，同時夾雜著幾分惱意。

陸煙然見姜禪目不轉睛地盯著自己，眉頭微微蹙了蹙。「你這樣看著我做什麼？」

姜禪遲疑了一下才開口道：「妳前幾日過生辰，為何不告訴我？」

陸煙然驚訝地張了張嘴，話還未說出口，姜禪就將他一直拿著的木匣子塞進了她懷裡。

「這是什麼東西啊？」陸煙然掂了掂木匣子問道。

姜禪抿了抿唇。「生辰禮，回府再看。」

陸煙然恍然大悟。畢竟兩人也算有點交情了，他這般掛念她，她實在沒有理由拒絕他的禮物。

雖說大越國的男女之防沒那麼嚴重，但他們終究不是血親，就算有嬤嬤跟丫鬟在一旁，若是在外面待太久了，還是有些不適合。

聊了幾句之後，陸煙然就準備回府，姜禪不放心，決定親自送她。

因為文國公府離湖邊有些遠，所以陸煙然是乘馬車來的。兩刻鐘後，一行人才到了都城的主街，然而此刻馬背上的姜禪卻有一種被人盯著的感覺，他回頭看了看，卻什麼也沒發現。

聯想到陸煙然之前發生的事，姜禪提高了警覺，在經過一個路口時，他突然從馬上一躍而下，動作迅速地守在轉角處。

姜禪揮了揮手，讓有些緊張的護衛繼續保護陸煙然的馬車往前走，可待他一回過頭，便撞上了一雙眼睛，兩人頓時四目相對。

姜禪臉色一沈，二話不說就要上前抓住這個人。

「別、別動手，我不是壞人！」男人邊說邊往後退了兩步。他明明生得身強力壯，卻不敢伸手碰面前的少年。

姜禪發現對方讓著自己，但他還是沒輕易放下防備，出聲訓斥。「你是何人？為何跟蹤我們這麼久！」

「我只是不放心我女兒，不是跟蹤你們。」來人解釋道。

「你女兒？」姜禪用瞧瘋子的眼神看著這個男人。他口中的女兒，不用想也知道是誰。

他難道是在冒充陸鶴鳴不成？

其實來人是梁懷安，想到自己剛剛脫口而出的話，有些臉紅，更讓人羞愧的是，身為一個長輩，他最後卻像個犯人一樣，被這個少年帶到陸煙然面前。

陸煙然在看到梁懷安那一刻，瞬間語塞。她知道他為了見她娘，每天都會在府裡晃來晃去，而她娘為了躲他，很少出院子。

儘管想保持中立，可是陸煙然還是決定和他談談，正好旁邊是一家茶館，她便向姜禪說出自己的想法。

姜禪十分驚訝，臉上的表情有些怪異，不太確定地問道：「妳認識他？」

陸煙然點了點頭，見他神情不對勁，忍不住問道：「你的表情為什麼這麼奇怪？」

姜禪抿了抿唇，也沒拐彎抹角，直接低聲對她說道：「他說妳是他女兒。」

什麼叫她是他女兒啊？陸煙然眉毛挑了起來。

收到姜禪給的訊息，陸煙然更加確定自己必須好好跟梁懷安聊聊；姜禪知道她有話對那個男人說，囑咐她注意安全之後就離開了。

茶館裡面有包廂，可是天氣炎熱，陸煙然不想待在屋內，好在外頭搭了涼棚，她便要梁懷安一道過去。

儘管陸煙然不是來喝茶的，不過借用人家的地方總是要付錢，她讓嬤嬤付了費用後，就坐到桌旁。

梁懷安端端正正地坐在桌前，見到身旁的小姑娘打量起了自己，頓時有些緊張。

陸煙然看了他兩眼，開口道：「懷安舅舅，您跟著我做什麼？」

聽到這個稱呼，梁懷安的嘴角頓時往下一垮，顯然有些失望，他深吸了口氣，說道：「妳別叫我舅舅……」

「那我要叫您什麼？爹嗎？」

梁懷安眼睛一亮，不過對上陸煙然那清澈雙眸的那一刻，他又縮了回去：「這……這不適合。」

陸煙然險些被他給氣笑了，她平復情緒後說道：「既然知道不適合，為什麼您之前還要那麼說？」

梁懷安一時之間有些茫然，隨後察覺自己是被剛剛的少年出賣了，他不由得磨了磨後槽牙，回道：「我只是嘴快了些，妳可別告訴妳娘啊。」

陸煙然眸色一沈。「看來您也知道這話不好，還請懷安舅舅下次別再這樣了，您嘴快，對我娘的名聲很不好。」

梁懷安的臉色瞬間發白，自然聽出了她話裡的意思。

其實他哪裡是嘴快，不過是有些無計可施罷了。他求娶嚴蕊，文國公直接推到女兒身上，而嚴蕊卻處處躲著他，他根本連她的面都見不著，唯一的突破口，就在她女兒這邊了。

他本來就不介意嚴蕊和離，得知她有女兒的那一刻，也不是無法接受，只是感到震驚。若能娶到嚴蕊，他願意將這孩子當作自己的親生女兒對待。

本來想拉攏嚴蕊的女兒，可是他此時才發現，小姑娘也不好騙，嚴家的人啊，真是一個比一個難對付！

梁懷安覺得自己的心在淌血，想到自己已經蹉跎了十年，難道還是沒機會嗎？他的眼神黯淡，臉上寫滿了失落。

陸煙然見他露出這樣的表情，心中微微有些觸動，便說道：「您若是真的想娶我娘，就應該自己想辦法，而不是這般失魂落魄。」

梁懷安無奈地說道：「我想的辦法就是討好妳啊，妳娘根本不願意見我，我也是沒轍了，才會……」

陸煙然頓時無語。眼前這人的優點便是很耿直吧，倒是有一點可取之處。

見她沒說話，梁懷安眸中閃過一抹失望。「要是我對妳好，妳娘願不願意見我？」

陸煙然挑了挑眉。「對我好？您哪裡對我好了？跟蹤我嗎？」

梁懷安被她接連幾個問題給問懵了，回過神後，他連忙起身跑開。

看著他的背影，陸煙然擰了擰眉。難道這人就這樣走了？可這個想法才落下沒多久，梁懷安就回來了。

只見他懷裡抱滿了各式各樣的東西，有珠花、胭脂、香膏，甚至還有幾串糖葫蘆。

把那些物品全放到桌上之後，梁懷安抹了抹臉道：「妳喜不喜歡？若是不喜歡的話，我再去買。」

這討好人的方式也太……

陸煙然抿了抿唇，看向面前的男人，輕輕說了一句：「您還是繼續努力吧。」

話落，陸煙然準備離去。今日出門有一段時間，若是再不回去的話，她娘怕是要擔心了。

梁懷安沒想到她竟然就要離開，連忙跟上前去。

「然然，妳別走啊，總要給我一個討好妳的機會吧？」

見陸煙然沒反應，梁懷安索性繼續跟在她身後，隨後將剛才買的東西從馬車的窗戶塞了進去。

陸煙然怕他時不時地丟物品進馬車，最後還是妥協了，心想若是有機會的話，她能幫就幫，於是她說道：「要是有機會，我就幫您。」

梁懷安見小姑娘鬆口，臉上露出了燦爛的笑容。

瞧他一副大事已成的模樣，陸煙然有點哭笑不得。她只說「要是有機會」吧？若是沒機會……那就怨不得她了。

陸煙然上了馬車，一行人往文國公府前去，梁懷安則騎上自己的馬，一直跟在後頭。

到了文國公府，嬤嬤將車廂內的東西收起來，葡萄也拿著剛才姜禪給的木匣子下了馬車。

陸煙然正準備下車，耳旁響起一道聲音。

「妳腿短，還是我幫妳吧！」梁懷安興致沖沖地趕上前來，伸出手準備扶她。

聽到這句話，陸煙然臉色一黑，看了梁懷安一眼，轉身從另一邊下去。

梁懷安此時才發覺自己的話有問題，可是已經惹人生氣，來不及了。

此刻陸煙然覺得，她娘躲著這個人實在是明智之舉，這麼一想，她便加快腳步往府裡走去。

梁懷安連忙追了上去，然而陸煙然個頭雖然不大，步伐卻不小，轉眼便到了屏門處，他再追上去，她已經上了迴廊。

最後梁懷安止步於後院的石階，只能失望地回客房去。

陸煙然腳步匆匆地回到院子，一進門就見她娘正坐在廊下繡著什麼東西，她快步走過去，喊道：「娘！」

「然然回來了。」嚴蕊放下手中的針線，滿臉笑容地看向女兒，接著看到隨女兒一同前去的嬤嬤與丫鬟懷裡有不少東西，不由得有些疑惑，但卻什麼也沒說。

察覺到嚴蕊的疑問，陸煙然解釋了兩句，母女倆說了一會兒話，她才進了屋子。

陸煙然有點好奇姜禪送給她什麼生辰禮，所以一進屋就將木匣子放到一旁的軟榻上。她搓了搓手後打開木匣子，看見裡面的東西，忍不住嘆了口氣。

木匣子裡零零散散的玩意兒不少，有珠花、手串，甚至還有幾顆珍珠，和那位懷安舅舅討好人的禮物不相上下。

不過……這也是姜禪的心意嘛。

倘若陸煙然真的是一個小姑娘，應該會很喜歡這些物品吧？比起嚴恩送的撥浪鼓，實在好太多了。

這般安慰自己之後，陸煙然的心情輕鬆不少，將東西都收了起來。

第三十三章　陰影逼近

隔天辰時剛過，陸煙然就湊到嚴蕊身前說道：「娘，我們已經有好些日子沒出門了，今日出去逛一逛吧！」

雖然不是真的小孩子，可嚴蕊到底是自己的娘親，陸煙然如今也會時不時地對她撒嬌。

說起來，陸煙然是受人所託，誰教她昨天一時心軟收了禮物，稍晚就有人要她幫個「小忙」。她拗不過他，又想到她娘確實悶在院子裡太久，的確該出去透透氣，才答應的。

如今嚴蕊不過二十來歲，陸煙然由衷地希望有一個人對她好，儘管梁懷安那人笨拙得很，嚴蕊也不是特別想接近他，但是機會擺在眼前，完全不嘗試，並不符合她的本性。

嚴蕊見女兒搖著自己的手臂，臉上不禁露出笑容。看著女兒滿是期盼的臉蛋，拒絕的話怎麼也說不出口，她猶豫了一會兒，無奈地點了點頭。

稍微收拾一下，母女倆就出了門，嚴蕊一如往常戴上帷帽，用白紗遮掩一張明豔的臉龐。

由於母女倆已經安排好了行程，出府之後，便讓車夫前往一家鋪子。

沒多久，一個身影從文國公府溜了出來，跟上前去。

她們先去了一家糕點鋪子，一進去裡頭，就聞到了一股點心的香味，這氣味並不膩，還帶著一股果香。

進鋪子之後，嚴蕊就摘下帷帽，見女兒一雙眼睛都亮了，忍不住笑著說道：「妳最喜歡的那道點心就是這個鋪子做的，這家鋪子已經開了好些年，用的是祖傳的方子，連宮裡的御廚都做不出這個味道。」

陸煙然驚訝地睜大了眼睛說：「那陛下豈不是吃不到了？」

聽了女兒的話，嚴蕊又是一笑，回道：「陛下怎麼會吃不到呢，有的是人送呢。」

這話說得有道理，陸煙然點了點頭。

母女聊了幾句之後，在鋪子裡挑起點心，沒過一會兒就選了好幾樣，不過糕點還是新鮮的時候比較不失原味，見數量差不多，一旁的嬤嬤連忙上前付錢。

然而她剛掏出荷包，後面就閃出一道身影，迅速地塞了一錠銀子到鋪子小廝的手裡，說道：「我來我來！」

一看來人，嚴蕊頓時瞪大了眼，正是她躲了好幾日的梁懷安！

雖然早已有了準備，可是在看到他跑出來付錢的那一刻，陸煙然還是有一瞬間想翻白眼。

梁懷安見她們母女倆都看著自己，咧開嘴笑著說：「還想買什麼？」

說實在的，嚴蕊很想直接回府。她是和離之身，若是被人看見跟一個外男在一起，難免會有人說閒話。

「娘，我們再去逛頭飾鋪子吧，我想買一朵頭花。」陸煙然突然扯了扯嚴蕊的袖子。

嚴蕊沒辦法拒絕女兒，微微頷首。

梁懷安就這樣自動加入她們逛街的行列，不過他還算知趣，一直保持著適當的距離，讓嚴蕊說不出趕人的話。

接下來，幾條街上都能看見這樣的場景——一對母女挑了東西之後，便有一個男子急著上前給銀子，一次也沒落下。

嚴蕊剛開始還有些不自在，不過漸漸就習慣了，甚至還時不時地與梁懷安說說話。

陸煙然察覺這個轉變，原本還有些擔憂的心，瞬間放鬆了。

這次之所以答應幫梁懷安，其實也是因為她發現她娘只是被他的表白嚇壞，對他並不反感，而且他能住在文國公府，足以說明他深得府中長輩信任。

還有一點，就是陸煙然發現，她娘的重心幾乎都在她這個女兒身上，這是不對的。那段不幸的婚姻已經結束，她娘早該把陸鶴鳴拋到一邊，她過得好，才是對陸鶴鳴最大的懲罰。

隨著時間過去，一行人相處得越來越和諧，梁懷安趁嚴蕊對店家說話時，朝陸煙然露出一個討好的笑。

陸煙然聳了聳肩，面無表情地偏開了臉。

見狀，梁懷安有些失望，不過他隨即提起精神來，從一旁的攤子上取了一支糖葫蘆遞給她。

陸煙然愣了一瞬，最後還是接了過來。

因為難得出一趟門，本來只是陪女兒的嚴蕊，也順手買了不少東西。其實她挺喜歡逛街的，回晉康以後也去過首飾鋪子，只不過在廟裡修行了幾年，對物質上的享受看淡不少罷了。

嚴蕊進飾品鋪子挑了一樣小東西後，一行人往下一個鋪子走去。

飾品鋪子斜對面就是一家酒樓，二樓的窗戶正好能將鋪子裡的情形盡收眼底，此刻包廂裡有兩個人正在談話。

「劉大人，幫幫世姪吧，我實在是沒辦法了才求到您身上，您就看在往日情誼的分上幫個忙吧！」

說話的人面如冠玉，身穿青衣圓領袍，看起來風度翩翩，正端著一隻白瓷酒杯向眼前的人敬酒。不過此人臉色並不太好，他正是即將遠赴卞州的陸鶴鳴。

陸鶴鳴面前的人年齡大概五十有餘，鬢角已經有些花白了，他見到陸鶴鳴將酒遞到自己面前，連忙避開。

「鶴鳴啊，不是我不幫你，是我幫不了你！我都到了告老還鄉的年紀，哪裡說得上話？鶴鳴，時候差不多了，你還是盡早前往卞州吧，若是再不趕路，就錯過上任的時間了！」劉大人一口氣說了這席話，便迫不及待地起身離開。

陸鶴鳴想要阻止他，卻被對方的下人攔住，看著劉大人離去的背影，他狠狠地咬了咬牙。

劉大人哪裡是說不上話，他的資歷極深，即便官職不高，在朝廷還是頗有分量，若是能為他說說話，他的境遇也會好一些。

可是劉大人卻死活不願意，說到底，不過是怕得罪嚴家罷了！

儘管一直無人願意幫忙，陸鶴鳴還是求爺爺、告奶奶地找人搭理自己，就是為了讓吏部修改一下任命書。

他不求不去卞州，只求能有個好一些的職位。司馬一職，世人皆知可有可無，他萬萬不能讓自己落入那般田地。

聽說那位劉大人素來愛到這家酒樓，於是他打探好時間尋了過來，然而對方一見到他，根本沒等他說幾句話就逃了。

被人拒絕原本就生氣，沒想到陸鶴鳴眼睛往外一瞄，就見到更加讓人火大的一幕。

他怎麼會認不出那戴著帷帽的女人是誰！

陸鶴鳴見嚴蕊掀開白紗，從鋪子裡挑了一樣小東西，隨後就有一個男人殷勤地上前付錢。

那男人正巧偏過頭，看見對方的正臉後，陸鶴鳴一時只覺得那人眼熟得很，思索了許久，才想起來他是誰。

「梁懷安！」陸鶴鳴咬牙切齒地低喃道，眸光詭譎。

陸鶴鳴怎麼不記得梁懷安？當初認識嚴蕊的時候，他就時常纏在她身邊，後來聽說他全家去了梁州，如今竟然回來了，而且又纏上了嚴蕊。

更讓陸鶴鳴憤怒的是，陸煙然就在他們兩個身旁，那和樂融融的情景，看起來活像是一家人出遊的畫面！

想到自己上次去找大女兒時的遭遇，陸鶴鳴黑了臉。如今他只能在晉康再待幾日，若是還想不出辦法的話，他就真的只能灰溜溜地去卞州當個司馬了。

當初梁懷安是他的手下敗將，如今，他自然有辦法對付他。

看著漸漸走遠的一行人，陸鶴鳴的眼中閃過一抹狠戾。

就陸煙然這一路上的觀察來看，梁懷安幾乎對嚴蕊言聽計從，她甚至覺得他看著她娘的眼神泛著光芒。

陸煙然對這種眼神並不陌生，上一輩子總有些男人會用類似的目光看她，好似她是待價而沽的商品。

她雖不用自己的相貌討生活，卻不能否認那段過往，即便內心再清高，也不得不承認她運用這個優勢讓日子好過一些。

陸煙然曾經以為，那種眼神只會讓人覺得厭惡，然而梁懷安的目光卻不讓人討厭，他的凝視，只會讓人覺得他眼中只有她娘一個人。

他應當是愛她娘的吧？不然他不會千里迢迢趕回來，也不會生疏地討好自己；況且，再怎麼說，他跟她娘畢竟年幼相識，她在他面前一點也不拘束，顯得頗為自在。陸煙然的思緒一時有些紊亂，可她面上卻沒表現出來。

逛完街之後，一行人回到文國公府。

梁懷安雖然還想和嚴蕊再多相處一會兒，可他明白欲速則不達，今天這樣已經是很大的進展了。

由於在外面的鋪子碰上梁懷安這件事實在太過巧合，回到院子之後，嚴蕊就詢問女兒是不是和梁懷安說好了？

陸煙然聽嚴蕊這麼問，知道騙不了她，索性直接承認。

嚴蕊沒想到女兒竟然這麼坦率，頓時有些哭笑不得，可她捨不得訓女兒，只要她以後別再做這種事。

身為女兒，陸煙然還真不好插手母親的私事，這次答應梁懷安已算是出格了。她看了她娘一眼，說道：「娘，您不必為了我……」

嚴蕊摸了摸她的頭，輕聲道：「傻孩子……」

她這個反應讓陸煙然猛然忘了自己要說的話。若拿娘和旁人相比，娘自然更加重要，她只能辜負那位懷安舅舅的期盼了。

陸煙然是放棄了，可還有一個人沒放棄。

薛氏相當心疼嚴蕊這個女兒，這些年來她一直期盼能有個人照顧她，如今梁懷安出現，讓她看見了希望，所以她一有機會便勸女兒。今天薛氏見他們幾人外出後一道回府，又抓著嚴蕊念了起來。

嚴蕊不能像躲梁懷安那樣躲著她娘，可是見她娘堅持不懈了一陣子，她實在擔心自己會被說服，無可奈何之下，她想出一個法子。

七月十三是大勢至菩薩的誕辰，嚴蕊準備去寺裡參拜，之後再待個幾天。如今女兒回到了自己身邊，她正好趁這次去還願。

薛氏知道這件事情之後，頓時意識到女兒這是在躲自己，但是她卻沒別的辦法，總不能不讓女兒出門吧？

嚴蕊讓貼身丫鬟收拾東西，有些煩惱該怎麼對女兒開口？

陸煙然自然知道了她娘的決定，見她似乎有些難以啟齒，便主動開口說道：「娘，我和您一起去。」

她話一落，嚴蕊的心顫了顫。這回去承安寺，她並不打算帶女兒一起，不然的話，她也不會不知如何開口了。

摸了摸女兒的臉頰，嚴蕊出聲說道：「承安寺雖是香火鼎盛的大廟，實質上卻是清修之地，妳若是待在那裡，肯定會吃苦，娘捨不得。」

陸煙然對這個結果顯然不滿意，說道：「娘，我不怕苦，您讓我去吧。」說起來，她前世已經吃過了許多苦，哪裡擔心這個。

嚴蕊笑著回道：「然然，這些日子妳的下巴都變尖了，還是好好在家裡休養，就聽娘的吧。」

在其他事情方面，嚴蕊一向遷就陸煙然，可是這次卻十分堅持，因為在承安寺待過幾年的關係，她知道廟裡的限制很多，再來就是她不想讓女兒瞧見那個她用來療傷的地方，那會讓她想起自己當初有多懦弱。

由於無論如何都說不過嚴蕊，陸煙然最後只得妥協。

嚴蕊不是說風就是雨的性子，然而才剛收拾好東西，她就一刻也不耽擱地準備出發了。一家人送嚴蕊到門口，看著她上馬車，陸煙然心中生出一絲不捨。

薛氏眼眶微微泛紅，顯然是想起幾年前女兒去承安寺的情形，但這次她卻是被自己話多給說走的，不禁惱得瞪了女兒一眼。「妳這是故意氣我呢，然然還在家，妳竟要去廟裡！」

嚴蕊淡淡地笑了。雖然薛氏的鍥而不捨是她出門的原因之一，不過她確實是為了還願，況且廟裡有大師，她不但能靜心，還能藉機解惑。

看蔣氏打點了隨行的人員一遍，又囑咐護衛萬事小心，薛氏才放心讓嚴蕊上馬車。

「然然，過來一下。」嚴蕊說道。

陸煙然抬起腳步，靠到了車窗旁邊。

嚴蕊看著女兒說道：「娘很快就回來了，妳在家要聽長輩的話，若是無聊的話，就去找表妹玩。」

陸煙然點了點頭，回道：「娘，我知道的，您放心吧。」

又耽擱了一會兒之後，車隊就啟程了。

薛氏摸了摸外孫女的頭，說道：「然然，沒事，妳娘很快就會回來的。」

陸煙然應了一聲，正準備說點什麼，就見大門後面探出一顆腦袋——不是梁懷安是誰？

見到馬車越駛越遠，梁懷安的表情也越來越委屈。他明白這次嚴蕊離家跟自己有關，這是不是代表他徹底沒機會了？若是自己不走，她就不回來？

梁懷安一顆心頓時沈到了谷底，可是他的腦子卻蠢蠢欲動，各種思緒翻滾。

薛氏也注意到了梁懷安，想到女兒之所以出門的原因，她微微有些尷尬，同他說了兩句話後，就要帶外孫女進府。

陸煙然說道：「外祖母、大舅母，我同懷安舅舅說一會兒話，待會兒再進去。」

薛氏點了點頭，就跟蔣氏一起進了門。

待兩人一走，梁懷安就彎腰湊到陸煙然面前，他正想說些好話，豈料她搶先開了口。

陸煙然說道：「您也去吧，幫我好好照看我娘。」

梁懷安有些驚訝，等他回過神時，陸煙然已經進了府。他直起身子，表情仍是不可思議。他這是得到小姑娘的認可了嗎？

來不及細想，梁懷安就被內心湧起的驚喜給淹沒了。他去馬廄牽了一匹好馬，躍上馬背跟了上去。

由於怕嚴蕊反感，梁懷安認為自己還是不要露面比較好，只要暗地照看嚴蕊就行。

然而誰都不知道，在他們前往承安寺的路上，還有一個人乘著馬車跟在後頭，最後那人繞了近路，趕往承安寺。

送走嚴蕊，回到院子之後，陸煙然發現葡萄正在收她的東西，她有些驚訝地問道：「收東西做什麼？」

葡萄連忙回道：「小姐，剛剛老夫人那邊來了人讓奴婢收拾的，說是讓您去正院住幾天。」

陸煙然恍然大悟，想必是外祖母不放心她一人待在一個大院子裡，才要她過去一起住。她原先覺得不用這麼麻煩，可又想到長輩畢竟是關心自己，她沒必要拒絕，於是等葡萄收拾好之後，陸煙然就帶著她往正院走去。

第三十四章　卑鄙小人

見到陸煙然過來，薛氏很是歡喜，畢竟年紀大了，就愛兒孫滿堂的感覺，然而孫子跟孫女有自己的娘親，若是將他們留在自己院子裡，豈不是拆散人家母子？

她是過來人，自然不忍心，如今外孫女能在正院住幾天，她自然高興。

薛氏出身名門世家，性格、品德皆比常人高出一等，剛回到文國公府時，陸煙然在她面前還有些拘束，不過時間一長，她就發現薛氏十分慈祥，是個好相處的長輩。如今她也能說幾句嘴甜的話給薛氏聽，經常逗得她合不攏嘴。

薛氏將陸煙然安置在正院的耳房，還帶著她去看了一圈，儘管已經仔細整理過，她還是問道：「然然，怎麼樣？要是不滿意的話，告訴外祖母，我再讓人改改。」

「外祖母，這裡很好了！」陸煙然笑著應道。

儘管小孩子活力充沛，可是這兩天陸煙然在外面東奔西跑的，用過晚膳後，她同外祖父與外祖母說了一會兒話，就忍不住睡意了。

見外孫女打了一個哈欠，薛氏連忙讓下人照顧她休息。

陸煙然說道：「外祖父、外祖母也早點歇息。」

兩位老人家應了一聲「好」，陸煙然就帶著葡萄回房。

洗漱完畢之後，陸煙然穿上寢衣爬到床上，明明之前很想睡覺，這會兒卻覺得有些心神不寧。

「怎麼回事……」她不禁嘟囔了一句。

雖然什麼都沒想，可是陸煙然就是覺得自己的思緒亂得很。

算了算日子，已經到了陸鶴鳴該離開晉康的時間，看來要讓府裡的人打聽打聽他什麼時候出發，不然她一直不安心。

一想到陸鶴鳴要走了，陸煙然終於覺得踏實了一些，不知不覺間墜入了夢鄉。

第二日醒來，陸煙然陪薛氏喝了點白粥，又說了一會兒話，就尋人去鎮國侯府打探消息。

半個時辰後，得知陸家人行李已經準備得差不多，過幾日便要出發，陸煙然不由得鬆了一口氣。

陸煙然想起了陸家，他們也沒忘記她，大郭氏還特地讓人來詢問她要不要一同前去卞州？

嚴邵直接以「路途遙遠，陸家如今又沒有當家主母，擔心外孫女沒人教導」這個理由拒絕了。

大郭氏得到這個回答，氣得不得了。他們兩家就是八字犯沖，是她多事了！

過了兩日，沒有嚴蕊在身旁，陸煙然覺得有些不習慣，不過好在府裡人多，有人陪伴，讓她不至於胡思亂想。

然而這一日，卯時剛過，一個護衛就帶來了壞消息，讓眾人震驚不已——歹人闖進了嚴蕊在承安寺的廂房，隨行的丫鬟們被迷藥迷暈，嚴蕊被帶走了！

聽到護衛稟報，陸煙然的手一抖，旁邊的白瓷杯被撞到了地上。

嚴邵氣得拍了拍旁邊的桌子，怒道：「現在怎麼樣了?!」

護衛嚇得跪趴在地上說：「威遠侯府的世子爺已經尋回了大小姐，如今正往府中趕來。」

儘管得到嚴蕊平安的消息，嚴家眾人卻不敢詢問到底有沒有出什麼事？就算嚴蕊是和離之身，她的名節一樣重要。

嚴謹最先反應過來，出聲問道：「那歹人是誰？可抓住了？」

護衛的回答讓大廳瞬間安靜下來，落針可聞，歹人正是嚴家的前女婿，鎮國侯府的陸侯爺。

陸煙然臉色一白，頓時恨不得將陸鶴鳴千刀萬剮。

一個多時辰過去，帶著嚴蕊去承安寺的車隊回到了文國公府。嚴家人萬分擔心，卻不敢細問，只見嚴蕊戴著帷帽，臉上神色不明。

嚴蕊進府後直接回到院子，將自己關在房間裡，任何人都不見。

雪上加霜的是，短短的時間內，晉康城內就起了風言風語，甚至有傳言說陸家與嚴家將再結兩姓之好。

罪魁禍首陸鶴鳴被梁懷安關進嚴家的別院，嚴家上下對此事隻字不提，只有少數人知曉內情。

陸煙然心中生出了一絲膽怯，她不敢去見嚴蕊，只得找上梁懷安。

幾日過去，梁懷安看起來仍舊相當疲倦，見到陸煙然，他除了愧疚，還有沒保護好心愛之人的心痛。

明明小姑娘已經託他照看好嚴蕊，可他還是讓那人有了可乘之機，真是可惡！

與梁懷安的痛苦相反，陸煙然面色淡定地詢問事情經過，不過她終究是強裝鎮定，一雙手微微顫抖。

梁懷安已經向文國公府的長輩與同輩詳細說明此事，但是現在問話的人是陸煙然，他描述得更加仔細。

因為當時，梁懷安心中牽掛嚴蕊，天黑後便守在離她廂房不遠處的涼亭，他打了個盹兒後醒來，準備回自己的廂房休息，卻沒想到嚴蕊居住的地方房門大開。

他衝進房間後就發現，該在裡頭歇息的嚴蕊不見蹤影，丫鬟們也陷入昏迷當中。

梁懷安第一時間通知護衛與承安寺的人找人，最後發現是一個小和尚被人收買了，正是他幫那歹人開的門。

好在對方年幼，禁不起大人逼問，他們很快就知道歹人離去的方向，梁懷安分派護衛去搜尋，自己也加入救人的行列。

他是在承安寺附近一個山洞找到嚴蕊與陸鶴鳴的，若是再晚一步，就會發生不可預料的事情。

雖然梁懷安不欲同陸鶴鳴糾纏，可是陸鶴鳴卻不輕易讓他離開，由於掛念嚴蕊，梁懷安處於劣勢，好在最後護衛趕到，他才能帶著嚴蕊順利脫逃，而陸鶴鳴也被綁了起來。

本來他想掩蓋此事，可是事情已經鬧大，而且在他們還未回到城裡時，便有先一步從寺裡離開的長舌婦大肆宣揚。

聽到梁懷安說的話，陸煙然只覺得自己的身子一軟，心中一顆巨石終於落下。

串聯起整件事情，陸煙然馬上就知道這是怎麼回事——陸鶴鳴想用這些閒言碎語逼她娘再嫁給他，真是好生無恥！

陸煙然深吸了口氣，看向梁懷安說道：「帶我去見他。」

梁懷安微微一怔，隨後才反應過來她口中的「他」是誰。

嚴家別院離文國公府只有兩條街的距離，別院門口、院子裡與屋子外面都有護衛守著，過了好幾道防線，陸煙然見到了陸鶴鳴。他坐在椅子上，除了看上去有些狼狽，一張臉仍舊俊美。

看見陸煙然前來，陸鶴鳴有些驚訝，他本來以為第一個來見自己的會是前岳丈。按照他的想法，發生這種事，嚴家為了名聲，應該會親自將嚴蕊送到陸家才對。

當陸鶴鳴的視線落在梁懷安身上時，他的表情微微一變。若不是這個人，他就能圓滿完成計畫，到時候嚴蕊只能嫁給他。

不過說到底，沒人會在意他們兩個有沒有發生什麼事情，這個世界就是人云亦云、三人成虎，最終自然會傳成他同嚴蕊舊情復燃。

他相信，這些年嚴蕊沒有再嫁是因為心中還有他，經過這次的事情，嚴蕊一定會回到他身邊——即便她不想嫁，也得嫁！

陸煙然的視線落在陸鶴鳴身上，沒有移開。

她黑亮的雙眸盯得陸鶴鳴皺起了眉，他指了指她身後的男人道：「妳可知此人有何企圖？竟然同他在一起！」

陸煙然的手捏成了拳頭，她看著陸鶴鳴，一字一句地說道：「我娘終有一天會嫁給他。」

此話一出，陸鶴鳴驚道：「妳說什麼?!」

梁懷安也沒想到陸煙然會說出這樣一句話來，驚訝得瞪大了眼。

陸鶴鳴氣急敗壞，起身朝陸煙然走去。

梁懷安見狀，連忙將陸煙然護在身後，推了陸鶴鳴一把，喊道：「滾！」

被他這麼一推，陸鶴鳴撞向身後的椅子，險些摔倒，他瞪著陸煙然。「妳個孽女，難道要認賊作父不成?!」

陸煙然不理睬他，自顧自地說道：「你難道以為這樣，我娘就會回到陸家？陸鶴鳴，你作夢！你個狼心狗肺、不仁不義的傢伙！」

到了這個地步，陸煙然已經不當陸鶴鳴是她爹、是長輩了。

「然然……」梁懷安這次是真的有些傻眼了。雖然這些話聽起來爽快，可是他沒想到，這年紀輕輕的小姑娘敢這樣說她的親爹。

陸鶴鳴何嘗不震驚，被親生女兒這樣怒罵，他臉色沈得像黑墨一樣，氣得結結巴巴道：「孽……孽障，妳知道妳……」他連話都說不出來了。

陸煙然眯了眯眼看著她的爹，眸中散發著冷光。

上一輩子失去了舊時的記憶，可是自己淪落到被賣進青樓的地步，和這個爹脫不了關係。

這一輩子，她更是親眼目睹這個人能有多無恥，想到她娘因為他受到那些傷害，她便恨不得將他碎屍萬段！

「為夫，你不忠；為父，你不慈。鎮國侯府衰敗，你就想借著外祖家的勢力翻身，可之後又將文國公府的面子、裡子往泥裡踩。如今，你想將當初那些棄若敝屣的東西討回來，自以為是不說，還卑鄙無恥到了極點，你到底是哪裡來的自信，覺得別人會任你擺布！」

「妳……」這些話讓陸鶴鳴臉色一白。他氣惱至極，又想上前對陸煙然動手，梁懷安眼明手快地制止他。

陸煙然恨不得動手揍陸鶴鳴兩拳，不過她怕髒了自己的手。

「陸鶴鳴，你會為自己的所作所為付出代價！」陸煙然冷冷地扔下這句話，轉身離開。

看到她出了屋子，梁懷安連忙推開陸鶴鳴，追了上去。

被推到一旁的陸鶴鳴站穩了身子，也想追上去，不過他剛剛踏出門檻，就被門口的護衛攔住。

陸鶴鳴雖然相當憤怒，心中卻還有期盼。他就不信嚴家會不顧文國公府的名聲，嚴蕊非嫁他不可！

陸煙然出了嚴家別院之後，便趕回文國公府，直奔主院。梁懷安不知道她要做什麼，只是默默地跟在她身後。

文國公嚴邵與夫人薛氏正在中堂內討論事情，兩人臉上還帶著幾絲愁意。

陸煙然進屋之後，直接跪在嚴邵面前。「外祖父，還請您為娘親主持公道！」

看見陸煙然這個樣子，嚴邵和薛氏趕緊起身扶她起來，後頭的梁懷安則是再次被她嚇到。

嚴邵何嘗不生氣，此次也不準備放過陸鶴鳴，他心中隱隱有了計畫，見到外孫女這樣，更加堅定自己的想法。

「然然，不用擔心，外祖父會親自向陛下說明與陸家的恩怨。嚴家有一塊先皇賜的玉珮，可以向當今陛下提出一個要求，外祖父會讓陛下削了陸家的爵位，將他們降為白身，妳可知這意味著什麼？」

嚴家向來堂堂正正，嚴邵不屑用陰招，這已經是他最強硬的手段了。

陸煙然抿了抿唇。她自然知道，若是陸家爵位被削，她就成了平民之女，即便她是嚴家的外孫女，也會被同齡的世家貴女看不起甚至嘲笑，但她並不在乎這些。

她點了點頭，回道：「外祖父，我知道。」

感受到外孫女的決心，嚴邵不禁有些心疼地說：「然然，不怕，還有外祖父在。」

一旁的薛氏聽了，忍不住抹了把淚。

嚴邵拍了桌子道：「擇日不如撞日，我今天就去向陛下請旨！」

他起身準備離開，然而外頭卻忽然傳來一道聲音。

「爹，不可！」

話音剛落，嚴蕊的身影出現在眾人眼前。

梁懷安的眼神落在嚴蕊身上捨不得離開，因為他的視線過於炙熱，嚴蕊想忽視都不行。

那一夜，大概是因為她睡在廂房的內間，所以她吸到的迷藥並不是很多，沒有完全昏過去，還保有意識。

然而，正是因為還有意識，嚴蕊才覺得更恐怖。她以為自己真的完了，以為只能眼睜睜地看著陸鶴鳴傷害自己，可是沒想到梁懷安竟及時救了她。她還記得梁懷安那時的眼神，有憤怒、有不捨、有自責……相當複雜。

她突然信了他說會疼惜她的那些話，然而此刻……她無法回應他的深情。

嚴蕊避開梁懷安的眼神，看了女兒一眼，朝她露出一個安撫的笑容，卻不知陸煙然將她迴避梁懷安的一幕看在了眼裡。

梁懷安眸中閃過一絲失望，可一想到她剛才說的話，一顆心又提了起來。

「娘。」幾天未見到母親，陸煙然覺得她消瘦了許多。不過這麼點時間就起了巨大的變化，可以想見她為了此事有多煩惱。

嚴蕊見女兒臉上掛著擔憂，不禁有些愧疚。

陸煙然見她眉頭輕蹙的模樣，知道她心裡不好受，便走過去拉了拉她的手。

這個舉動讓嚴蕊的心頓時軟得一塌糊塗，她偏頭看向女兒，說道：「然然，妳和外祖母出去一下，娘和外祖父有話說。」

陸煙然微微一怔，薛氏則連忙說道：「若是有什麼事，妳就說出來，我們也能想想法子啊，蕊兒，妳這個時候可不要鑽牛角尖。」

都說「知女莫若母」，薛氏覺得女兒此時出現有些不妙，像是作了什麼重大的決定一樣。

梁懷安的手攥成了拳頭，他想出聲說話，但就算威遠侯府同文國公府之間關係親近，在現在這個情況下，他也不適合開口。

嚴邵一雙爍目在長女身上掃了兩眼，隨後出聲說道：「你們先出去。」

最失望的人是梁懷安，他腳下似有千斤重，最後還是只能離開屋子。出去之後，他見陸煙然站在石階旁，便朝她挪了過去。

陸煙然正在想事情，察覺身旁突然多了一個人，她偏頭看過去，就見到了梁懷安。

瞧見陸煙然那安靜乖巧的模樣，梁懷安的愧疚感更深，他說道：「我沒能……」

「多謝你了。」

這兩句話幾乎重疊在一起。

聽到陸煙然向自己道謝，梁懷安頓時忘記自己後面要說什麼。他沒想到她會感謝自己，因為沒照顧好嚴蕊，他很自責，以為小姑娘也會怪他。

梁懷安很想問她為什麼，可陸煙然卻看著眼前的門緩緩闔上，眼睛一眨也不眨，彷彿剛剛說話的人不是她一般。

陸煙然自然要向梁懷安道謝，若不是有他在，只怕事情發展會更不受控制。至少她娘沒真正受到傷害，她已經很感激了。

梁懷安的視線跟著落在門上，他發現自己不如身旁的小姑娘淡定，可還是忍不住問道：「然然，妳知道妳娘要做什麼嗎？」

聽到他稱呼自己「然然」，陸煙然先是一怔，隨即吐出幾個字，梁懷安一聽，頓時瞪大了眼睛。

待眾人出去之後，嚴蕊跪在嚴邵面前，頭重重地往地板上磕，低聲道：「爹，女兒給文國公府蒙羞了。」

她這句話帶著哭腔，嚴邵搖了搖頭說：「蕊兒，妳著相了。」

著相是佛教術語，意思是執著於外相、虛相或個體意識，而偏離了本質。這句話對在寺裡修行了幾年的嚴蕊來說，無異於當頭棒喝，她的身子微微一顫。

父親向來寡言，可往往都能切入要點。當初同陸鶴鳴和離一事已經為這個家帶來不少流言蜚語，她心中有愧，而這次發生的事，只會被議論得更厲害。

「爹，我……」

嚴蕊正準備說話，一雙溫暖的手就握住她的手臂，用力將她拉了起來。

嚴邵看了女兒一眼，說道：「人生在世，要想不被人說閒話是不可能的。一個人做得面面俱到，人家會說他阿諛奉承；對別人好，有些人或許會感恩，可是背後說他是冤大頭的人想必也不少。

「所以，人不可能讓每個人都滿意，日子是妳自己要過的，用不著被那些閒話影響。」

嚴蕊忍不住鼻子一酸，知道父親是在安慰自己，可是她心裡著實難受，想到自己可能為文國公府帶來負面影響，她就覺得無臉見人。

若是家中姪女和姊妹因為她導致婚事受到影響，她一輩子都不會原諒自己。尤其是她還有女兒，若是這件事不能好好解決，別人會如何看待然然？

她可以不管別人對自己指指點點，卻不得不考慮到其他層面的問題。

「爹，您從小便是這樣教導我們的，我自然知道這些。」嚴蕊頓了頓，話鋒一轉。「讓我同陸鶴鳴復合吧。」

第三十五章　塵埃落定

此話一出，屋內靜默了片刻。

嚴邵瞪著女兒不說話，嚴蕊也知自己這話有多麼驚世駭俗，直直望著她爹解釋起來。

她與陸鶴鳴畢竟曾是夫妻，若她回到他身邊，世人會以為他們只是舊情復燃，想必閒言碎語過不了多久便會消失。

這結果看起來雖然無奈，但她不過是回到鎮國侯府罷了，儘管不知道陸鶴鳴會怎麼對待她，然而幾年過去，她已不像當初那般懦弱，定要……

「妳當真是糊塗！」嚴邵打斷嚴蕊的話，覺得這個女兒莫不是被氣傻了？

「將陸家鬧得雞犬不寧，對妳又有何好處？妳以為那樣就不會有人說閒話了嗎？若妳真的這麼做了，還會傳出更難聽的話！」

嚴邵不想同女兒說後宅之事，只道：「當初讓妳同陸鶴鳴和離，就是不想妳為了他耽擱一輩子，如今妳又要回那火坑，意義何在？此事休得再提！」

嚴蕊臉色一白，又勸說起來，她覺得只有這個辦法能解決問題，不願意放棄。

嚴邵瞪了她一眼，說道：「怎麼會只有這一個辦法？既然陸鶴鳴犯了事，削了他的爵位便是。」

嚴蕊抿了抿唇。「爹，不行，若是沒了爵位，煙然……」

嚴邵不讓她把話說完。「如今然然已經大了，妳何不問問她的想法？」說起來，嚴蕊會這麼做，跟陸煙然有很大的關係，嚴邵不欲同嚴蕊說這麼多，想到剛才陸煙然的答覆，他便將焦點轉移到她身上，果然見嚴蕊一愣。

嚴蕊猶豫了片刻之後，轉身走過去將門打開，說道：「然然，妳進來一下，娘有話問妳。」

屋外的陸煙然本來就一直盯著門，見嚴蕊打開門對她這麼說，她連忙往前走去。梁懷安一直站在陸煙然身旁，看到這個情況，下意識地跟了上去。

嚴蕊見了，不由得一怔，隨後瞪著梁懷安道：「你來做什麼？」

像是想到了什麼，嚴蕊避開梁懷安的視線，領著女兒進屋。

當嚴蕊準備關門時，就見到梁懷安一臉被拋棄的表情，她眉頭微微一皺，將門關上。

「蕊妹……」梁懷安微弱地叫了一聲，卻只能看著門闔上，再想到陸煙然剛才說的話，他的眸中染上了一層暮色。

陸煙然進了屋子之後，一時之間無人說話，因為嚴蕊不知如何開口？

嚴邵瞄了女兒一眼，索性直接替她說出來，最後問道：「然然，妳覺得怎麼樣？」

陸煙然微微一怔。她沒想到自己猜想的事竟然成真了，她娘要同陸鶴鳴復合。

嚴蕊的手攥成拳頭，說道：「然然，妳說呢？這樣的話，妳就有爹了，娘也能陪在妳身邊。」

陸煙然看向嚴蕊，沒有說話。

嚴蕊被她看得有些心虛，可是如今女兒記在陸家的族譜上，若是陸家被削了爵位，女兒就是白身。

文國公府撫養一個孩子不成問題，可是同嚴家交往的人皆是世家大族，她不願女兒被人輕視。

嚴蕊說出她的顧慮，她認為女兒懂事，一定能了解。

陸煙然用清澈的眼神對著嚴蕊，一字一句地說道：「娘，您難道還想讓我再丟一次嗎？」

嚴蕊胸口傳來一陣鈍痛，她輕聲道：「然然……」

陸煙然繼續說道：「我不在乎是不是世家貴女，即便是白身，我也樂意。陸鶴鳴雖然是我爹，可他不是良人，他也當不好爹，因為他只在乎自己。」

嚴邵聽了外孫女的話，不禁看了她兩眼。沒想到這孩子年紀雖小，卻如此通透。

「可……」嚴蕊不死心，還想說話，此時門突然被人推開，梁懷安走了進來，原來他一直靠著門，所以聽清楚了他們幾人的對話。

見到他，陸煙然的眸光微微一亮。

梁懷安進屋後，直接來到嚴蕊身前，二話不說當著她的面跪下。

屋內和屋外的人見到這一幕都相當震驚，而剛好過來要與父母商量後續事宜的嚴苛，更是訝異地張大了嘴。

常言道，男兒膝下有黃金，梁懷安這一跪，將嚴蕊嚇得往後退了兩步。

一旁的嚴邵連忙出聲道：「懷安，快起來，這像什麼話！」

梁懷安搖了搖頭。「世伯，我就同蕊妹說幾句話。」

嚴蕊立刻喊道：「梁、梁宇，拜託你什麼都別說，快點起來！」

「蕊妹……」梁懷安用乞求的眼神看著嚴蕊。

嚴蕊看向跪在地上的男人，心中煩亂不已。雖然對方比自己年長，可是他性格跳脫，她一直都將他當作弟弟對待，經過這次的事件之後，她猛然發現，他已長成一個頂天立地的男子。

這個落差讓嚴蕊有些難以適應。她雖了解他自幼就有一顆赤誠之心，也明白他對自己的心意，可是如今的她，根本配不上他！

梁懷安不知道嚴蕊的心情，他不覺得跪在自己心愛的女人面前有什麼丟人的，若是他再不為自己爭取，一輩子都會後悔。

「蕊妹，現在大家都知道陸鶴鳴是什麼樣的人了，妳的打算實在是糊塗。」梁懷安直接挑明了說。

陸煙然盯著梁懷安的眼睛瞧，他眼裡滿是真誠的期盼與渴望，她有些不明白他們為何會錯過彼此？若是沒有陸鶴鳴這個人，兩人必是令人豔羨的一對。

梁懷安能獨身這麼久，足以證明他的深情……當陸煙然這麼想著時，他的聲音又響了起來。

「蕊妹，我年少便傾心於妳，無奈懂得太遲，我只希望妳能看在我心儀妳十餘年的分上，給我一次機會。」

嚴蕊沒想到，梁懷安竟然當著這麼多人的面說出這種話，一時之間有些手足無措。

梁懷安怕嚴蕊多想，繼續說道：「我這麼說不是為了逼迫妳。蕊妹，我只是希望妳給我一個機會，求妳不要做出傻事！」

頓了一下，他又說道：「妳不必擔心然然，若是我們……」

像是猜到他要說什麼，嚴蕊的臉頰紅成一片，連忙出聲。「梁懷安，你給我閉嘴！」

嚴苛怕梁懷安做得過火，趕緊進屋將他拉起來，小聲對他耳語了幾句。

梁懷安微微怔了怔，他看了嚴蕊一眼，不捨地跟著嚴苛一起離開，走了幾步之後，梁懷安又回頭看了陸煙然一眼，甚至還朝她使了個眼色。

陸煙然看向她娘，因為梁懷安方才的舉動，她娘的臉紅得像熟透的蘋果。

嚴蕊確實燥得慌，尤其是自己的女兒在場，她抿唇看向一旁的嚴邵，說道：「父親，懷安世子此舉實在是有些糊塗，我……」

「他糊塗？還能糊塗得過妳嗎！」嚴邵忍不住冷哼了一聲。「至少他是一片真心！」

嚴蕊何嘗不知自己的提議太傻，可是她實在想不出更好的法子，正想回話，嚴邵接下來的話頓時讓她一愣。

「我馬上進宮向陛下請旨，也會想辦法將然然的戶籍調回來。」嚴邵揮了揮袖子，直接朝外走去。

嚴蕊呆在原地。若是能將戶籍取回來，那麼女兒同陸家就……

正當她思索這個請求帶來的影響時，她的袖子忽然一緊，嚴蕊偏頭一看，只見女兒一雙眼睛彎成了月牙看著自己，顯然很是高興。

嚴蕊一顆心突然發起顫來。這樣的結果……似乎也不錯。

或許大多數人覺得家醜不可外揚，可是嚴邵性子耿直，他並不覺得這件事是嚴家的錯，所以將事情如實稟報皇上。

當今陛下又是氣又是笑，應允了他的請求。

翌日一早，鎮國侯府大門的牌匾被人取下，府內一片混亂，而嚴家讓陸鶴鳴得到應有的懲罰後，就將他送回陸家。

陸鶴鳴看著空無一物的大門，一時沒有反應過來。

怎麼會這樣？明明他已經安排好了一切，嚴家若是顧忌名聲，終究得按照他所想的那樣做，可事實卻與他想像中截然不同！

陸家爵位被削，丫鬟與下人大多得外放，家中不合體制的東西也得修改或撤掉。

待陸鶴鳴進了門，有人下意識地喊了他一聲「侯爺」，隨即驚慌地閉上了嘴。他的爵位已經被削，這個稱呼何其諷刺。

大郭氏的模樣更加憔悴了。這些日子以來的種種險些將她打倒，看到陸鶴鳴回來，她直接撲到他身上，涕淚縱橫道：「兒啊，你看你做的什麼好事，你讓我百年之後怎麼去見陸家的列祖列宗……」

陸鶴鳴被關了幾日，本就有些疲憊，此刻他身子顫了顫，臉上猶如蒙了一層灰，儘管機關算盡，他卻一敗塗地。

大郭氏邊哭邊拍著他的肩，嘴裡說著一些含糊不清的話，讓陸鶴鳴心如刀割。

「兒啊，你去認個錯，嚴家會原諒你的，以後別同他們作對就是了……」

陸鶴鳴眼神一冷，低聲道：「娘，沒用的。」

聽到他這麼說，大郭氏的哭聲變得更大。早知道會是這種結果，她當初就應該阻止才對……

鎮國侯府爵位被削一事，讓晉康的世家與平民百姓拿來當茶餘飯後閒聊的話題好一陣子。

姜禪當然也知道了，他心中有些牽掛，尋了表弟嚴煜一同前去文國公府，只可惜沒見到陸煙然，失望而歸。

他之所以沒能見到陸煙然，是因為她並不在府裡。儘管事情告一段落，嚴蕊卻連續幾日沒吃什麼東西，梁懷安得知此事，就纏著陸煙然出門去尋一些好吃的。

陸煙然心想，這也是為了她娘好，於是答應了。他們在街上逛了半個時辰，尋到了幾樣美食，便準備回府。

梁懷安覺得自己討好小姑娘越來越有心得，一路上都在同她套交情，可陸煙然只覺得有些好笑。

因為買東西的地點並未離文國公府太遠，所以他們一路上都是步行，轉過一條街之後，陸煙然看見了意想不到的人。

不遠處的屋簷下，大郭氏正站在那裡。

陸煙然愣了愣。一些時日未見，她發現大郭氏似乎蒼老了許多。

大郭氏也注意到了陸煙然，她眼神一黯，朝她招了招手，陸煙然抿了抿唇，將梁懷安買給她的陶瓷玩偶交由他保管。

梁懷安意識到了什麼，想阻止她。「然然……」

陸煙然搖搖頭，回道：「沒事。」話落，她就朝大郭氏走了過去。

大郭氏看著陸煙然走來，想不通在這麼短的時間內，為何會發生天翻地覆的變化？

「煙然，妳……」

「祖母，您不必再說什麼，無論如何，我都不會答應。」大郭氏才剛剛起了個頭，陸煙然就阻斷了她的念想。

大郭氏臉色頓時一白，她用複雜的眼神看著陸煙然，有些激動地說：「妳、妳……他好歹是妳的爹！」

這話有些沒頭沒尾，可是陸煙然還是聽懂了。雖然覺得祖母臉上的皺紋變深許多，整個人也滄桑不已，可是她卻不得不堅定自己的立場。

「祖母，他是我爹，可是他傷害的是我娘。」陸煙然頓了頓，又道：「再說了，若是您能管住他，又怎麼會發生這種事？」

「妳……」大郭氏的瞳孔一縮。

她知道兒子的打算，這會兒被人戳破，不禁惱羞成怒，顫著嘴唇丟下一句話：「陸家今後再沒妳這個不孝女！」

話音一落，大郭氏帶著兩個下人轉身離去，她的背挺得筆直，然而走了幾步之後，卻慢慢地變得佝僂。

陸煙然本來有些心軟，可是隨後又硬了起來。她只是想試探一下大郭氏，可她的反應卻告訴自己，對於陸鶴鳴做的事，她很可能知情。

早知如此，何必當初！

看著大郭氏走遠，陸煙然心頭有些難受，像是壓了什麼東西在那裡一樣。

「然然，回去吧。」

耳邊響起的聲音讓陸煙然回過神，她點點頭，應了一聲。

過沒多久，陸鶴鳴舉家遷往卞州，晉康再無鎮國侯府。

陸煙然有些驚訝，因為連大郭氏也跟著一起去了，卞州路途遙遠，若是……

儘管多少有點牽掛，然而她和陸家已經沒有關係，這個結局，算是給上輩子的自己一個交代。

塵埃落定，陸煙然的心徹底放下了。

晉康連著下了幾天的雨，夏日的暑氣似乎一下子消退了，雖然涼爽不少，可是溫度卻陡然下降。

嚴蕊病了，這場病來勢洶洶，大夫開了藥方、抓了藥，情況卻並沒什麼改善。

陸煙然聽著內室傳來的咳嗽聲，忍不住皺了皺眉，朝裡頭走去。

「娘。」

嚴蕊正半躺在床上，聽到女兒叫自己，連忙抬起頭。「然然快出去，別染上了病氣。」

陸煙然沒聽勸，反倒走近了些，說道：「娘，大夫說您這是熱傷風，沒事的。」

女兒還小，嚴蕊不放心，正想再說些什麼，誰知才剛剛張嘴就又咳了起來。

陸煙然的眼眶微微有些濡濕，坐下來陪嚴蕊聊天。沒一會兒，半雪端著藥碗進屋，放著涼了一會兒後，嚴蕊就喝了藥。

這湯藥已經喝幾天了，沒什麼效果，嚴蕊還是覺得身子發軟，鼻子也有些塞，她不想讓女兒看見自己這般沒精神的樣子，出聲說道：「然然，娘想睡一會兒，妳去找表妹玩吧。」

陸煙然知道嚴蕊是想支走自己，不過雖然明白她娘的意圖，她還是聽話地出去了。

待房內安靜下來，說要休息的嚴蕊卻睜開了眼，她眉頭輕蹙，心上像是壓著一塊石頭一般。

明明什麼也沒想，卻不知道在愁什麼？

她嘆了口氣，聞著淡淡的藥味再次閉上了眼。

陸煙然慢悠悠地走出院子，也不知道去哪兒好？她不想去找嚴雪，畢竟她的心情不好，難道要表妹陪著自己不高興嗎？

「然然！」

聽到有人在喊自己，陸煙然轉頭一看，才發現她竟不知不覺走到了前院，叫她的人正是梁懷安，她在嘴裡小聲哼了哼，走了過去。

梁懷安露出欣喜的表情，跟陸煙然扯了幾句之後，連忙詢問起嚴蕊的狀況。

他當然知道嚴蕊病了，可是身為外男，他不便去探望。

陸煙然簡單地說了兩句，可是梁懷安哪裡滿意，一直纏著她，她也是閒得慌，就這麼和梁懷安聊了起來。

梁懷安見她願意聽自己說話，當即越說越起勁，甚至還講起了以前的事。

「然然，妳不知道，我雖然比妳娘大，可是沒被她少訓過，以前我還老想著要討回來呢。」

陸煙然看了梁懷安一眼。他的話雖然聽起來像是埋怨，可是臉上跟眼裡卻都帶著笑。

「記得那麼清楚？」陸煙然說道：「您是不是記仇啊？」

梁懷安撓了撓頭，立刻出聲否定，接著又說起自己有印象的事情。

聽著聽著，陸煙然不禁笑了起來。從來沒人在她面前提過她娘以前的事，看來她娘小時候過得挺有趣的；然而，一想到她如今的狀況，陸煙然的笑容斂了斂。

看著身旁的梁懷安，陸煙然抿了抿唇，突然說道：「我娘和離了好些年，既然您心裡一直有她，為何現在才來？」

第三十六章　不請自來

梁懷安一直知道陸煙然的性子文靜沈穩，就像嚴蕊小時候那樣，可是看著她一本正經地說出這話，他還是覺得有些不自在。

在心中糾結了許久，梁懷安出聲說道：「然然，梁州離晉康很遠。」

且不說晉康與梁州隔了千山萬水，當年的他為情傷神，離開都城之後，他根本不敢打探嚴蕊的消息，才因此錯過了這麼多年。

梁懷安忍不住伸手摸了摸陸煙然的頭頂，臉上帶著一絲無奈。

陸煙然一怔，有些嫌棄地將自己的腦袋從他掌心下移開。

見她露出這樣的表情，梁懷安有些哭笑不得，接著他突然有股衝動，想說一些話。

「梁州雖然地處大越國西南，離都城很遠，可是地靈人傑，一年四季如春，是個很好的地方，那裡風景優美，民風也很淳樸……」

「停停停！」陸煙然見梁懷安還要繼續說，連忙打斷他的話。「別以為我不知道您的心思！」這是要哄她呢！

梁懷安啞然。這小姑娘也太通透了，不過既然已經被猜出心思，他便沒了顧忌，索性將梁州誇了個天花亂墜。

陸煙然表情十分淡定，心中卻漸漸起了漣漪。

又過了兩日，天朗氣清。

梁懷安領著一個頭髮花白的老人家往文國公府走來，一旁的護衛一眼就認出了那人是誰。

「我知道了，您就放心吧。」那個人被梁懷安纏得不知如何是好，趕緊應了幾句。

梁懷安這才滿意地點了點頭，連忙差人將他領往嚴蕊的院子。

老人家是城北德濟堂的古大夫，醫術相當精湛，可是因為年紀大了，已經很久不出堂，今日之所以前來文國公府，是因為不敵梁懷安的纏功。

薛氏和蔣氏正在內室同嚴蕊說話，陸煙然在一旁聽著，聽到古大夫來訪，薛氏有些驚訝地走出來。「唉呀，古大夫！」

古大夫微微頷首道：「我受人所託，前來看看，病人呢？」

薛氏指了指內室，說道：「蕊兒小時候您為她看過病呢，古大夫可還記得？」

古大夫應了一聲，此時嚴蕊在半藕的攙扶下走了出來。今日她的身體狀況有所好轉，可是還是有些發熱，見到古大夫，她朝他欠了欠身。

這個古大夫一向不拖泥帶水，看嚴蕊出來，他直接指著椅子說：「快坐下吧。」

不到一盞茶的時間，古大夫收回了把脈的手，對半藕說道：「將之前的藥方拿來我看看。」

半藕聽了，連忙找出藥方奉上。

古大夫看藥方的速度很快，瞄了幾下以後就說道：「這藥方沒問題。」

薛氏聽他這麼說，有些急了。「古大夫，可是這都好些日子了……」

她還想說話，就被古大夫打斷，只聽他淡淡地說：「不是大病，只能怪自己想太多，多出去看看吧，整天在院子裡悶著，沒病也悶出病了。」

嚴蕊一怔，陸煙然的眼睛則是一亮。

送走古大夫之後，薛氏和蔣氏勸起了嚴蕊，讓她好好休息，不要想太多。

薛氏說道：「蕊兒，妳成天這樣沒精神，然然該多擔心啊。」

陸煙然順勢說了一句：「娘，您放寬心，快些好吧。」

古大夫是梁懷安請來的，他也知道了嚴蕊久病不癒是因為憂思過度，他急得團團轉，可說白了這是心病，誰也幫不了！

薛氏牢牢記著古大夫的話，想著該怎麼讓女兒多出門走走？最後她大手一揮，讓府裡眾人一起去崇寧山避暑。

雖然七月將過，可是天氣還是有些悶熱，去崇寧山待一待，正好躲開殘餘的暑氣。

梁懷安得知此事，自然要跟去，不過蔣氏是當家主母，加上小兒子還小，只得留在府中；文國公嚴邵和嚴謹有公務在身，也不會一同前往；二房的人則是決定隨行。

三天後，一行人往崇寧山出發。不知道是不是因為出門的關係，陸煙然發現她娘精神好了許多，她頓時鬆了口氣。

母女倆坐在一輛馬車上，嚴蕊陪女兒說了一會兒話，剛想掀開車窗的簾子透透氣，就見到梁懷安騎著馬湊過來喊道：「蕊妹！」

嚴蕊臉頰一熱，立刻放下布簾。

陸煙然見狀，不禁偷偷覺得他們兩人要是有進展就好了。

嚴家在崇寧山的半山腰上有座別院，密林深幽處，一陣陣涼風襲來。

兩個多時辰之後，眾人終於在別院安頓好。雖然只是用來休憩的地方，可是東西卻樣樣不缺，連花園造景也不例外。

別院附近有幾塊嚴家的土地，他們租了兩塊出去，剩下的則由守著院子的下人種些時令蔬菜，時不時送給文國公府的人享用。

下人們在兩天前就知道主家要來，提前準備了好些東西，其中一樣是山裡的野果子，酸酸甜甜的，嚴蕊頗為喜歡。

眾人在大廳歇息，梁懷安則待在靠門的地方，將嚴蕊的一舉一動都收入了眼底。

一旁的嚴苛察覺梁懷安的視線，瞪了他一眼道：「梁懷安，你給我安分點。」

梁懷安嘆了口氣，覺得自己前路漫漫，未來的女兒很難說得動，連一起長大的好兄弟也不站在自己這一邊，實在是讓人有些傷心。

嚴苛見他不再盯著自家妹子看，滿意地點了點頭。

陸煙然還是有些擔心她娘，不過見她狀況不錯，總算是放下了心。

晚膳是別院的下人做的，雖然做得不如府上精緻，味道卻不錯，讓吃慣了美饌佳餚的眾人頗為驚喜，陸煙然也破天荒地吃了兩碗飯，讓表妹嚴雪看得瞪大了眼睛。

自從脫離了小郭氏的「關照」後，陸煙然的飲食就慢慢恢復了正常，雖然偶爾還是嘴饞，卻不再像過去那樣以圓圓的臉頰為傲。

用過晚膳，太陽還未下山，大夥兒歇息了一會兒，薛氏便提議出門轉轉。

崇寧山的山頂便是承安寺，因為擔心嚴蕊落汗，一行人並未走遠，幾個女眷走在一起，身後跟著嚴苛和梁懷安，還有嚴恩和嚴煜兩個小輩。

山間的空氣清新，讓眾人的精神為之一振，誰知走沒多久，便撞上了同樣來崇寧山避暑的世家。

薛氏的眼睛尖，在見到來者的那一刻，立刻說要打道回府，不過他們的動作雖快，對方還是注意到了，只是見他們掉頭，就未上前打招呼。

最後嚴家一行人並未回別院，而是往另外一個方向繼續逛。

嚴蕊知道她娘在躲人，有些哭笑不得地說：「娘，您和中書令夫人還槓著嗎？」

雖然不知道薛氏與對方是怎麼鬧翻的，但是嚴蕊卻明白她們的梁子結得可深了。

薛氏瞪了瞪眼道：「那人心眼不好，咱們別搭理她！」

走了一會兒，梁懷安實在是忍不住，他拉住嚴恩，小聲對他說了兩句。

嚴恩眸光一閃，應了一聲，隨後朝前面跑去。

「大姑姑，起風了，懷安叔叔說您該回院子了。」嚴恩的聲音清亮，說出來的話讓大夥兒全都聽見了。

梁懷安有些無語地看著嚴恩，忍不住懷疑他是不是故意的？此時有人「噗哧」笑了一聲，讓嚴蕊一下子紅了臉。

陸煙然轉頭看向不遠處的梁懷安，白了他一眼。梁懷安覺得自己十分冤枉，不過見到嚴蕊臉紅，他心裡不禁樂滋滋的。

嚴蕊的病確實還沒好透，吹不得風，眾人便沿原路折返，天色漸漸暗下來，回別院之後，便各自進屋歇息了。

陸煙然晚上是同嚴雪一起睡，這個小丫頭睡起覺來動作很多，一會兒將自己的小腿搭到陸煙然身上，一會兒又來抱她的手臂。

過了一陣子，陸煙然仍舊睡不著，外頭一直傳來蛙鳴聲，讓她覺得思緒有些紛亂。

她思考了很多事，雖然現今自己能靠外祖家養，可前世的經驗讓她常常缺乏安全感，想著要不要設法掙錢？

上輩子，她在入雲閣待了近十年，作為汝州最有名的花樓，入雲閣有底氣不說，在保持美貌方面更是極為出色。

說起如何美白、讓肌膚維持滑膩，閣裡的姑娘都有特殊的方子，甚至房裡的熏香也不例外，她還記得一些更私密的方子，不過她用不上。

思前想後，陸煙然覺得這麼做不太妥當。自己如今才過了九歲的生辰，到底還是年幼了些，以後再開拓財源也不遲。

她不由得想起了上次梁懷安說的話。梁州處於大越國最西南的角落，地域遼闊，那裡也確實如他所說，是個地靈人傑的好地方。

陸煙然不知道自己在胡思亂想些什麼，後來她發現蛙鳴聲並不是那麼討人厭，還帶著一種特殊的韻律，她的眼皮不禁變得越來越重。

沒一會兒，陸煙然便酣然入夢。

山間的清晨薄霧繚繞，像是為不遠處的密林蒙上了一道面紗。晨曦劃破天空，人們也一一轉醒了。

嚴苛已經起床，他有鍛鍊身體的習慣，一大早就起身打拳。

在太陽緩緩升起、打完拳之後，嚴苛還不見梁懷安的身影，於是他就去叫人。可梁懷安卻不在廂房，問過了下人，才知他竟早早就去了後山。

嚴苛索性叫兒子跟姪子起來爬山。嚴恩一下子就起身了，嚴煜卻一臉不情願，最後是被嚴苛拉起來的。收拾妥當後，幾個人就往崇寧山頂走去。

此時的後院，幾個丫鬟也打了水伺候起主子們。

陸煙然不需要人叫就爬了起來，山中夜間涼爽，她睡得很是舒服，確實比在城中的時候暢快許多。

待陸煙然洗漱完畢，嚴雪才迷迷糊糊地睜開了眼，嘴裡嘟囔著：「這麼早就起來了啊……」

陸煙然頓時哭笑不得。「要是在府裡，大舅母早就叫醒妳了。」

聽她提起自家娘親，嚴雪一個激靈，動作迅速地下了床，在丫鬟的幫助下洗漱完畢。

一刻鐘之後，女眷們在飯廳用過了早膳，就商量起接下來要去哪裡玩？

嚴蕊建議道：「這裡離承安寺近，我們去廟裡看看吧。」

此話一出，氣氛頓時有些凝滯，因為嚴蕊之前就是在那裡出事的。

陸煙然的二舅母袁欣最先反應過來，笑著說：「聽說這幾日有廟會，指不定多熱鬧呢。」話落，她同婆婆說要去房間換一身衣裳。

袁欣這是不忍讓嚴蕊失望，也怕大夥兒太在意上次的事，才說出那裡正在舉辦廟會，畢竟那種場合氣氛歡快，不僅能沖散不好的記憶，也能讓薛氏安心一些。

薛氏點了點頭，回道：「去吧，我們等妳。」

不料袁欣剛離開，別院就來了不速之客。

「夫人，這裡不方便您進來！」一個嬤嬤擋住想要進院子的人，然而無濟於事。

穿著一襲青衣的老婦人腳下似是生風一般，身後跟著的兩個丫鬟護著她往裡面走，很快就上了石階。

「都說了我和妳家老夫人是舊識，我就進來看看而已。」

屋子裡的薛氏聽到聲音，先是有些訝異，接著見到出現在門前的人之後，臉色頓時一沈。

來者正是她要躲的人。

陶氏見到在正堂裡坐著的薛氏，露出了一絲笑容道：「我說娉芸啊，昨日我是不是見著妳了？怎麼妳見到我，話也不說一句便直接走了？」

薛氏看了她一眼，口氣有些不好。「我和妳有什麼話好說的？陶氏，我們正好要出門，沒時間招待妳，妳還是回去吧。」

她的反應讓在一旁陪嚴雪玩的陸煙然皺了皺眉。她這個外祖母看起來雖然有些嚴肅，卻是一個很和藹的人，今日這個樣子，明顯有些不對勁。

嚴蕊黛眉輕蹙。她知道陶氏和她娘是手帕交，可不曉得從何時開始，兩人就再沒來往，一旦雙方碰頭，她娘就一臉不高興，也不願說明是什麼原因？

薛氏的話是明擺著趕人，陶氏的臉色有些難看，可一瞬後就恢復了過來，她不但沒離開，反倒坐到旁邊的椅子上說：「我們好些日子沒說說話了，聊聊以後我再走？」

薛氏的眉頭皺了起來，不耐道：「沒什麼好說的，陶氏，妳到底走不走？再不走，我讓下人趕人了！」

「妳……」陶氏想發脾氣，可是接著卻露出了笑容，起身走向嚴蕊道：「這就是大小姐吧，好些年不見，長得更美了。」

對方是長輩，嚴蕊正猶豫著要不要行禮，結果陶氏接下來的一句話讓她嘴角一僵。

「大小姐，妳都和離好些年了，也該再嫁了吧，難道妳準備在文國公府賴一輩子不成？」

此話一出，在場的人神色無不是震驚中帶著嫌惡。

嚴蕊的臉色不好看，薛氏更是被陶氏氣得喊道：「陶氏，妳這張嘴給我收斂一點！」話落，她就讓一旁的丫鬟趕人。

陶氏不是臉皮薄的人，她絲毫不覺得自己說錯話，自顧自地坐回了椅子上。

對方是有身分的人，丫鬟見她這樣，哪裡敢動手？

薛氏不怕她，卻做不出親自動手趕人的事，她被陶氏這沒臉沒皮的樣子氣壞了，只得訓斥道：「妳好歹也是三品誥命夫人，怎麼能這般不講禮數？」

一聽薛氏這話，陶氏的眉頭一皺。

她們兩人年輕時確實是好友，然而不知不覺間卻生出了嫌隙。因為相熟，她時不時拿自己同薛氏比。未出嫁的時候比相貌，出嫁了比相公，可她的相貌比不過薛氏不說，自家相公也只是正三品，而文國公卻是一品太尉。

薛氏雖然不願意與陶氏比較，可是陶氏明裡暗裡的不滿，讓她很難繼續與她做朋友，關係也比以前差多了。

如今薛氏這番話，無疑是在揭陶氏的傷疤，她氣得咬著牙，目光落在嚴蕊身上。

這位嚴家大小姐，還未出閣時就壓了自己的女兒一頭，嫁給了前途光明的鎮國侯時，可是險些讓她咬碎了一口牙，後來出了那檔子事，她可是暗地裡高興了許久。

也就是因為後來她無意間讓薛氏知道，自己對嚴蕊的事幸災樂禍，最後薛氏連表面上的情誼都不願意維持了。

薛氏見她打量自己的大女兒，臉色頓時一沈。她這女兒本就病了，聽不得糟心話，向來行止有度的薛氏，霎時冷著一張臉朝陶氏走過去。

陶氏本來就有些忌憚薛氏，見她繃著臉走過來，不由得縮了縮脖子說道：「薛娉芸，妳想做什麼？我知道你們文國公府家大業大，養一個閨女容易，可是妳難道不知道別人是怎麼說的嗎？我這麼說，也是為了你們家好！」

「妳給我閉嘴！」薛氏扯住陶氏的袖子往外面拉，怒道：「我們嚴家的事情用不著你們這些碎嘴的人操心，快給我走，妳要是不要臉，我就讓小廝趕妳了！」

薛氏的力氣不小，轉眼將陶氏拉出了門檻，兩個人年紀都不小了，嚴蕊擔心出什麼事，連忙追了上去。她知道陶氏同她娘早就不怎麼往來，卻沒想到竟鬧到了這種地步！

陶氏被人驅趕，覺得丟臉之餘，一張嘴仍是不停道：「我勸你們趁大小姐還沒人老珠黃的時候趕緊將她嫁出去，不然想嫁人的時候也沒人要，你們——」

她的話剛說到一半，就忽然發出了一聲驚呼。

第三十七章 喜事臨門

只見一個茶杯直接朝陶氏身上飛去，她不僅衣服被潑濕，手還被茶水燙得縮了縮。

「砰」的一聲，杯子落到地上，摔成了碎片。

陶氏氣得不得了，瞪了始作俑者一眼道：「哪家的小姑娘，這麼沒規矩！」

嚴蕊聽她這麼說女兒，表情很是難看，陸煙然拉了拉她的袖子，朝陶氏冷淡地說了一句：「老夫人還是回家換衣裳吧。」

陶氏冷哼了一聲。「好心好意為你們著想，竟然不領情，要是……」

薛氏見她還要說，推了她一把道：「趕緊給我走！」

陶氏一個踉蹌，在心裡暗罵了一聲。她知道自己扛不住嚴家人，準備離開，然而才走了兩步，她身子突然一頓，回頭看了剛剛的小姑娘一眼，眸光閃了閃。

她知道那孩子是誰了！

陶氏興奮地出聲說道：「我說這小姑娘是誰呢，不就是陸家沒帶走的孩子嗎？薛氏，妳看看，我是好心勸妳，妳竟不聽。妳家大小姐還帶著一個拖油瓶呢，要是不趁著還有點姿色時趕緊嫁人，到時候……」

「哪裡來的無禮婦人！」一聲怒吼打斷陶氏的話。

幾次說話都被人干擾，陶氏氣得臉都紅了，順著聲音看過去，只見一個身穿藍色衣袍的男人站在那裡，看起來面生得很。

來人是梁懷安，他揹著一個小竹簍，臉色陰沈，看來十分不好惹。他的模樣生得孩子氣，然而此刻的氣勢卻讓人覺得有些駭人。

梁懷安滿是怒氣地說：「不知是哪位大人府中的家眷，竟然說出這般失禮的話！」話落，就讓一旁的下人趕人。

陶氏深深覺得自己就像是落水狗，人人喊打，氣得吼道：「不用你們趕，我自己走，真以為是什麼稀罕玩意兒！」

薛氏雙目一瞪，作勢要追上去，還罵道：「陶氏，我今天撕了妳的嘴！」

她的舉動讓陶氏嚇了一跳，落荒而逃。

陶氏離開之後，屋子裡安靜了下來，好一會兒沒人說話，還是嚴蕊的咳嗽聲劃破沈默，讓眾人回過神來。

薛氏擔心女兒，連忙伸手拍了拍她的背，陸煙然也在一旁擔心地看著。

梁懷安見到嚴蕊咳嗽，奔到她面前，語氣擔憂地問道：「沒事吧？」

因為咳嗽，嚴蕊的臉頰染上一抹不正常的粉紅，見大夥兒都看著自己，忙道：「沒事，就是有些癢。」

見她確實不像是有事的樣子，眾人頓時鬆了一口氣。

陸煙然收回在嚴蕊身上的視線，看向梁懷安，這才察覺他的模樣有些怪異。

穿著是沒有什麼問題，可他揹著一個小竹簍不說，頭髮還有些凌亂，哪裡像是世家公子。

一旁的嚴蕊自然也發現了，她拍了拍薛氏的手，對梁懷安說：「你這是……」

見嚴蕊看向自己，梁懷安有些興奮，連忙取下背上的小竹簍。那小竹簍用一塊黑布蓋著，梁懷安掀開那塊布，露出裡面的東西。

正是昨日別院下人呈上來的野果子。那野果子不知道叫什麼，果皮上有些細小的絨毛，撕開果皮，便能見到淡綠色的果肉，吃起來酸酸甜甜的。

梁懷安見大家都疑惑地看著自己，當即說道：「我見蕊妹好像喜歡吃，就去後山摘了一些。」說著，他像是獻寶一樣將小竹簍放到嚴蕊面前。「蕊妹，妳儘管吃，吃完了，我再去摘。」

他討好人的意圖太過明顯，陸煙然偏過了頭，很期待她娘的反應。

嚴蕊只覺得自己的心有些脹脹的，不過她不想被人看出自己的不自在，於是故意板起臉。

梁懷安見她這個樣子，心裡有些發怵，忐忑不安地說道：「怎麼了？要是妳不喜歡吃這個的話，後山還有其他野果子……」

嚴蕊問道：「你去後山摘的？遠嗎？」

梁懷安眨了眨眼睛道：「不遠。」

儘管回答了嚴蕊的問題，梁懷安卻不懂她問這話是什麼意思，他忍不住看了旁邊的陸煙然一眼。

陸煙然感受到梁懷安的疑惑，朝他聳了聳肩。嚴蕊也沒再說什麼，只叫丫鬟收好小竹簍。

梁懷安頓時一喜，陸煙然見他好像又準備說話，結果因為換衣裳而錯過方才那場鬧劇的袁欣出來了，他便沒開口。

袁欣是堂堂的公主，整治一個後宅婦人再容易不過，但大家都很有默契地沒提及剛剛發生的事情。

說了幾句話，就見嚴苛與嚴恩回到了別院，讓他們歇了口氣，包括梁懷安在內，一行人往崇寧山頂走去。此時陽光還不烈，山間小路不時吹來涼風，讓人舒暢不已。

半刻鐘，眾人到了承安寺。

陸煙然雖然表情平淡，卻是有些好奇，因為她娘在這裡待了好幾年。

雖然承安寺是間有名的大廟，外表卻樸實無華，一磚一瓦透露出年代久遠的滄桑，在這裡修行的僧人也過著清苦的日子。

陸煙然從未想過承安寺會是這個樣子，怪不得之前她娘不肯帶她一道過來。她有些擔心她娘會想起不愉快的事情，不過見她臉色並未有什麼變化，這才放心。

雖說這裡舉辦的廟會頗為熱鬧，不過眾人此行的主要目的還是禮佛，便繼續往前走。

承安寺裡供奉著好些菩薩，與其他廟宇不同，它的正殿在高處，小殿到大殿的分布順序由下至上，於是一行人便從下方一路拜了上去。

一刻鐘後，大夥兒才到了最高處，正殿裡供奉本師的佛像，法相莊嚴、氣勢恢宏。

陸煙然看著佛像，心情有些複雜。這世間應當是有輪迴的吧，否則她的靈魂怎麼會回到這裡呢？

一旁的嚴雪拉了拉她的手，朝她露出一個笑容，陸煙然便摸了摸她的頭。

正殿左右兩側還供奉了其他菩薩，嚴家眾人分散開來，各自去了其他殿宇。

陸煙然正準備看她娘要怎麼做，便聽嚴蕊低低說了一聲：「然然，妳帶表妹出去走走，娘在這裡待一會兒。」

「好。」陸煙然應了一聲。

嚴蕊對女兒在佛門清修之地閒晃還算安心，話落之後就跪在身前的蒲葦墊上。

陸煙然牽著嚴雪往外走，剛踏出門檻，便見梁懷安守在正殿門口。

「懷安舅舅，您不是和二舅舅一起的嗎？」陸煙然看了他一眼，心中了然，嘴上卻故意這麼問。

梁懷安不知有無看出陸煙然是有意的，只小聲地嘟囔：「我在這兒看著妳娘。」

其實正殿外還守著別人，哪裡用得著他？不過陸煙然沒說什麼，很快就牽著嚴雪離開。因為重來一世的原因，她對廟裡的菩薩有一種源自心底的敬畏和懼怕。

梁懷安見她們走開，視線轉回正殿裡，看著跪在中央的人，到底沒能管住自己的腿。

嚴蕊感覺到身旁颳過一陣風，接著右邊的蒲葦上就跪了一個人，一看竟是梁懷安，他臉上帶著笑，還有些委屈，像是怕被人趕出去。

她覺得有些好笑，搖了搖頭，接著就雙手合十，對著佛像閉上了眼睛。

梁懷安沒別的事可做，索性跟嚴蕊擺出一樣的動作，在心中對佛祖許願。

陸煙然與嚴雪出了正殿，準備往廟外走去，嚴雪卻扯了扯她的袖子說道：「表姊，我也想去拜菩薩。」

陸煙然一怔，指了指左側的殿宇道：「去吧，嚴恩哥哥和二舅舅在那個殿裡。」

嚴雪淡淡一笑，轉身往偏殿跑去，陸煙然搖了搖頭，繼續往外面走。

承安寺大門外種著一顆很大的菩提樹，枝繁葉茂，樹枝交纏，上面還掛著一些許願的福袋，顏色不一，讓人覺得眼花撩亂。

此時太陽已經升高，雖然陽光沒盛夏時那麼烈，可是這樣頂著還是讓人受不了，於是陸煙然快步走到菩提樹下躲著。

菩提樹周圍用石頭圍了一圈，表面平整，大概是用來讓人坐著乘涼的。陸煙然也沒客氣，見石頭表面光滑，就拉了拉裙子坐在上面。

一陣清風襲來，頓時涼爽不已。陸煙然的視線移向承安寺大門上掛著的牌匾，上頭的字，一看就是大家所寫。

雖然只是簡單的三個大字，可是落筆、架構卻不簡單，一鈎一撇都有獨特的韻味，正是向來以大刀闊斧之勢出名的韓公體。

因為下過工夫，所以陸煙然對韓公體還算有心得，不過畢竟身為女子，又沒真正見過世面，她的胸襟到底小了些，寫不出牌匾上那種氣勢。

正想得入神，肩上被人拍了一下，陸煙然嚇了一跳，轉頭看去，竟見到一個出乎意料的人。

姜禪見陸煙然這樣，便知道她還沒反應過來，他喘了口氣，問道：「是不是嚇到了？」

陸煙然回過神，也回問道：「你怎麼會來這兒？」她的內心隱隱有些驚喜。

被她黑亮的眼神看著，姜禪有些不自在，不知道想到了什麼，他的耳根有些泛紅。

陸煙然打量了姜禪兩眼，見他額間還帶著汗，不由得有些好奇。「你是特地來找我的？」

姜禪抿了抿唇，回道：「我是來找我表弟的，公主府沒見著他，就去了文國公府，結果世子夫人說你們來崇寧山了。我到了別院以後問過下人，才曉得這會兒大家在承安寺。」

原來是自己想多了……陸煙然眸中閃過一絲笑意，她朝寺門揚了揚下巴。「煜表弟正在裡面拜菩薩呢，你去找他吧。」

然而話音才剛剛落下，姜禪就直接在隔著她不遠的地方坐下了。

陸煙然有些詫異地看了他一眼。「你不是要找嚴煜表弟嗎？」

姜禪拍了拍袖子，淡淡地說道：「歇會兒，一路趕過來太累了。」

崇寧山看起來離晉康很近，在城內便能看見，可是俗話說「望山跑死馬」，要過來這裡還是得花些時間。

聽了姜禪的話，陸煙然不以為意地點了點頭，又開始走神。她剛才想到哪裡了？

「喂。」少年特有的聲音仍帶著一些嘶啞，不過比起他們兩人認識的時候好了不知多少，竟有了股磁性。

陸煙然還沒來得及想事情就被打斷思緒，只得看向姜禪。「怎麼了？」

明明是個年紀尚幼的小姑娘，眸光也清澈明亮，可是有時眼神卻透出一抹世故。

陸煙然的凝視讓姜禪微微一愣，隨後他想起自己的來意。

姜禪下意識地摸了摸自己的耳垂，接著淡淡地說道：「過幾日我會同我爹去清州一趟，那裡靠海，有不少番邦的外商，妳有沒有什麼想要的東西，我幫妳帶回來。」

「你來找煜表弟，也是為了這個嗎？」

姜禪頓時覺得胸口一滯，有些僵硬地「嗯」了一聲。

雖然陸煙然並沒有什麼想要的，不過這畢竟是姜禪的好意，她想了想，說道：「聽說番邦製出了大一些的琉璃鏡，你要是見著的話，幫我帶一面回來？」

她現在也有琉璃鏡，可是只有兩個巴掌那麼一小塊，有銀子也買不到，還是之前二舅母給她的生辰禮呢。

「好。」姜禪默默地將這件事記在心中。

聊完了禮物的事，似乎沒什麼話好說了，兩人互視了一眼，相對無言。

陸煙然覺得氣氛有些怪怪的，便出聲問道：「你什麼時候回來？」

聽到這個問題，姜禪一頓。他爹之所以要去清州，其實是因為海賊作亂，清州的商人受到不少損失，刺史特向朝廷上報求助。

大越國只有博州、清州、徐州三州靠海，雖然因為臨海而得以與番邦做生意，可是建朝以來卻時不時受海賊騷擾，從來無法真正根除問題。

護國公姜寧宴正值壯年，又是大將軍，幾年前還參加過徐州一場規模較大的海戰，對於海上禦敵十分有經驗，自然是領兵的首選。此番前去不僅是為了驅逐海賊，還要為清州訓練一批能在海上作戰的士兵，雖然不用他凡事親力親為，可是最短也要幾個月。

原來要那麼久啊……不知為何，陸煙然有些失落。

姜禪抿了抿唇道：「年底前一定能回來，說不定正好將琉璃鏡當作年禮了。」

此時才剛進入八月，離過年還久的呢，沒想到他居然將年禮都想好了！陸煙然的眉眼彎了彎，說道：「你這次前去清州，肯定會有很大的收穫，回來記得告訴我你的見聞，我還沒看過海呢。」

姜禪應了一聲「好」。其實此次他是額外抽出時間前來，他爹已經在收拾東西了，家中眾人也皆在為這次出行做準備。

「那我走了。」姜禪站起身。「等我回來，過年再帶妳去看花燈。」

陸煙然忍不住笑著說：「好啊！」

得到她的回應，姜禪又看了她兩眼，便轉身往山下走去。

眼見他的衣角消失在眼前，陸煙然忽然想到了什麼，起身追上去道：「喂，姜禪，你不是來找嚴煜嗎？他就在裡面啊！」

此時姜禪已經往下走了十幾階石梯，他背著身子朝她揮了揮手。「妳幫我轉告他吧！」

話落，他毫不猶豫地往下奔去，像是乘風飛行一般。

陸煙然忍不住笑了一聲。這人分明就是來找她的吧？她揚了揚眉，朝廟裡走去。

剛剛踏進正殿外面的院子，陸煙然就見到外祖母薛氏跟她娘嚴蕊在談話，她正想靠過去，就聽見薛氏用驚喜的語調喊道：「當真?!」

這簡單的兩個字，透露出好幾種情緒。陸煙然心裡有了猜測，下意識地看了不遠處的梁懷安一眼。他明明什麼都聽見了，卻似乎完全沒反應過來。

一回別院，薛氏就同袁欣帶著嚴蕊去了後院。嚴苛走到梁懷安身邊，有些驚疑地問道：「你小子做了什麼？」

想起方才在正殿外聽到的話，梁懷安還以為自己身在夢中。他根本什麼都沒做啊？他只不過是陪著蕊妹跪在佛像前，許久之後，蕊妹問他「之前說的話還當真嗎」，他有些疑惑地回了一句「什麼」，接著她好像只說了「既言則信」。

當時梁懷安就已經一頭霧水了，迷迷茫茫地走到了正殿外頭，後來發生的事情，他也記不太清楚了，只知道嚴蕊似乎答應了什麼……

嚴蕊與薛氏說話時並未故意避著誰，在場的人全聽見了，聰慧如陸煙然，也明白發生了什麼事。

儘管歡喜，陸煙然仍有些擔心她娘，怕她是因為聽了早上那位夫人的閒話才會這樣，若真是如此……

陸煙然正思索著這個問題，接著頭上突然一重，抬頭就見梁懷安含笑看著自己，無法抑制眼眸中的興奮之情。

受不了梁懷安這個習慣動作，陸煙然將頭從他的手掌下移開，被嫌棄的梁懷安卻得寸進尺地捏了捏她的臉。陸煙然白了他一眼，忍不住跟著笑了起來。

片刻之後，薛氏來到前院，梁懷安一臉期盼地看著她，陸煙然也雙目炯炯地盯著自家外祖母。

薛氏看向梁懷安，緩緩地宣布道：「懷安，她應下了。」

此時梁懷安一顆懸著的心終於落下。這麼簡單的幾個字，竟讓他有些渾渾噩噩，滿心喜悅卻不知如何表達？

薛氏雖然頗為感動，不過還有放心不下的事，她出聲問道：「此事你家中長輩還不知，可會有什麼麻煩？」

雖然自己的女兒在她心中絲毫不差，可是她卻控制不了別人的看法。

威遠侯府與文國公府雖然是世交，侯爺夫婦為人也不錯，但是對方畢竟已經離開晉康多年，她並不知道他們對這件事有何想法？

梁懷安聽了這話，挺直背說道：「世伯母放心，我會立刻告知家中。」

其實家人早就盼著他娶妻生子，這次前來文國公府，是家中長輩默許的，他恨不得立刻飛回梁州，將此事稟報父母！

第三十八章　不辭而別

梁懷安午後就返回晉康，因為嚴蕊答應嫁給他，接下來可有得忙了。期盼了這麼久，他當然要風光地將她娶回府中。

到了晚上，嚴蕊手裡拿著一盞蓮花燭檯，來到陸煙然與嚴雪的房間。她將燭檯放到一旁後，就在兩個小姑娘的床沿坐下。

嚴雪躺在床的裡邊，已然熟睡；陸煙然則躺在外邊，仍舊保持清醒，因此知道嚴蕊進來了。

燭光照在陸煙然的小臉上，襯得她柔和不少。嚴蕊伸手摸了摸女兒的臉頰，只知道孩子長得好，此時卻發現她的睫毛又長又捲，在眼下添了一道陰影。

「然然，娘想通了，娘不應該因為過去的事情就對未來失去希望，並不是每一個人都像妳爹那樣。」

「他會對我們好吧？」陸煙然口中的「他」是誰，不言而喻。

嚴蕊回道：「我覺得他可以信賴，所以我想試試。」

又坐了一會兒，嚴蕊為女兒和姪女蓋好薄被，隨後端起燭檯往左邊相連的偏室走去。

今晚屋外有月亮，月光透著軒窗照進來，讓房間籠罩在靜謐安詳的氣氛中。

想到剛剛她娘在她耳邊說的那些話，陸煙然忍不住彎了彎嘴角。看來她娘並不是因為陶氏才作出這個決定，或許多少受到了一些影響，不過最終還是遵從她自己的心意。

揉了揉眼睛，陸煙然緩緩入眠，一夜無夢。

由於嚴苛還在兵部任職，公主府中此時也沒有主人，在別院待了幾日之後，嚴家一行人就回到了文國公府。

接下來最重要的工作，就是籌備喜事。

梁懷安已經回到威遠侯在晉康的府邸，府上雖然有人守著，可是這些年過去，家中要打理的地方還不少，幾乎一刻也不得閒。

半個月後，梁家的聘書送到嚴家手上。

晉康到梁州的路途遙遠，一去一回只用了這麼點時間，只怕帶信的人根本沒有休息，這也表現出了梁家對嚴家的重視。

由於威遠侯不能回都城，梁懷安只得請住在晉康的同族叔伯協助操辦相關事宜。

自古以來，結兩姓之好皆要經過三書六禮，梁家自然不會落下。經過一番協商，婚期定在十月十八日，是最宜婚嫁的大吉之日。

如今已是八月過半，離十月十八日約莫剩兩個月，一切變得更加繁忙，雙方都得準備婚禮需要的東西，梁懷安更將嫁到宜州的姊姊請回家中坐鎮。

晉康城內的人自然得知了兩家結親的消息，不少人覺得匪夷所思，也不乏有人說酸話，其中以中書令夫人陶氏最為激動。她沒想到薛氏的女兒就是再嫁，也比她女兒嫁得好！

不管陶氏有多不甘心，十月十八日越來越近了。

婚期前幾日，陸煙然被下人叫了出去，見到來拜訪她的人時，她有些驚訝，瞪了那人一眼道：「您怎麼來了？」

來人正是梁懷安，他朝陸煙然揮了揮手道：「閨女，過來！」

聽到那個稱呼，陸煙然腳下先是一頓，接著咬了咬牙，還是朝他走了過去。算起來，兩人也有好些日子沒見了，此時的梁懷安看起來神采奕奕，一看就是人逢喜事精神爽。

陸煙然淡淡地開口道：「找我？」

梁懷安已經習慣她這個態度，也不在意，纏著她問了好些關於嚴蕊的事。

陸煙然有些不想搭理梁懷安，因為這人只要見了她，必定是問她娘的事情，最後她實在受不了他的嘮叨，透露了兩句嚴蕊的動向。

其實新嫁娘能做些什麼，不過就是準備嫁妝而已，但梁懷安聽了仍舊喜不自勝。

陸煙然見梁懷安這樣，覺得大概沒有什麼正事，當即道：「要是沒事，我就進去了。」

不料梁懷安說道：「我帶妳去一個地方。」

同門房的人說了一聲，梁懷安就帶著陸煙然出去了。

陸煙然沒想到，梁懷安竟帶她到晉康的威遠侯府，她一開始還有些不解，隨後便明白了他的意圖。

梁懷安領著陸煙然在府中轉了一圈，問道：「然然，有沒有覺得哪裡不好？要是有不喜歡的地方，我讓人趁著時間還沒到，趕緊改改。」

陸煙然回道：「不用改了，這樣很好。」

她突然想到，之前梁懷安揹著小竹簍進後山摘野果子的事情，這個人似乎真的將她娘放在手心上呵護，以至於愛屋及烏，連她也被納入羽翼下保護、疼愛。

看樣子，她的娘親這次真的能得到幸福。

因為怕驚擾到陸煙然，婚期前一天，嚴蕊讓她住到薛氏的院子，不過陸煙然心裡有所牽掛，早早就起了床。

穿好衣服，陸煙然傻傻地坐在軟榻上。真正到了這天，她才明白自己的心情有多複雜。

「沒想到我竟然能看見自己的娘親出嫁……」陸煙然喃喃自語道，臉上帶著笑意。

日頭漸升，薛氏忙得團團轉，要去前廳的時候，才想起該去叫外孫女。

見到薛氏來喊自己，陸煙然有些驚訝。「外祖母，我能去前廳？」

薛氏笑著說：「去，怎麼不去！」

陸煙然的眼睛一亮。她今日穿著緋色襦裙，看上去嬌俏可人，見自己能去，臉上的笑意更暖。她要高高興興地看著娘親出嫁。

前廳聚集了不少送嫁的人，可是除了嚴家人，陸煙然誰都不認識。

過了一陣子，身穿鮮紅嫁衣的嚴蕊來到前廳拜別父母。她化了新娘妝，看起來明豔照人，美麗中帶著嫵媚。

嚴邵和薛氏坐在中堂之上，嚴蕊跪在兩老面前磕了三個響頭，薛氏見狀連忙攙扶起女兒，說道：「乖女兒，可千萬別哭，今天是妳的好日子。」

然而話音一落，嚴蕊眼中的淚便如豆子一樣滾了下來。她何德何能，竟然有這般開明的父母！

看著滴滴淚珠從娘親眼中滑落，陸煙然的鼻子有些酸，覺得一顆心溢滿了感動。就在陸煙然眼眶泛濕的下一刻，眼前忽然一暗。

陸煙然反應過來，自己是被她娘彎腰抱在了懷裡，視線受到遮擋才會這樣。

「然然，娘再過兩日就來接妳。」嚴蕊的聲音有些顫抖，陸煙然攬了攬她的腰，應了一聲「好」。

「吉時到！」

院子裡傳來喊聲，喜娘連忙將紅蓋頭蓋到嚴蕊頭上，又協助她攀到嚴謹背上，陸煙然看著大舅舅嚴謹將她娘揹了出去，心中感慨萬千。

薛氏將外孫女摟進懷中，摸了摸她的頭，眼中既是欣喜又是安慰。

威遠侯府離文國公府不遠，只隔了幾條街，不過梁懷安特地讓轎夫繞著城裡走了一圈才回到府中。外人怎麼看待這樁婚事，一點都影響不了他的心情。

很快就到了三朝回門那天，用過回門宴之後，陸煙然便隨嚴蕊住進了侯府。儘管嚴蕊改嫁給梁懷安，陸煙然卻未改姓，這是當今陛下的意思——戶籍能動，姓氏不能改。

如今威遠侯府內沒有長輩，梁懷安與嚴蕊兩位新人得以好好培養感情，陸煙然發現他們成親之後，梁懷安變得沒那麼浮躁，對她娘也更加體貼，而她娘也對他多了幾分情意。

雖然一開始有些不習慣，但陸煙然也改口叫梁懷安「爹」，讓他欣喜不已。

轉眼間，梁懷安與嚴蕊成親已過了快半個月，這日清晨，威遠侯府響起急促的敲門聲，喚醒了府內的人。

半刻鐘後，從梁州捎來的信送到了梁懷安手中。

梁懷安看過信之後，表情一變，嚴蕊見他這樣，連忙詢問發生了什麼事？

「父親身體不適。」梁懷安的手有些顫抖，嚴蕊趕緊安慰他，隨後將信接過去看。

明白事情的來龍去脈之後，嚴蕊立刻說道：「我們去梁州吧。」

梁懷安沒想到她這麼乾脆就作出了決定，伸手摟住她，聲音有些嘶啞。「蕊妹……」

威遠侯府的根在梁州，他們遲早要回去，只是梁懷安沒想到這日來得這麼快，他原先還準備要與嚴蕊多陪岳父、岳母一段時間的。

可惜狀況來得突然，他們不得不離去。梁懷安開始為返鄉做準備，嚴蕊卻有些犯難。

此去梁州路途遙遠，她擔心女兒受不了趕路之苦，可是若要讓女兒留在晉康，她又捨不得，一時陷入了兩難。她擔心女兒多想，只得先瞞住這件事。

然而紙終究包不住火，陸煙然很快便知曉此事，主動去找嚴蕊，只見嚴蕊正坐在榻邊折衣服，一副心不在焉的模樣。

「娘。」陸煙然出聲叫道。

聽到女兒的聲音，嚴蕊立刻回過神，連忙喚道：「然然，來娘這兒。」

陸煙然聞言走了過去，走近了才發現她娘黛眉輕蹙，顯然有心事。

嚴蕊笑著問她今日做了些什麼，隨後又拿過新做的衣裳，在她身上比了比。「大小剛好，天冷了正巧能穿。」

陸煙然抓住衣裳，開口問道：「娘，什麼時候出發？」

嚴蕊一怔。「然然……」

陸煙然笑了笑。「娘，聽說梁州一年四季如春，我早就想去看一看了。」她頓了一下，又道：「娘，難道您要丟下我？」

嚴蕊眼眶發紅，說道：「然然，娘怎麼會……」

話說到一半，她直接將陸煙然擁進了懷裡。

返回梁州需要花很多時間，加上隊伍裡有女眷，梁懷安格外重視，各方面都考慮得十分周全，嚴家也備了不少東西，嚴苛更是直接送來了一小隊護衛。

轉眼間，到了離開晉康的那一日。

臨行前，嚴苛對梁懷安說道：「我話可是說在前頭了，你要是同那陸鶴……」

「二哥，你放心吧。」梁懷安直接打斷他的話。「我不像那人一樣，一定會好好對她們母女倆的。」好不容易才把人娶回家的，他疼惜都來不及了，怎麼可能苛待她？

嚴苛點了點頭，欣慰地說：「那就好。」

嚴謹也走了過來，他的表情嚴肅，低聲道：「要是有什麼麻煩，記得通知府裡。」

雖然對方已經成了自己的大舅子，可兒時的陰影還是存在，梁懷安咽了咽口水道：「我知道了，大哥。」

這一頭的氣氛還行，可不遠處發生的一幕卻是讓人有些哭笑不得。

「嗚嗚嗚嗚，表姊，妳不要走，雪兒捨不得妳啊……」

「表姊，我是不是惹妳生氣了，妳為什麼不讓我和妳一起去？」嚴雪抱著陸煙然的手臂，哭得上氣不接下氣。「我娘說了，梁州離這裡很遠，妳走了，我要是想妳怎麼辦……」

本來陸煙然心中還有些與故人別離的悵然，可是看到自家表妹鼻涕、眼淚都哭出來的樣子，不禁「噗哧」一聲笑了出來。

嚴雪微微一愣，知道陸煙然在笑自己，頓時悲從中來，哭喊道：「表姊，妳好壞啊……嗚嗚嗚……」

陸煙然見她這麼傷心，連忙開始哄她。「雪兒……乖雪兒，別哭了，表姊會回來的。」

嚴雪抹了抹臉上的淚水，說道：「真的？」又追問：「什麼時候？」

陸煙然一怔。她也不知道下次回來是什麼時候，剛準備開口，旁邊就傳來車夫的聲音：「可以出發了！」

或許是因為上輩子那種生活帶來的影響，陸煙然的情緒起伏沒那麼大，然而到了真正要道別的時候，她心中湧起了強烈的不捨。

捨不得性格剛烈耿直的外祖父；捨不得端莊大方的外祖母；捨不得性格斯文的大舅舅和強勢潑辣又護短的大舅母；捨不得不善言詞、脾氣火爆的二舅舅和出身尊貴卻溫和有禮的二舅母，也捨不得嚴家的表兄妹。

這一世，她陸煙然不再孑然一身，有這麼多親人牽掛著自己，她很知足。

到了城門，嚴蕊讓嚴家眾人回去，大夥兒也沒反對。就算送得再遠，也有分開的時候。

坐在馬車上，陸煙然突然想起了什麼，連忙將頭伸出車窗外喊道：「煜表弟！」

嚴煜聽到聲音有些疑惑，也沒多想，就朝她跑來，問道：「表姊，怎麼了？」

陸煙然一時不知道該怎麼說，最後只乾巴巴地說了一句：「你幫我告訴你姜禪表哥，我走了。」

嚴煜微微睜大眼睛，有些不明白她的用意，不過還是點了點頭道：「好的，表姊！」

這次是真的出發了。轉眼間，車隊駛出了城門。

由於過了彬州、酈州才是梁州地界，而三州皆是疆域遼闊之地，加上如今已是十一月初，車隊不敢耽擱，不然天冷就不好趕路了。

坐馬車趕路確實有些辛苦，不過陸煙然並未特別感到不適，比當初從虞州回中州乘船那次好了不知道多少。然而梁懷安卻擔心不已，生怕妻女受不了，以至於在路上耽擱了幾日。

過了彬州已經是十一月下旬，好在他們是往南走，天氣還不會太冷。進入酈州的地界之後，車隊加快速度，力求在年底前趕到梁州。

雖然路趕得有些急，但陸煙然還是見識到許多不一樣的風景。最後，一行人在十二月中抵達梁州邊界，離威遠侯府只有一步之遙。

在那裡等待著陸煙然的，是嶄新的生活。

寒冬臘月，姜禪剛剛回到護國公府，休息片刻之後，他準備前去文國公府，大概是因為天冷的原因，他的耳根有些泛紅。

裴氏見到兒子才到家就要出門，趕緊出聲詢問。

姜禪不覺得有什麼好隱瞞的，直接說出他要去的地方，話落，便見他娘露出欲言又止的表情。

看著裴氏有些遲疑的模樣，姜禪好奇地問道：「娘，怎麼了？」

裴氏自然知道兒子去文國公府是為了什麼，她猶豫了一下，還是如實說道：「然然前些時日離開晉康，去梁州了。」

其實這個消息是裴氏的丫鬟在他們進入晉康城門後無意間聽到的，裴氏這才得知梁懷安與嚴蕊成親，帶著陸煙然回梁州一事。

去梁州了？

姜禪微微一怔，一時之間有些無所適從。

不是說好了，等他回來帶她去看花燈嗎？他回來了啊！

雖然陸煙然已經離開晉康，可是姜禪還是經常去文國公府，他以為她只是去探親，很快就會回來了。因為常去嚴家，他和過去不合拍的嚴恩熟悉不少，兩人也漸漸變成了好友。

姜禪日日盼著陸煙然回來，然而直到過新年時，還是不見她的蹤影。

第三十九章 白駒過隙

時光飛逝，歲月如梭，眨眼間，到了康元十九年二月十二。

梁州地處大越最西南處，氣候宜人，雖然才二月，眾人卻已換上了春衫。

今日是花朝節，也叫百花節，齊元城因為這個節日熱鬧了起來。姑娘們穿上各色長裙，抱著花籃穿梭在人群當中，街道上各家店鋪的門口也擺放著花盆，空中蕩漾著花香。

「小姐，您別走太快，等等奴婢啊！」一道有些焦急的女聲響了起來，見前頭的身影還是沒停下，她只得加快腳步追了上去。

說話的丫鬟穿著青色上衣、顏色稍淺的下裳，她的面容清秀，年齡不到雙十。

她追著的那個人身穿藕色衣裳，身姿娉婷，腳步輕快，沒多久，那道身影轉進了街邊一家鋪子中。

「今日的生意怎麼樣？」

丫鬟追了上去，剛進鋪子，便聽到她小姐開口問了一句話。那姑娘的聲音軟軟的，明明沒什麼起伏，卻沒來由地讓人覺得骨頭一酥。

「小姐，您走那麼快，我都追不上您了！」葡萄忍不住出聲抱怨。

自家小姐生得美，家中的老爺與夫人恨不得將她看管在眼皮子底下，身為貼身丫鬟，她自然成了跟屁蟲，生怕跟丟了人。

聽著丫鬟的埋怨，那人輕笑了一聲道：「誰讓妳看路邊的公子花了眼？」

女子穿著齊腰襦裙，腰肢纖細，藕色的襦裙襯得肌膚如雪。她梳著簡單的髮髻，露出精緻的面容，明眸皓齒，淺淺一笑，燦若玫瑰。

這名女子，正是陸煙然。幾年的時間過去，當初的小姑娘，已經長成了一個待字閨中的美貌少女了。

葡萄見她打趣自己，頓時瞪圓了一雙杏眼。

陸煙然見葡萄這個樣子，又笑了一聲，隨後轉頭問了掌櫃幾句話。

梁州四季如春，此地的花農人數眾多，常年處於花團錦簇之中。大概三、四年前，陸煙然終於壓抑不住掙錢的心思，寫下腦中的兩個方子，專門找了個院子請人做香膏。

那是入雲閣的秘方，其中加了一些特殊的材料，不僅能潤膚，還能幫助美白。

因為香膏效果奇佳，所以賣得不便宜，偏偏生意不錯，短短幾年內，陸煙然已經成了一個小富婆。

梁州花多，原料不缺，做出來的香膏不僅能供鋪子賣，還能轉銷其他地方，又是一筆收入。

葡萄一直在旁邊聽著自家小姐和掌櫃說話，看著那面若桃花的臉蛋，不禁又開始走神。

「你告訴周伯，那些花農要漲價也不是不行，可是花的品質一定要好，不然再便宜也不能要。」

「知道了小姐，我會告訴他的。」店裡的掌櫃連忙點頭道。

又說了幾句話，陸煙然終於注意到落在身上的視線，只見葡萄正盯著自己目不轉睛。
陸煙然伸手摸了摸自己的臉，問道：「葡萄，我臉上有東西？」
葡萄連連擺手。「沒有沒有。」話落，她伸手挽起陸煙然的手臂道：「小姐，還是快回去吧，要是在外面待久了，老爺跟夫人又要擔心了！我們出來快一個時辰，瑾瑜少爺和瑾玥小姐的字指不定都練好幾篇呢。」
雖然一個是小姐，一個是丫鬟，可是她們相處多年，並無一般主僕之間的拘謹，葡萄性子一向單純，陸煙然也樂得和她親近。
聽到葡萄說起弟妹，陸煙然點了點頭。「那我們回府吧。」
梁瑾瑜和梁瑾玥是一對龍鳳胎，是嚴蕊在梁州生下的，如今已經快五歲了。
想到一對弟妹的年紀，陸煙然才猛然發現，原來她來梁州已經過了這麼多年，她再幾個月就十七歲了。
威遠侯府離香膏鋪子不遠，主僕兩人過了幾條街，就到了大宅門口。
「小姐，糟糕，奴婢看見老爺了！」葡萄臉色一變道。
陸煙然一雙眸子閃了閃，正準備讓葡萄轉身，然而已經來不及，剛剛到大門口的人，已經瞥見她們的身影。
「然然，妳給我站住！」梁懷安大喊道。
幾年過去，梁懷安俊秀的臉添了幾分痕跡，個性也更加沈穩。由於和同齡人相比，他還是顯得年輕許多，於是他乾脆蓄起了鬍，人中兩邊的兩撇鬍子，格外引人注目。

見自己被發現了，陸煙然便停住逃跑的腳步，慢慢走到梁懷安面前，柔順地叫了一聲「爹」。

梁懷安看著陸煙然外表乖巧、實則叛逆的模樣，有些頭疼地說：「怎麼出門不多帶幾個人？」

陸煙然也沒頂嘴，直接認錯道：「出門急了些，忘記了。」

梁懷安聽她輕聲細語地回話，頓時說不出重話。「妳啊妳，下次可別又忘了！」

陸煙然趕緊點點頭，眉眼彎了彎的樣子特別嬌俏。

梁懷安見狀，忍不住想摸摸她的頭，不過想到閨女已經是大姑娘了，便將手收回來道：「我們去找妳娘跟弟弟妹妹吧。」

三年前，威遠侯府的老侯爺病逝，梁懷安襲了爵位，皇上將當初給老侯爺的任務轉交到他手上，所以這幾年一家人都在齊元城。

到了院子，還未踏上石階，陸煙然就聽到弟弟妹妹說笑的聲音，聽起來像是在偏室的暖閣。

果然一到暖閣門口，就見梁瑾瑜和梁瑾玥正纏著嚴蕊說話，梁瑾玥甚至還準備往嚴蕊的懷裡爬。

梁懷安看見了，厲聲道：「快別鬧了！」

然而兩個小傢伙就像是沒聽見他說的話一樣，反倒發出銅鈴般的笑聲。

梁懷安頓時黑了臉，嚴蕊則忍不住跟著孩子笑了起來。

一旁的陸煙然搖了搖頭，淡淡地說道：「快別鬧了。」

「知道了，大姊姊。」兩個小人兒異口同聲地答道，乖乖地坐到了一旁。

看到眼前上演了不知幾遍的場景，梁懷安有些無語。明明一字不差，可是為什麼區別這麼大呢？他神色複雜地看了陸煙然一眼，覺得自己的威信受到了挑戰。

嚴蕊看著這一幕，嘴角的笑意怎麼也壓不下，說道：「你明明知道他們就聽然然的話，還故意找沒趣，怪得了誰啊！」

不但沒得到安慰，又被打擊了一番，梁懷安無奈地咧了咧嘴，臉上的兩撇鬍子跟著動了起來。

嚴蕊嫌棄地瞪了他一眼。「你這鬍子要留到什麼時候？看著也太滑稽了。」

梁懷安回道：「蕊妹，妳不懂。」話落，他伸出自己的手，捻了其中一邊的鬍子兩下。

看他那裝老成的模樣，嚴蕊呼了口氣，假裝沒看見。幾年過去，雖然保養得當，可是她的眼角還是添了幾絲細紋。

不過在梁懷安眼中，嚴蕊依舊明媚動人，看了被她放到一旁的針線簍一眼，他欣喜地問道：「可是做給我的春衫？」

「眼睛倒是尖。」嚴蕊將針線簍裡的衣衫拿起來收尾。「來穿穿看適不適合？」

陸煙然則對著一雙弟妹說道：「將你們倆練好的字拿來讓我看看。」

她這弟弟妹妹是龍鳳胎，雖然不是一個模子印出來的，可一看就知道兩人是兄妹。陸煙然的話一落，他們像是心有靈犀，露出要哭的表情。

陸煙然沒心軟。「之前說好的，要是沒有寫好，一人再多寫十遍。」

「知道了。」梁瑾瑜跟梁瑾玥同時答道，乖乖去拿東西。

過了一會兒，下人來喚他們去用午膳。

陸煙然剛放下手中的宣紙，就聽妹妹梁瑾玥說道：「姊姊，今天祖母要是說妳，我就幫妳！」

梁瑾瑜聽了，立刻出聲說道：「妳昨天也是這麼說的，結果呢？」

想到梁家的老夫人，陸煙然的眸光閃了閃，不過轉瞬就被弟妹倆鬥嘴給逗笑了。

不遠處的梁懷安聽到他們三人在小聲嘀咕著什麼，可聽了一會兒也沒聽清楚，只得出聲說道：「我們去飯廳吧。」

稍微收拾了一下東西之後，一家人往飯廳走去。想到馬上又要見到老夫人，陸煙然忍不住嘆了一口氣。

梁家老夫人的院子離飯廳近，此時已經坐在主位上等候，見到他們到了，連忙喚人過去坐好。

老夫人魏氏年齡六十左右，頭髮花白，臉上有不少皺紋，看起來頗為慈祥，可是幾年相處下來，陸煙然對她的性子再清楚不過。

她想都沒想，就坐在一個離魏氏最遠的位置。

他。

魏氏注意到陸煙然的動作，連忙叫道：「煙然，來，坐到我旁邊來。」

陸煙然顯然沒想到，自己還是引起她的注意，見弟弟梁瑾瑜就在旁邊，偷偷伸手推了推他。

梁瑾瑜察覺到有人在碰他，他先是有些茫然，隨後反應過來是誰在推自己，他腦子靈活，明白了陸煙然的意思，隨即從原本待的地方起身，坐到魏氏旁邊。

「祖母，我陪您坐吧。」梁瑾瑜朝自家祖母露出一抹燦爛的笑容。

看見孫兒坐到自己身邊，魏氏不好再叫陸煙然了，只得瞪了她一眼，隨後又看向一旁的嚴蕊，說道：「讓妳家閨女和我親近親近，她還不樂意呢。」

嚴蕊笑了笑，回道：「然然就是這個性子，她和我這個當娘的也不怎麼親近呢。」

魏氏被嚴蕊這綿裡藏針的話刺了刺，有些不高興，可是想到兒子對這個兒媳婦百般維護，頓時偃旗息鼓了。

一旁的梁懷安本來準備說兩句，見他娘歇氣了，便沒說什麼。

下人們端著飯菜上桌，眾人沒再說話，開始動筷。

陸煙然身旁坐著妹妹梁瑾玥，她人小手短，坐在凳子上以後好些東西都夾不著，陸煙然便取了公筷，時不時地為妹妹夾些菜。

夾著夾著，陸煙然感覺有些不對勁，似乎有一道視線一直跟著自己。其實不用猜也知道是誰，可是陸煙然卻假裝沒發現。

說起來，魏氏的性子並不壞，甚至還有點可愛，不過是陸煙然有些負荷不了而已。

當初到梁州的時候，魏氏對她們母女倆多少有些意見，不過因為有老侯爺和梁懷安在，她沒做出什麼為難人的事情，最多耍耍嘴皮子過過癮。

弟弟妹妹出生之後，魏氏的態度好了很多，即便後來老侯爺去世，她也沒改變。只是，打從她及笄之後，魏氏就……

「姊姊，夠了夠了，別夾了。」一道稚嫩的聲音在她耳邊響起。

陸煙然回過神來，正準備說話，就被梁瑾玥碗裡堆成小山似的菜吸引了視線。

「妳正是長身體的時候，多吃點。」陸煙然的臉頰微微有些泛紅。

梁瑾玥乖乖地應了一聲「好」。

大概半個時辰後，眾人用餐完畢，陸煙然準備告退，結果魏氏就出聲叫住她：「煙然別走，快來我這裡坐坐。」

她話一落，已經離開位置兩步的梁瑾瑜就回過頭，作勢要坐到她旁邊。

可是魏氏這次動作快，他還沒坐上去，便讓她叫丫鬟攔住了，隨後她朝陸煙然揚了揚下巴。

陸煙然拿她沒轍。要是這次還不過去，魏氏下次會念叨得更厲害。

「和我說說，妳到底哪裡不滿意聞家那位公子？」魏氏開門見山道。

一旁的梁懷安和嚴蕊對視了一眼，心中滿是無奈，陸煙然更是不知道該說什麼才好？

自從她及笄之後，魏氏就格外操心她的婚事，被她拖過了一年，魏氏終於無法再忍，最近已到了快瘋魔的地步。

這幾日魏氏之所以有些不高興，就是因為前兩天，她提出讓聞家的人上府來相看的提議被嚴蕊拒絕了。

其實嚴蕊不是不著急，但是陸煙然的重心都在事業上，又一向有主見，她不想勉強她。

陸煙然沒想到魏氏竟然還沒放棄，只得敷衍地說：「我聽說那聞公子長得不好看。」

「咳咳……咳咳……」

梁懷安沒想到她竟然冒出這句話，他正在喝水，頓時被嗆到，咳得眼淚都快飆出來了。

一旁的嚴蕊張了張嘴，連忙起身為他拍背。

魏氏看著陸煙然，滿臉的不可置信，只差沒起身跺腳了。「妳怎麼能這麼看重人的皮相呢？最重要的是品性好不好！」

陸煙然回道：「可是至少得找一個相貌相當的人吧。」她無意間見過聞公子一眼，雖然長得還行，可是卻不算好看，她不喜歡。

上輩子，她只想找個平凡的人嫁了，重來一世，她想找個自己喜歡的人，再不濟，也要找個好看的。

那個聞公子，一項也不符合。

看著面前的小姑娘一張貌美如花的臉，魏氏更生氣了。「和妳相貌相當的人？妳還想不想嫁人了？煙然，過不了多久妳就十七了，要是再不定下婚事，可就成了老姑……」

「娘！」梁懷安見魏氏越說越過火，趕緊打斷她的話，他一張俊秀的臉繃得緊緊的，兩撇鬍子也跟著動了動。

明明此時的氣氛有些嚴肅，可是陸煙然見到這一幕，忍不住「噗哧」一聲笑了出來。

見到她這個反應，魏氏頓時氣得不得了。「你看看這小姑娘，好好跟她說話呢，她竟然……」

「娘，求您快別說了。」梁懷安立刻止住她的話，讓嚴蕊帶著孩子們回院子。

嚴蕊眼中隱隱帶著一絲笑意，她對魏氏欠了欠身，打了聲招呼，便帶著子女離開。

眼看他們離去，魏氏氣得掐了兒子一把道：「你個有了媳婦兒就忘了娘的傢伙，說，你到底是站在哪一邊的！」

梁懷安沒回他娘的話，嘴裡直嚷著「疼」。

魏氏根本就沒用力，哪裡不知道他是在裝模作樣，不過她還是鬆開了自己的手，念叨著：「那丫頭馬上就要十七了，你們就不著急？要是現在還不定親，可就真的不好說親事了。」

梁懷安見她急得臉都有些脹紅，出聲道：「娘，然然還小呢，養一、兩年再出嫁剛剛好。」

「還小？我像她這麼大的時候可都懷著你大姊了！」魏氏瞪了他一眼道。

梁懷安說道：「娘，您就別瞎操心了。」

這頭母子倆還在糾纏，那頭陸煙然已陪著娘親和弟妹走到了花園。此時正值春季，院子裡的花兒開得正盛，隱隱能聞見香氣。

嚴蕊看了身旁的女兒一眼。她這年齡正是情竇初開的時候，可是她硬是沒見過她有這種心思。

想到女兒確實到了嫁人的年紀，她不由得有些擔憂。

陸煙然不知道嚴蕊的心思，忍不住在她面前抱怨了魏氏口中的聞公子兩句。

嚴蕊聽了女兒說的話，心中隱隱有了主意。看來得將重心放在好看的人身上？

很快就到了陸煙然住的院子，幾人便分道走了。

陸煙然進了屋，打定主意這幾天要多出門走走，免得碰到魏氏。

翌日一早，外頭下起了淅淅瀝瀝的小雨。都說春雨貴如油，陸煙然看著絲絲細雨，卻是面無表情。

她出門的計畫被破壞了，只能憋在院子裡，而她顯然低估魏氏為她相看親事的決心。

魏氏直接來到陸煙然的院子，為的自然是之前說的那件事。

一般的長輩並不會親自和小輩說這些事，然而梁州民風雖然淳樸，個性卻頗為奔放，魏氏在這裡住了許久，早已沒了都城世家大族那些顧忌。

陸煙然自然不依，可是被魏氏纏了好幾天，她最後只得應下來，準備見見那個聞公子。

見面的日子定在二月二十三，一家人做著各種準備，嚴蕊見陸煙然並不像是勉強自己的樣子，不禁帶著幾分欣喜。

不過，在那天到來之前，來自晉康的一封信，擾亂了威遠侯府的步調。

第四十章　驛站重逢

人一旦年紀大了，就容易這裡不舒服、那裡出毛病。

護國公夫人薛氏生病了，情況有些嚴重。

由於梁州到晉康路途遙遠，期間只有梁懷安在父親病逝之後回過晉康一趟，但那也是為了入宮面見皇上，以繼承爵位。

就是因為往來不便，連梁瑾瑜和梁瑾玥出生時，護國公府的人也只派了管家前來探望。

如今大越國雖然四海昇平，可是疆域遼闊，今朝一別，指不定一輩子都不會再見到面。

嚴蕊本來就打算在父親六十大壽時回晉康，沒想到先傳來母親生病的消息。

陸煙然見娘親的眼睛一下子就紅了，連忙上前安慰了幾句。嘴上勸著，她卻知道外祖母的狀況肯定有些不好，若只是一點小痛小病，外祖家犯不著通知他們。

送信的是文國公府的下人，梁懷安將人安置好後趕到了後院，看到嚴蕊紅著眼眶，他心疼不已，連忙走上前道：「蕊妹，妳別太擔心，岳母心善人慈，肯定很快就會好的。」

嚴蕊何嘗不知道丈夫和女兒是在安慰自己，她看了梁懷安一眼，斬釘截鐵地說道：「我想回晉康一趟。」

父母一向對她疼愛有加，即便自己為家中鬧出那麼多事，也沒人虧待她，如今母親生病，她怎能不在身邊侍奉？

陸煙然一點也不驚訝，因為她早就猜到她娘會作出這個決定。

梁懷安聽了嚴蕊的話之後皺了皺眉。她還沒離開，他的心中就生出了不捨，不過這個時候他不能那麼自私，當即應了一聲「好」。

因為路途遙遠，又是看望生病的長輩，嚴蕊準備一個人回去，讓大女兒幫忙照顧兩個孩子。

陸煙然連聲應下，隨後便幫忙收拾起行李。

除了花朵，梁州還出產許多珍貴藥材，嚴蕊決定回晉康之後，梁懷安就讓下人收了許多可能用得上的藥材。梁家老夫人知道親家母生病了，也將自己私庫裡收藏的兩棵人參拿了出來，可把她心疼壞了。

轉眼過了兩天，萬事打點妥當，嚴蕊已經準備好隔日出發，此時她正在叮嚀兩個孩子要乖巧。

因為梁瑾瑜與梁瑾玥個子矮，嚴蕊微微俯著身子，說完了話，她正要直起身，忽然間頭一暈，頓時有些不穩，險些跌倒。

陸煙然一直注意著嚴蕊，見狀眼疾手快地扶住她，隨即開口喚丫鬟前來，合力將她娘扶到軟榻上。

梁瑾瑜和梁瑾玥看到眼前的一幕，差點急哭了。

陸煙然連忙安慰弟弟跟妹妹兩句，然後要下人去叫大夫。

嚴蕊這會兒回過神來，朝陸煙然揮了揮手道：「沒事，只是頭有些暈，休息一下就可以，不用叫大夫。」

剛開始嚴蕊的臉色有些蒼白，現在臉色紅潤了些，可是陸煙然還是不放心地說：「娘，都已經讓人去叫了，讓大夫來看看也好。」

大夫沒一會兒就來了，診斷的結果讓人驚訝。

「夫人已經有一個多月的身孕，身子沒什麼問題，不過這兩日是不是有些勞累了？」大夫說著，走到一旁寫起了處方。

陸煙然張了張嘴，看了她娘一眼。這分明是喜事，此時嚴蕊的臉色卻有些難看。

到底當家作主好幾年了，嚴蕊很快就緩過來，要嬤嬤付了診金後，又讓人送走大夫。

魏氏得知了嚴蕊不舒服的事情，到院子探望她，得知她有身孕的消息，當即有些傻眼地說：「這……這下可怎麼辦？」

要回晉康，這一路上長途跋涉，一個剛有身孕的婦人哪裡受得了？

陸煙然看了她娘一眼，心中隱隱有了決定，不過一切還是得等繼父回來再說。

一個時辰之後，梁懷安回到威遠侯府，由於嚴蕊明日就要出發了，他正感到不捨，然而一知道這件事，他也呆住了。

「蕊妹……」梁懷安有些愧疚。明明是件值得高興的事情，此時卻讓人心情有點沈重。

「無礙。」嚴蕊突然開口道：「大不了走慢一些，遲一、兩個月到也無妨。」

「可……」梁懷安捨不得她受苦。「可是妳現在……」

「娘。」陸煙然站了出來，看著面前的兩個人，認真地說道：「我去吧。」

嚴蕊想也沒想便回道：「不行！」梁懷安也點頭贊同妻子的話。

陸煙然容不得他們拒絕。「娘，您這個情況還要出遠門，大家會擔心的，若是路上出了什麼事，有誰能幫得上忙？我是您的女兒，代您去侍奉外祖母再適當不過，況且家中有下人，用不上我親自伺候她老人家，回去那裡，是為了盡一份孝心。」

「可、可是……」儘管大女兒說得在理，嚴蕊還是覺得不妥。

梁懷安撓了撓頭道：「距離這麼遠，我和妳娘不放心妳。」要是大閨女出了什麼狀況……他簡直不敢想。

這個人不站在自己這邊，反倒潑起冷水來了！陸煙然只覺得胸口一滯，忍不住瞪了他一眼。「多帶幾個護衛隨行就是了，不用擔心。」

見父母還是猶豫不決，陸煙然磨了磨後槽牙，說道：「你們不是煩惱我的親事嗎？晉康人傑地靈，指不定能遇見一個和我相貌相當的人呢！」

此話一出，瞬間破壞了原本嚴肅沈鬱的氣氛，嚴蕊和梁懷安皆是神色複雜地看了她一眼。

陸煙然懶得再說，直接要葡萄幫她收拾東西；嚴蕊和梁懷安思量許久，最後還是妥協了。

第二日天一亮，梁府門前就聚集起了馬車。

梁瑾瑜和梁瑾玥本已接受娘親要暫時離家的事實，沒想到一轉頭，竟然是姊姊要走，雙雙哭紅了眼。

最讓人訝異的還是魏氏的反應。她知道陸煙然要離開，氣得跺腳道：「陸煙然，妳個壞丫頭，都已經答應要相看聞公子了，妳這叫臨陣脫逃！」

陸煙然有些無語。沒想到都這個時候了，她竟然還牽掛著這件事。

魏氏瞪了嚴蕊一眼，說道：「妳講講妳閨女！」

嚴蕊沒辦法，只得撫了撫額。

見到魏氏與她娘的互動，陸煙然忍不住笑了一聲。她平時不太笑，就算笑了，也笑不太開，此時嘴角竟是漾起了淺淺的梨窩，動人極了。

魏氏沒被陸煙然的外表迷惑，見她還笑得出來，氣得說道：「妳可別被晉康那些皮相好的人迷了眼，外祖母好了就趕緊回來，我為妳挑一個品性好的人。若是回來得早，指不定那聞公子還等著妳呢！」

陸煙然點了點頭，安撫她道：「都聽您的。」她嘴上應好，心中卻期盼那聞公子早些娶妻生子。

魏氏聽她這麼說，終於滿意了。

縱然心中再不捨，陸煙然還是坐上了馬車，梁家眾人沒有相送，而是看著車隊緩緩離開。

陸煙然放下車窗的簾子，一旁的葡萄突然說道：「小姐，我好像聽到少爺和二小姐的哭聲了。」

「是嗎？」陸煙然其實也聽見了，卻淡淡地回道：「沒事，過兩天就好了。」

車隊往齊元城的城門處駛去，出了城後，一路向北。

兩天後，兩匹從宜州方向過來的駿馬進入齊元城內，馬背上的人在問過路之後，來到了威遠侯府前。

黑色駿馬上的年輕人相貌俊逸，五官格外細緻，雖有一張俊得雌雄難辨的臉，偏偏一眼就能認出是個男子。

他眉眼之間帶著幾絲清冷，朝面前的大門揚了揚頭道：「去問問。」

與他同行、年齡稍大一些的同伴認命地躍下馬，敲響了大宅的門。

門裡面很快就有人應聲，下馬的人簡單地表明自己的身分之後，很快就得到了消息。他轉身走回去說道：「你要找的人前往晉康了！」

馬上的男子聽了同伴的話，眸中閃過一絲訝異，轉瞬即逝。

「走吧。」那散發出冷然氣質的男子牽起馬繩，隨即駕著馬兒離開。

「等等我！」問話的人躍上馬，趕緊追了上去。

不知道是不是錯覺，他覺得他朋友的心情非常急切，這可真是稀奇啊……

這些年，大越國風調雨順、國泰民安，雖然沒到路不拾遺、夜不閉戶的地步，可是在官道上趕路，並不會發生什麼事情。

然而在梁懷安的觀念裡，凡事小心一點準沒錯。

這一行只有陸煙然一個主子，護衛卻足足有十餘人，梁懷安還特地給了領頭的護衛信物，讓他們到了鄺州之後，去尋鄺州刺史派人護送一段距離。

陸煙然覺得不用那麼麻煩，畢竟她此行不是賞景遊歷，而是為了回晉康探望生病的外祖母。

越往北邊走，天氣越涼爽，即便待在車廂內，陸煙然還是加了一層衣裳。三月初的時候，威遠侯府一行人終於到達鄺州的地界。

大越全國遍布驛站，路驛、水驛、水路驛，有近千餘所。眼看不遠處又有一處插著黑旗的驛站，那年齡稍大的男子出聲問道：「還停下來嗎？」

前頭的年輕男子應了一聲：「停！」

在快到驛站時，兩人停了下來，俐落地躍下馬兒。

進入驛站之後，並未發現任何馬車，年長的男子嘆了口氣。「看來他們在這個驛站也沒停下。」

那年輕的男子微微一怔，隨後恢復了清冷的表情，舉步繼續往裡面走去。

年長男子喊道：「阿禪，既然人不在這裡，我們就趕緊追上去吧，最多半天就能追上了。」載著人與物品的馬車，速度自然快不過只坐了個人的馬兒。

被喚作「阿禪」的男子正是姜禪。幾年過去，那個有些害羞的俊俏少年，已經長成寡言少語的俊逸男子。

聽了他的話，姜禪絲毫沒受到影響，淡淡地說道：「既然已經停下，我們就在這兒休息一下吧。」

他的同伴姓張名冕，聽了這話臉色一變。「阿禪，我說你這是什麼意思，明明早就能追上，卻因為你一路上磨磨蹭蹭的耽擱了，你的性子什麼時候變得這麼優柔寡斷啦？」

姜禪沒搭理他，逕自取出一個信物讓驛站的人看，那人當即為他們備好了茶水。他在一邊的桌旁坐下，看樣子的確打算好好喝一杯茶。

張冕見他這個樣子，不由得更加好奇，他坐到姜禪對面。「阿禪，我們從軍營離開之後便應該回晉康，你卻將事情託付給別人，繞道進入梁州。你就告訴我吧，前頭那位姑娘是你什麼人？」

姜禪的指腹在青瓷茶杯上摩挲了幾下，回道：「泛泛之交。」

泛泛之交？

張冕忍住想翻白眼的衝動，嘴上卻不肯饒過他。「若是泛泛之交，你這麼折騰是做什麼？」

姜禪端起茶杯啜了一口。他只不過是想問個答案罷了，問她當初離開時，為何連話都不留一句？

然而，如今那人近在咫尺，他卻不知如何問出口？自己耿耿於懷這些年，好像沒什麼意義，指不定她早已忘記了。

其實陸煙然留話了，然而嚴煜到底年幼，加上當時姜禪遠在清州，暫時回不來，他一開始還記著，時間一久就忘了幫她帶話。

如今，姜禪在陸煙然心中不過剩下一道影子，她連他的模樣都有些記不清了……

陽春三月，大地回暖，這個時節正是賞景的好日子，陸煙然卻整個月都在馬車內度過。

葡萄出聲說道：「小姐，已經趕了許久的路了，我們在下個驛站停下來休息一會兒吧。」

陸煙然掀開布簾看了看窗外，只見一片喜人的綠色映入眼簾，她出聲問道：「現在到什麼地方了？」

葡萄連忙回答：「先前林護衛說已經過了萬里橋，今日應該就能到中州地界了。」

陸煙然鬆了一口氣道：「繼續趕路，到了中州之後再休息。」進入中州之後，離晉康就近了。

說著，陸煙然靠在車廂壁上閉起眼睛假寐，馬車一搖一擺的，弄得她頭上的簪花也跟著晃了起來。

葡萄怕她摔倒，趕緊坐到她身旁，也跟著閉著眼睛休息。

在太陽還未落山時，車隊順利地趕抵中州，在最近的驛站停下。馬車一停，陸煙然就感受到了，睜開眼睛後，她便迫不及待地準備下車。

葡萄眼疾手快地制止她。「小姐，戴上帷帽吧。」話落，她將一旁墊子上的青紗帷帽遞了過去。

陸煙然挑了挑眉，順從地將帷帽戴到頭上。外頭早已有人將腳凳放到車邊，她踩著腳凳下了馬車，忍不住在心中一嘆：還是腳踏實地的感覺最舒服！

葡萄打理好了隨身衣物，跟在陸煙然身後。

林護衛讓人整理車隊，隨後站到陸煙然不遠處說道：「小姐，我們今日就在驛站休整一番再走吧，正好也派人通知文國公府。」

想到現在離晉康並不遠，也不差這麼一點時間，陸煙然便應了一聲「好」。

威遠侯府如今在中州的名聲不顯，不過好歹是世家大族，驛站的人知道有貴人前來，連忙收拾好幾間上房。

一行人都累了，各自找好房間便進去休息。進房後，葡萄一刻沒停下，準備打水讓陸煙然清洗。

陸煙然喚住她。「歇息一會兒也不遲。」

休息了半刻鐘之後，葡萄再也坐不住，連忙出房間打水。

主僕兩人簡單擦洗了一遍，各自到床榻上歇息。就在威遠侯府眾人入住一個時辰之後，一直跟在他們身後的兩人也到了這處驛站。

人未下馬，張冕就看見驛站旁的馬廄裡栓了好幾匹馬，一位穿著灰色衣袍、套了黑色馬甲的驛站小廝正在餵馬，一旁還停了好些馬車，馬車上還有專屬的標誌。

「這不會就是梁家的車隊吧？」張冕不禁有些激動。

姜禪心頭一跳，面上卻沒有任何反應，他迅速地跳下馬，隨後牽著馬兒往馬廄去。

他氣質出眾、相貌俊逸，驛站小廝一看就知道他不是普通人，連忙將馬兒從他手中牽了過去。

姜禪往驛站裡走去，雖然心中隱隱有了猜測，卻還不能確認。

進了驛站，他才發現院子裡放了不少東西，有一些護衛打扮的人正守著那些物品。

張冕也跟了上來，正準備上前詢問他們是不是威遠侯府的人，姜禪卻喚住他，轉身進了驛站大廳。

這處驛站是三州必經之地，大小堪比一家大宅院，能住不少人，就在姜禪他們住下一刻鐘後，又有一隊人馬到了此處。

這支隊伍人數更誇張，比梁家的人還要多一半，整個驛站頓時變得有些擁擠。

陸煙然睡得正香，房外傳來的吵雜聲喚醒了她。好不容易睡個甜覺卻被人吵醒，她不願睜開眼，輕聲哼了哼，就像小貓在叫一樣。

葡萄聽見聲音看了過去，瞧見眼前的美景，她不由得臉色一紅。

只見床上的人褪下對襟外衣，只穿著襦裙，上衣有些散開了，露出了精緻的鎖骨，頸間的肌膚白得晃眼。

葡萄連忙拿起一旁的薄褥子，為床上的人遮了遮。

因為今日住進了很多人，驛站上上下下忙得昏天暗地，比平常晚了兩刻鐘，終於做好了晚膳。

帽。

到了飯點，葡萄喚起自家小姐，簡單為她整理一下衣物、頭髮之後，又替她戴上了帷

驛站的飯廳坐不下這麼多人，好些護衛和下人被安排在院子裡。此刻飯廳裡已經坐好了幾桌人，很明顯能看出他們分為兩路，再加上陸煙然主僕，便是三路人了。

陸煙然察覺到有幾道視線落在自己身上，她並未放在心上，靜靜坐到一張空著的飯桌前。她頭上戴著帷帽，是為了免去不必要的麻煩，不過這也阻擋了她觀察別人的視線。

在陸煙然坐下的那一刻，姜禪的眼神黯了黯，心中不知為何有些不是滋味。

她……似乎變了好多。

因為心中有顧忌，姜禪收回了視線，卻發現對面某個被簇擁著的男人，眼睛一直往「她」那邊飄。他瞇了瞇眼，還未來得及做出反應，隨後進來的一個人，瞬間讓他臉色一變。

竟然是他！

第四十一章　意料之外

那個男人穿著青色的對襟外袍，身姿挺拔。雖然已經不年輕，可是從五官來看，他年輕時必是一個翩翩公子，只可惜眉頭到額間一道疤痕破壞了這份完美，讓他整個人看上去有些陰沈。

明明已經好些年沒見過這個人，可姜禪還是一眼認出了他。

他正是當初的鎮國侯，陸鶴鳴！如今的他沒了當初的意氣風發，若不是認識他，姜禪根本不會多看他一眼。

想不到，竟然在這個驛站撞見了！

雖然心情萬分複雜，姜禪仍沒顯露出任何表情，但還是忍不住看了陸煙然一眼。

由於戴著帷帽，看不清她的容貌，可她那樣端端地坐在那裡，就像一朵盛開的花兒。

就在此時，帷帽下的青紗飄動了一下，露出她那白皙小巧的下巴，隨後青紗又落下，讓人心癢癢的。

察覺到自己的失態，姜禪連忙收回落在她身上的視線。為了掩飾紛亂的情緒，他立刻端起一旁的茶水喝了一口。

陸煙然有一種被人盯著的感覺，不過因為有青紗遮擋，她並不清楚是誰在觀察自己？

儘管如此，身旁的人有什麼動靜卻瞞不住她。

陸煙然微微低著頭，腦中正估算著什麼時候能到外祖家，突然發現葡萄的手緊緊地攥在了一起。

她黛眉輕蹙，小聲問道：「葡萄，怎麼了？」

就跟姜禪一樣，葡萄也認出了剛剛進來的人是誰。她的眸中閃過一絲震驚，沒料到事情竟這般湊巧。

聽見陸煙然詢問的聲音，葡萄身子一顫，趕緊收回驚訝的目光，有些緊張地回道：「小……小姐，沒事。」

由於陸煙然戴著青紗帷帽，別人看不清楚她的表情，所以葡萄不曉得她此刻正露出若有所思的模樣。

為了掩飾自己的慌張，葡萄說道：「小姐，快用膳吧。」說著，她將碗筷放到了自家小姐面前。

聞言，陸煙然頓了頓，沒說什麼，準備取下頭上的帷帽，可是才剛剛抬起手，她的手腕就一緊。

「小姐，就這樣吧，這裡有好些外男，不方便。」葡萄神色慌亂地說。

雖然只是一個丫鬟，可葡萄十分清楚過去老爺和小姐的關係有多差。老爺不會記得自己這一號人，所以她不必擔心，但是小姐就不一樣了。

雖然如今小姐的相貌徹底長開了，可是他們好歹是父女，指不定會認出來……

葡萄的腦子本來就比較不靈光，能想到這麼多已經很不容易，總之她認為自家小姐終究是晚輩，討不了好，只能委屈一下了。

見到葡萄那副渾身不自在的樣子，陸煙然忍不住輕笑了一聲。若這樣她還猜不出有什麼狀況，就真的是呆子了。

此刻飯廳裡的人開始用膳，四周響起碗筷相交的聲音，陸煙然也餓了，她收回準備摘掉帷帽的手，沒再耽擱，跟葡萄兩個開始用膳。

隨著她進食的動作，青紗不斷飄動，精緻的下巴時隱時現。

姜禪拿著筷子的手一緊，連忙低下了頭，覺得耳根微微有些發燙。

吃著吃著，姜禪的眸光飄往了另一桌。那位方才盯著陸煙然看、穿著藍色圓領外袍的男子，頭戴玉冠、英俊瀟灑，像是世家大族的子弟。

姜禪正打量著他，接著就見陸鶴鳴討好地湊到那人面前，小聲說起話來。雖然他想知道他在說什麼，但是他同那一桌人的中間還隔著陸煙然主僕，再加上飯廳有些嘈雜，他沒能聽清楚。

陸煙然就不同了，她離他們不遠，說話的聲音準確地傳進她耳裡。

只聽陸鶴鳴說道：「世子爺，小女身子有些不適，先回房休息了，還請世子爺見諒。」

陸煙然聽了，先是微微一怔，隨後忍不住發出一聲輕笑。她當即伸手取下頭上的帷帽，眼前的景象頓時變得開闊。

葡萄低呼一聲。「小姐！」

帷帽一揭，姜禪也得以窺見陸煙然的相貌。

七年多的時間過去，她的眉眼徹底長開，說是眉目如畫、面如芙蓉也不為過，即便她臉上的表情淡淡的，仍是嬌豔不已。

若非早就知道是她，姜禪險些沒能認出來，怕被陸煙然發現不對勁，不過一瞬，他就收回了視線。

雖然姜禪有所自覺，但他同時也發現，就這麼點距離而已，陸煙然竟沒注意到自己。他神色一黯，轉而注視起面前的飯菜，沒再移開目光。

陸煙然戴著帷帽進飯廳本就引人注目，此時另一桌那個男子見到她的模樣，眼睛不由得一亮，連身旁的人說什麼，他也沒聽清楚。

陸鶴鳴本來正在與他說話，見他沒反應，當即順著他的視線瞧了過去。

那是一個年輕的女子，儘管從陸鶴鳴的方向只能看見她的側臉，卻能明白她的相貌不差，他的心不禁一沈。

不知怎麼的，陸鶴鳴覺得那女子有些眼熟，然而他還有更重要的事情，所以只掃了她一眼就將注意力轉回那男人身上。

「世子爺，我們還是快點用膳吧，早些休息，明日還要趕路。」陸鶴鳴語氣溫和地說道。

這個讓他小心翼翼對待的人，名叫袁修誠，是譽王的嫡子。譽王的封地是卞州，機緣巧合之下，陸鶴鳴認識了譽王，費盡心思後終於搭上譽王這條線。

他本該在卞州待滿八年，但是因為還算得譽王看重，所以得到陪世子回晉康的機會。

聽到陸鶴鳴的話，袁修誠有些不高興，不過想到自己回晉康確有要事，只得依依不捨地挪開眸光。

「陸司馬，我知道了，你不必再提。」袁修誠淡淡地回了一句，隨後在下人的伺候下開始用膳。

陸鶴鳴聽他叫自己「司馬」，表情頓時一僵。即便這個稱呼已經聽了好些年，他還是有受辱的感覺。

陸煙然見親生的爹沒認出自己，嘴角揚起一道帶著諷刺的笑。

是了，陸鶴鳴怕是早已將她拋到天邊，哪裡還記得她這個不孝女！

可是她仍舊記著那些過去。這個人為她和她娘帶來這麼多痛苦，若有機會，她定會將那些沒能討回來的帳算清楚。

看向臉色發白的葡萄，陸煙然輕笑了一聲道：「沒事的。」

見她嘴角泛起淺淺的梨窩，葡萄頗為無奈地說：「小姐，您這也太……」伺候了陸煙然這麼多年，葡萄知道她的性子並不如表面上這麼乖巧，心中有些擔憂。

陸煙然說道：「放心吧，我知道輕重，還要趕著回文國公府呢。」葡萄了解她，她自然也能看出自家丫鬟的心思。

過了一會兒，陸陸續續有人用完膳退席了。

袁修誠有些不耐，吃了半飽之後，便將筷子放到一旁離開，陸鶴鳴原本想起身追過去，可他像是想到了什麼，又坐回桌前。

一刻鐘後，飯廳的人漸漸散去，陸煙然也同葡萄離去。

雖然朝著外面走，然而陸煙然的注意力卻仍在陸鶴鳴身上。

他真的沒認出她嗎？那還真是挺遺憾的……

「小姐，小心！」

葡萄的驚呼聲在耳邊響起，陸煙然身子一頓，正想著發生了什麼事情，結果身子就撞到了東西。

她瞬間意識到是自己走神撞到人，下意識地往後退了一步，然而卻不小心踩到裙角，身子一歪。

陸煙然有信心能穩住腳步，不過還沒來得及平衡身體，就有人攬住她的腰，再回過神，她已經被人帶進懷裡。

抬起頭，陸煙然的眼睛對上一雙黑亮的眼眸，那是一個極為好看的男子。

對方的長相細緻，不過和女兒家還是有些不同，陸煙然的臉頰露出緋色，忙說了一聲：「公子，不好意思。」說著她雙手微微用力，退出那人懷中。

葡萄立刻上前道：「小姐，沒事吧？」

陸煙然搖了搖頭，朝被自己撞的人又道了一聲歉，接著便紅著臉往房間走去。

姜禪微微收緊了拳頭，想到陸煙然方才那陌生的眼神，不禁有些心冷。

她……好像真的不記得他了。

姜禪神色平靜地抬腳離開，將一切看在眼中的張冕表情有些呆愣，顯然不太明白發生了什麼事？

見姜禪一句話也沒說就走，張冕連忙追了上去。轉眼間姜禪已經走到房門外，他連忙出聲問道：「阿禪，這是什麼情況？你繞了這麼遠的路，又跟著車隊這麼久，不就是為了找梁家小姐嗎？可是那小姐的反應好像不太對啊！」

他本來還以為他們兩人之間有什麼不可告人的事情呢！

頓了一下，張冕突然問道：「難道你們不認識嗎？」

「嗯。」姜禪應了一句。「不認識。」

話落，他打開門走進房間，又說道：「今晚早些休息吧，明日我們天亮就出發，三天內必須趕回晉康。」

之前說是泛泛之交，現在又說不認識？張冕總覺得哪裡不對勁，有點遲疑地問道：「你確定？」

姜禪瞥了他一眼，直接走到桌邊坐下。

張冕的心癢得就像有隻小貓兒在抓一樣，不過他見姜禪臉色冷淡，想來不會滿足自己的好奇心，只得撓了撓頭，將此事拋到一邊。

這頭陸煙然一回到房間就坐在軟榻上，葡萄打來水擰了擰帕子，遞到她面前。「小姐，擦擦手。」

陸煙然應了一聲接過帕子，葡萄直起身看向她，卻發現她皺著眉，當即出聲道：「小姐，您這是怎麼了？」

陸煙然心不在焉地回道：「什麼？」

「小姐啊！」葡萄點了點自己的眉間，說道：「您的眉頭都快要皺在一起了，是不是有什麼煩心事？難道是因為陸……」

陸煙然勾了勾嘴角，打斷她。「妳想太多了，去忙妳的吧。」

葡萄撇了撇嘴，將陸煙然遞過來的帕子放到水盆中，端著盆子往外走去。

在葡萄離開之後，陸煙然搖了搖頭，整個人往軟榻上躺。

她自然不是因為陸鶴鳴而皺眉，也不知道為什麼，她覺得剛剛自己撞到的那人似乎有些眼熟……

然而才剛剛冒出這樣的想法，陸煙然就直接在心裡否認了。

遇到她親爹已經夠稀奇了，怎麼可能又碰見認識的人呢？算了，肯定是她旅途過度勞累，引發了錯覺吧！

天空罩上了暮色，夜幕漸漸降臨。

雖然此時白日溫暖，晚上涼爽，一天下來都沒怎麼出汗，可是好不容易住進驛站，陸煙然自然要清理一番。

她一向不喜歡別人貼身伺候，一個人慢悠悠地清洗身子，換上另一身衣裳。

沐浴過後，陸煙然的鬢角和頭髮微微沾上了水氣，臉色也更加紅潤，整個人顯得嬌美無比。

葡萄偷偷看了她幾眼，只覺得自家小姐美如天仙，欣賞過後連忙將房裡的水提了出去。

陸煙然拿起香膏在臉上與頸間抹了抹。這款香膏的味道清新淡雅，聞起來讓人身心舒暢。

沒多久，天色徹底暗了下來，好在院子外面點著燈，不用擔心葡萄看不清路。擦好香膏，陸煙然便準備等葡萄回來之後，閂好門上床睡覺。

這個想法剛剛落下，陸煙然就聽見門口處響起有些凌亂的腳步聲，緊接著是閂門的聲音。

「小姐，時間也不……不早了，早些歇息吧。」

陸煙然本來就有這樣的打算，然而葡萄話一落，她便皺起眉頭道：「葡萄，發生什麼事了？」

葡萄沒料到自己還是露出了破綻，連忙答道：「小、小姐，奴婢剛才在外頭看到一隻老鼠，被嚇到了。」

陸煙然眉頭一擰，厲聲道：「葡萄！」

葡萄身子一顫，只差沒跪在地上了，她趕緊應道：「奴、奴婢在外頭看……看到陸老爺好像在和誰說悄悄話。」

原來是這樣啊，難怪這丫頭這麼緊張！陸煙然被葡萄的話搔得心癢難耐，立刻問道：「在哪兒看見的？」

葡萄就是怕她好奇，連連擺頭道：「小姐，您別這樣！」

陸煙然一聲不吭，眼神落在葡萄身上不過一會兒，葡萄就敗下陣來，滿臉不情願地招了。

見陸煙然興致勃勃的樣子，葡萄趕緊說道：「小姐，您若是要去，就讓奴婢跟著！」

陸煙然看了她一眼。「別，妳要是去的話，肯定會馬上被人發現。」知道葡萄是擔心自己，又補充道：「妳放心吧，不會有事的，護衛都待在院中，我只要叫一聲，他們就會出現了，妳乖乖在房裡待著。」

「我很快就回來。」說著，陸煙然朝外頭走去。

葡萄拗不過她，氣得跺了跺腳。

陸煙然一出去就迅速地關上房門，她下意識地放輕自己的腳步，朝葡萄說的方向走去。就在她離開的下一個瞬間，對面那側的房門也被打開，一道身影走了出來，隱匿在黑暗當中。

即便院子裡有燈，可是還是有些昏暗，陸煙然慢慢地摸索，順利地到了葡萄說的地方，她不敢靠得太近，藏在一個能聽見陸鶴鳴跟人說話的轉角處。儘管陸煙然想集中注意力，一顆心還是怦怦跳個不停，干擾她偷聽。

陸煙然無聲地吐了一口氣，讓自己冷靜下來，隨後屏氣凝神，用盡全身的心神偷聽。

「今天妳是怎麼回事，用膳的時候為何不來？」是陸鶴鳴的聲音。「妳知不知道妳錯過了一個很好的機會？」

聞言，陸煙然好奇不已。機會，什麼機會？

「我不去，自然有我的理由。」

隨後響起的是一道女聲，不過一瞬，陸煙然就猜出了是誰。

那道女聲繼續說道：「爹，世子爺雖然還算看重我，可是我卻不能趕著貼過去，不然的話，他根本不會珍惜！」

如今陸婉寧不再是那個愛賴著父親的小姑娘，再加上她娘發生那些事，她比過去更有主見了。

「妳懂什麼？若是世子爺厭煩了妳，我們就沒了機會！」

「爹，別管這麼多了，您不就是想和譽王爺成為親家嗎？我不會讓您失望的。」陸婉寧斬釘截鐵地說道。

當初還在卞州時，袁修誠就對她有意思，兩人之所以僵持到現在，不過是因為想要吊著彼此。

得不到的才是最好的，她若是輕易答應，就顯得自己廉價了。

陸鶴鳴回道：「妳大了以後，就越來越不將我這個當爹的放在眼裡了。婉寧，我給妳一句忠告，不要太過自信。」想到今日用膳時，世子爺看著飯廳裡那位女子的目光，他暗暗覺得有些不妙。

這麼一想，陸鶴鳴又多嘴了兩句，提起用膳時看見的情形。

陸煙然將陸鶴鳴誇自己的話都聽進了耳裡，心情不禁有些複雜，也不曉得他在知道自己是誰時，臉上會露出什麼樣的表情？說起來，她還挺期待的。

正當陸煙然有些分心時，又聽陸婉寧說道：「爹，您就放心吧，此次晉康之行，我一定會讓袁修誠向您提親的，即便是為了還在卞州的弟弟，我也會把握這次機會。」

兩人說了一會兒，就離開了此處。

因為還怕被人發現，到了這裡以後，陸煙然一直提心吊膽，見他們走了，她頓時鬆了口氣。

從剛才的對話，陸煙然大概猜出了他們的計畫，她有些不恥陸鶴鳴。都過了這麼久，他還是像當初一樣不知羞恥。

陸煙然一把扯下在自己面前晃悠的葉子，隨後轉身準備回房。

然而才一轉身，她便迎面撞上了東西。

陸煙然心中巨震，不過一瞬，背上的冷汗都冒了出來。

第四十二章 相見不識

她背後竟然站了一個人，而她一直沒有發現！

因為那個人站在陰暗處，陸煙然看不清楚對方的臉，只知道此人的身形頗為高大。

陸煙然抿了抿唇，想讓自己淡定一些，然而因為方才都在偷聽，所以她有些心虛，一顆心狂跳不已。

她小聲地說道：「不好意思。」

隨後她表示自己要回房，又道了一聲歉，然而對方似乎不想就此了事，竟然彎下身逼近她。

陸煙然皺起眉頭，下意識地向後退，結果沒幾步，她的背就抵上了院子邊緣的欄杆。眼看已經無路可退，那道身影還在朝自己逼來，陸煙然全身上下的汗毛豎了起來，就在這時，對方突然停下腳步，開口道：「妳就那麼喜歡撞人嗎？」

這聲音聽起來很年輕，微微有些低沈，卻意外的動聽。

陸煙然聽了微微一怔，意識到他話裡的意思，立刻猜出對方是誰，此時那個人從陰影處往前踏了一步，露出了全身。

借著院子裡微弱的燈光，陸煙然看清楚了他的輪廓。她對這個長相有點印象，不光是這人之前也被自己不小心撞了一下，還因為她覺得對方有些眼熟。

可是陸煙然並未貿然開口詢問他的身分，而是立刻又向他賠不是。

姜禪抿了抿唇，有些動怒。才七年多，她便將自己忘得徹徹底底、乾乾淨淨了。

他看著她的眼睛，語氣有些冷漠。「若是道歉有用的話，還要官差做什麼？」

這話聽起來非常不友好，陸煙然不由得板起臉說道：「首先，公子並未受傷；再來，我並不是有意撞您。前一次的原因在於我走神，這點我道歉，可是這次，若不是您站在我的身後，我根本不會撞到您，難道公子就沒錯嗎？」

雖然看不清陸煙然的表情，可姜禪仍是察覺到她的不滿。這點倒是沒變，她還是跟以前一樣，一點虧也不肯吃。

姜禪沒回話，就這麼站在陸煙然面前，兩人都沒開口，氣氛一時有些凝滯。

明明時間不長，陸煙然卻覺得他們對峙了許久，她不願與面前的男子糾纏，側身往另一個方向走去。

然而陸煙然才剛剛邁出步子，就有一道身影擋在她面前。

她磨了磨後槽牙，掉頭往另一邊走，結果那人又堵住她的去路。

「這位公子，你到底想怎麼樣？我已經道過歉了。」陸煙然威脅道。「這樣對待一個弱女子有意思？若是我叫一聲的話，整個驛站的人都會跑來看你這個登徒子！」

陸煙然的火氣有些上來了，此時她說起話來毫不客氣。

登徒子？姜禪輕笑一聲道：「妳大可這麼做，正好也讓別人看看，一個弱女子天黑了不乖乖待在房間裡休息，跑到外面偷聽別人說話做什麼？」

姜禪嘴上冷淡，心神卻有些不寧，因為兩人之間的距離很近，他能聞到陸煙然身上淡淡的香味，雖然味道不明顯，卻牽引著他的思緒。

「你……」陸煙然哪裡知道他心中的想法，只知道自己反被將了一軍，瞬間說不出話來。

難道這人很早就站到自己身後了？她怎麼會沒有發現！他到底聽到了什麼？

陸煙然的腦中冒出了無數個問題，就在此時，一道微弱的聲音傳了過來。

「小姐？小姐？」

陸煙然怎麼會聽不出這是誰的聲音，她心中一喜，才往前走兩步路，頭上忽然一重。揉了揉她的頭髮，那個男子丟下一句話。「天黑了就不要亂走。」

陸煙然臉上閃過一絲驚訝，有些莫名其妙地回過頭，結果只看見對方的衣角消失在黑暗當中。

葡萄手裡提著一盞小小的青銅蓮花燈，看清楚了離她幾步遠的人，連忙低呼道：「小姐，您要嚇死我了，怎麼過了這麼久還不回房間！」

陸煙然迅速走了過去，朝葡萄比出一個「噓」的動作。「別說了，我們快些回去吧。」

主僕兩人很快就回到房間，見葡萄門上門，陸煙然剛鬆了口氣，就聽見葡萄有些驚訝地說：「小姐，您的臉怎麼這麼紅啊？」

臉紅？

陸煙然用手背碰了碰自己的臉，確實有些發燙，她故作淡定地說道：「沒事，大概是方才偷聽時太緊張了。」

葡萄哭笑不得道：「小姐，下次別再這樣了！」

陸煙然十分乾脆地點頭。「行了行了，不會有下次了。」偷聽雖然有趣，但這種機會可不是說有就有的。

葡萄得到自己想要的答案，露出滿意的笑容。「小姐，時間不早了，咱們趕緊歇息吧，明日還要趕路呢。」

陸煙然應了一聲，讓葡萄熄燈歇息，然而躺到床上之後，她的腦海中卻突然閃過一道身影——就是那個被自己不慎撞了兩次的人。

怎麼想都覺得有些怪怪的，自己到底在哪裡見過他呢……

還不待細想，一股濃濃的睡意就朝陸煙然襲來，她打了個哈欠，閉上了眼睛。

床上很快就傳來均勻的呼吸聲，房裡徹底安靜了下來。

第二日天剛亮，驛站各處就陸陸續續傳來聲響。這裡住的都是要趕路的人，自然要早早準備。

朝食是葡萄拿進來的，主僕兩人簡單用過膳，整理好儀容，就帶著隨身衣物出了房間。

陸煙然依舊戴著帷帽，出了院子之後，她下意識地尋找那個被她撞的男子，可是卻完全沒發現他的蹤影，正當她感到疑惑時，就無意間聽到驛站的人說，他天一亮就離開了。

這個消息讓陸煙然微微一怔。她有些疑惑自己為什麼要留意那個人的動向？搖了搖頭，她將腦中的思緒拋到一邊，等待隨行的人整理好車隊。

此時袁修誠也出現在院子裡，他見到那抹身影，眼睛頓時一亮。此時他身邊只有小廝，他便沒了顧忌，直接朝人走了過去。

袁修誠出聲問道：「不知小姐是哪家的千金？」

陸煙然本來在和葡萄說話，突然被人打斷，她不禁微微蹙眉。「公子在問別人這個問題之前，難道不應該先自報家門嗎？」

被人不硬不軟地頂了一句，袁修誠非但沒有生氣，反倒忍不住帶著笑意回道：「在下袁修誠，來自卞州譽王府。」

陸煙然有些驚訝，下意識地看向聲音傳來的方向，卻只能看見眼前的青紗晃動。她的眉毛微微挑起，像是聽到了什麼有趣的事情。

確實有趣，這不就是陸鶴鳴中意的女婿嗎？

陸煙然嘴角勾了勾，淡淡地回了一句：「世子爺好。」接著就沒說話了。

袁修誠本來還等著她繼續說，結果過了好一會兒才反應過來，對方似乎沒有再開口的意思，他不由得笑出聲，說道：「小姐，在下已經自報家門，難道妳不準備告訴我，妳是哪家的千金嗎？」

陸婉寧才剛走進院子，就聽到了袁修誠的笑聲，抬頭一看，眼前的情形讓她臉色一變，連忙邁著腳步往那幾個人走過去。

想不到世子爺竟然和一個身姿婀娜的女子站在一起。這一幕深深地刺痛了她的雙眼。

「世子爺，您什麼時候出來的，臣女還去您房間找人呢。」

原本陸煙然已經準備帶著葡萄離開，不料耳邊又響起一道柔美的聲音。

陸煙然一聽就知道對方是誰，當即收起腳步，打算看場好戲。

袁修誠見到陸婉寧，臉上閃過一絲不自在，畢竟自己前些日子才向她訴說情意，如今這個狀況怎麼看怎麼尷尬。

陸婉寧卻像什麼也沒發現一樣，直接朝他們接近。

今日陸婉寧穿著一身桃紅色襦裙，襯得她像一朵嬌嫩的鮮花。她的相貌偏向小家碧玉，不過一雙勾人的杏眼為她增色不少，眉眼間那抹柔弱，格外受男子青睞。

走近他們身邊之後，陸婉寧對袁修誠輕聲細語，說了一些關心他的話。

搭訕的機會被人破壞，袁修誠原本還有些惱怒，見陸婉寧這樣，忍不住心頭一軟，不過他到底有些不耐煩，朝她揚了揚下巴道：「我去看看什麼時候能出發？」

陸婉寧笑著應了一聲「好」，待他離去後，她的視線就落在那個戴著帷帽的女子身上。

葡萄在陸煙然身後扯了扯她的裙襬，陸煙然察覺到這個動作，微微側過頭問道：「怎麼了？」

明明是刻意不讓人知道的，陸煙然這麼做就暴露了葡萄的心思，葡萄臉上閃過一絲無措，不知該如何反應？

陸婉寧的眉頭皺在一起。雖然只說了幾個字，可是對方的嗓音卻猶如涓涓細流一般，著實動聽。

她心中頓時產生危機感，想起昨夜父親說的那些話，她的表情更加僵硬了。

難道她爹說的女子，便是面前這個人？

雖然戴著帷帽，陸煙然卻能感覺到陸婉寧似乎正熱切地盯著自己，她嘴角彎了彎，有些好奇。難道是認出她了？不可能吧！

正這麼想著，她就聽陸婉寧說道：「不知這位小姐是哪家的千金？」

陸煙然瞇了瞇眼，回道：「我家在梁州。」她本來不想回答，可又好奇陸婉寧的企圖。

這個想法剛剛落下，陸婉寧的聲音又傳來了，說話的內容跟語氣都很微妙。「這位小姐，這世上有些人妳是攀不上的，千萬不要因為別人稍微關注了妳一下，就不知天高地厚了。」

陸煙然還沒做出反應，一旁的葡萄就忍不住出聲斥道：「還請小姐慎言！」

陸婉寧瞪了她一眼，說道：「一個丫鬟插什麼嘴！」

誰知話音剛落，陸婉寧便聽到旁邊傳來一聲輕笑。

「陸婉寧，妳倒是長進了。」

這短短的字句讓陸婉寧杏眼圓睜，驚訝得說不出話來。

陸煙然隨即出聲對葡萄說：「走吧。」等了將近一刻鐘，也該出發了。

轉眼間，主僕兩人就出了驛站的院子，陸婉寧這才回過神來，臉上的震驚之情仍未褪去。

怎麼會這樣?!

雖然對方沒露臉，可是陸婉寧認為自己並不認識那個女子，她怎麼會知道自己的名字？

「那個人到底是誰？」這種敵暗我明的感覺讓陸婉寧不舒服到了極點。

出了驛站的陸煙然，當然不知道自己簡單的一句話，就讓陸婉寧那麼難受。

她離開陸家時，陸婉寧還小，多年未見，連陸鶴鳴都沒能認出她，陸婉寧更懸。

若不是她對陸鶴鳴的印象實在太深，怕是早就忘記這個同父異母的妹妹了。

沒一會兒，威遠侯府的車隊整理完畢，陸煙然登上馬車，離開驛站。

袁修誠正覺得眼前這個車隊的標誌有些眼熟，正好瞧見他掛心的人進了馬車，一陣風吹來，青紗飛揚，那精緻的側顏讓人心頭一顫。

摸了摸自己的胸口，袁修誠覺得自己的心跳得好快，他下意識地命令隊伍立刻出發，尾隨前方的車隊。

梁家眾人往晉康的方向趕去，在還有兩日路程的時候，碰到了文國公府派來的人。

陸煙然心中焦急，忍不住詢問來人自家外祖母的情況，得到的回答還不算太壞，因此車隊的速度稍稍慢了下來，而一直跟著他們跑的譽王府隊伍，此時也放慢了腳步。

領著威遠侯府車隊的林護衛自然發現了，他向陸煙然彙報：「小姐，對方又來了！」

陸煙然眸中閃過一絲惱意，再也無法壓抑內心的煩躁，讓林護衛去問問對方是什麼意思？

袁修誠當然不會承認自己的意圖，他敷衍地回了幾句話，大意是「這條路是官道，誰都能走」。

林護衛的臉色有些難看，哪裡不知道他是在唬弄自己。自從出了那個驛站以來，他們慢，對方就跟著慢；他們快，對方也跟著快，任誰都能看出不對勁。

對方擺明了賴皮，林護衛又拿袁修誠沒轍，只得面無表情地回到車隊報告。

陸煙然得到對方的回覆以後有些不悅，她放棄休息的打算，繼續要眾人趕路。林護衛很快就吩咐下去，本來準備停下來休整的車隊，馬上又出發了。

他們一動，當即有人通知袁修誠：「世子爺，他們又走了！」

袁修誠皺了皺眉，有些咬牙切齒地說：「追上去！」

聽到動靜的陸婉寧從車廂內探出頭道：「世子爺，能歇歇嗎？連趕了好幾日的路，有些累了。」她說話的聲音和她的人一樣，柔美動人。

袁修誠笑了笑，回道：「早些趕到，就能少受些罪。」他揮出手中的鞭子，馬兒頓時往前奔去。

陸婉寧抿了抿唇，將頭縮回車廂，一雙手緊緊捏著裙襬。本來以為此行能讓他們的感情有所進展，沒想到袁修誠竟被一個半路殺出來的女人勾去了魂魄！

想到這裡，陸婉寧咬了咬牙。她倒是要看看對方是何方神聖！

姜禪已於幾日前回到護國公府，家中親人關心不斷，可是他的心裡卻一點也不踏實。

他知道自己在掛念誰，算了算對方的行程，差不多快到了，然而他再也坐不住，去馬廄牽了馬，就往晉康城外趕去。

俊秀的少年如今變成俊逸男子，當初的小馬駒也長成油光順滑的馬兒。

回家沒多久，姜禪就反悔了。明明打定主意不再理陸煙然，卻只堅持了一下子。

既然不記得他，那麼讓她想起來就行！

姜禪往陸煙然這邊趕來，威遠侯府的馬車也一刻不停歇地在官道上奔馳，坐在馬車內的陸煙然，忽然間打了個噴嚏。

葡萄見狀，露出焦急的神色，關心道：「小姐，別是凍著了吧？」

陸煙然搖了搖頭。「只是鼻子有些癢，沒事的。」

眼見離晉康越來越近，這個時候卻下起了雨，這種天氣自然不能淋著雨趕路，於是一行人連忙趕往驛站。

抵達驛站之後，陸煙然讓大夥兒把握時間收拾好東西，這樣就能早點休息。

由於他們的行李眾多，驛站的人便過來幫忙，同時安排眾人的住處。陸煙然住進後面院子的廂房，葡萄將東西放進房間後出了一趟門再回來，臉上的表情變得很難看。

陸煙然上下掃了葡萄兩眼，見她腮幫子都鼓了起來，不由得笑著說：「這是怎麼了？」

葡萄哭笑不得地說：「小姐，都什麼時候了，您還這樣！」

陸煙然有些疑惑。「我怎麼了？」她一臉百思不得其解的模樣。

葡萄氣得跺了跺腳道：「他們又跟上來了！」

相較於陸煙然主僕兩人灰撲撲的心情，袁修誠的內心猶如豔陽天，他一進驛站就看到了梁家的車隊，領隊正在讓下人們整理馬車。

之前沒從那女子口中問出她的背景，他心有不甘，立刻朝著對方的車隊走過去，看能不能套出話來？

坐在車廂內的陸婉寧看著袁修誠的背影，臉上閃過一絲陰鬱。

第四十三章　針鋒相對

因為下雨，天空蒙上了一層輕紗，氣溫也降低不少。

陸煙然用過膳後便窩在軟榻上，正準備休息，結果外頭有點事情需要她處理，她只能無奈地起身。

葡萄為陸煙然戴上帷帽，跟著她出了房間。

驛站內設有遊廊，倒是不用打傘，兩人很快就到了院子。

「發生何事了？」到了置放行李的地方，陸煙然出聲問道。

林護衛連忙說道：「藥材出了點問題。」

聽到要給薛氏的藥材有狀況，陸煙然的臉色嚴肅起來。「我去看看。」

查看過後，陸煙然便弄清楚了原因。原來是馬車頂部的漆不知道什麼時候裂開，又碰上下雨，結果浸了些水滴下去。由於裡頭放的都是些貴重藥材，自然沾不得水，下人們不知該怎麼處理才好？

好在藥材包裹得還算嚴實，而且沾上的水也不多，陸煙然讓下人們將藥材轉移到另外一架馬車上便算了事。

林護衛見她沒動怒，鬆了一口氣。

見沒什麼事了，陸煙然吩咐了眾人幾句後就準備回房間，結果卻被人堵在遊廊處。

「小姐，又見面了，我們如此有緣，難道妳這次還不準備告訴我，妳是哪家的千金嗎？」袁修誠的雙手在背後交握，一派悠閒地說道。

那些下人的嘴緊得跟蚌殼一樣，問不出個所以然來，袁修誠煩躁不已，正想回房間歇息，就看見那名女子出現在院子，他立刻抓緊時機，堵住她們的去路。

是陸鶴鳴看好的女婿。陸煙然神色微惱。別說她對他沒好感，就憑他的背景，她也不想和此人有所牽扯。

陸煙然冷聲回了一句：「世子爺是吧？您很閒嗎？」

任誰都聽得出她話裡話外滿是不客氣，袁修誠沒想到她竟然會冒出這樣一句話，臉上的表情變了變。

他承認這女子有幾分姿色，而對待美人，他向來有耐心，不過他都已經自報家門了，這女子卻還是擺出這種態度，也太不將人放在眼裡了吧？

就是陸婉寧，姿態也沒她這般高！

陸煙然戴著帷帽，看不清袁修誠的表情，身後的葡萄卻注意到他臉色陰沈，於是她小聲說了句：「小姐，我們走吧。」

陸煙然應了一聲，準備繞過擋路的人，然而才剛剛走了一步，袁修誠又擋在她面前。

袁修誠面如冠玉，一雙劍眉下生著一對桃花眼，原本招人喜愛的臉此時浮上一絲倨傲，只聽他說道：「今日妳若是不告訴我，我就不讓妳走！」

葡萄臉色一變，拉著自家小姐往後退了幾步，接著擋在她前面，一副母雞保護小雞的模樣。

陸煙然的心頓時一暖，她手臂一抬，示意葡萄退開，隨後隔著青紗看向阻擋她們去路的人。

「譽王府的世子爺是吧？」陸煙然的語氣有些微妙。「當初譽王殿下被當今陛下遠派至卞州，可世子爺如今卻是盛氣凌人，難不成是譽王府有了什麼底氣？」

陸煙然這話不是隨便說說。康元二十一年，今朝國敢正式向大越國開戰，便是因為譽王裡應外合。

此事被揭發出來的時候，震驚朝野。

這一世，她的命運產生了變化，但有些事情看起來還是照著原路發展。因為兩國交戰對她造成影響，所以即便已經過了很久，她還是有點印象。

陸煙然不想同這個世子有任何瓜葛，因為譽王府的下場，注定是悲劇。至於陸鶴鳴與陸婉寧跟他在一起會有什麼樣的後果，也是他們自己選擇的。

袁修誠沒料到她竟說出這番話，不禁厲聲道：「妳到底是何人?!」他的心中莫名生出一絲膽怯。沒人知曉譽王府私底下有什麼動作，這個女子是如何得知的？

陸煙然冷笑一聲，回道：「別來招惹我。」說完，她就帶著葡萄繼續往前走。

從他這個反應看來，譽王府確實圖謀不軌啊。陸煙然在心中想著。

大概是因為太過驚訝，袁修誠竟然忘了攔路，結果讓她們兩人順利離開。

看著她離去，袁修誠震驚過後，突然覺得她肯定是誆自己。他父王行事向來謹慎，當今陛下都沒察覺譽王府的動靜，這個女人又怎會知情？

這麼一想，袁修誠瞇了瞇眼，朝著距離自己幾步遠的女子走去。

葡萄感覺到不對勁，當即回過頭擋在他面前，袁修誠冷著臉推開葡萄，扯住前面那個人的手腕。

陸煙然聽到葡萄驚呼，還沒來得及反應，手腕就一緊，被人拉著轉過身去。

讓人停下來還不夠，袁修誠手一伸，揭開她頭上那礙眼的帷帽。

一張白玉般的面容露了出來。或許是因為帷帽突然被拿掉的關係，她的美目中還帶著些許訝異，可下一瞬間，她就甩開了他的手，一臉防備地看著他。

袁修誠明明已經有所準備，卻還是被這張臉蛋驚豔到了，心忍不住漏跳了一拍。

他看著面前的女子，微微勾了勾嘴角道：「女子還是要溫柔一些，才更招人喜歡。」

「小姐，奴婢去叫……」

「不必。」葡萄才剛出聲，就被陸煙然打斷了。她盯著袁修誠，不向後退，反倒朝他邁進了一步。

不知為何，袁修誠下意識地往後退了兩步，當他意識到自己這個舉動像是怕她之後，他的臉上頓時閃過一抹不自在，接著立刻停在原地。

他們兩人之間的距離很近，看著面前女子那精緻的面龐，袁修誠一顆心不受控制地狂跳起來，就在此時，一根纖細修長的手指忽然抵住他的胸膛。

陸煙然看著面前的男人，彎了彎嘴角，眼中似乎浸滿了笑意。

她的手指在他胸膛上畫了兩個圈，隨後用力抵著他往後退，袁修誠像是著了魔一樣，儘管對方的力氣沒多大，他卻後退了幾步，直到後背抵住了遊廊的柱子。

袁修誠看著眼前的女子，心想她接下來會說什麼？

陸煙然沒讓他失望，軟軟地叫了一聲「世子爺」，臉上的笑容慢慢擴大，一雙如秋水般的眸子波光瀲灩，讓人忍不住沈醉其中。

她眨了眨眼，捲翹的睫毛跟著她的動作顫動，勾得人心頭發癢。

袁修誠滿心期待地看著她，等她講些動聽的話。

「世子爺。」陸煙然嘴角還彎著，可是眸中的笑意卻漸漸散去。「我這人向來以貌取人，世子爺雖然長得不錯，可是對我來說還是難看。」她頓了一下，繼續道：「麻煩您不要再到我眼前晃來晃去，可以嗎？」

聽到這些話，袁修誠的表情霎時冷了下來。

他們目前的姿勢看起來有些曖昧，可是兩人之間的氣氛卻僵得不得了，一旁的葡萄不禁打了個冷顫。

而這一幕，恰好落在剛剛走進驛站院子的人眼中。

由於半路上下雨，姜禪不得不選擇最近的驛站停下。這裡是回晉康的必經之路，所以他不怕錯過陸煙然一行人，結果才一到，他就在外面的馬廄看到熟悉的馬車和下人。

他將馬兒牽到馬廄後，便迫不及待地進了驛站，沒想到竟然撞見這副景象。

天空陰沈沈的，就像姜禪此時的心情，他眉眼間原有的冷意更甚，滾燙的心像是被潑上冰水，一下子沈寂下來。

然而姜禪不知道，那兩人雖然看上去相當親近，可是周圍的空氣卻冷得像冰窖一樣。最先敗下陣的人是陸煙然，因為她突然強烈地感受到有人在看自己。她憑著感覺看過去，察覺到那個人是誰時，頓時一愣。

那人穿著青色的對襟外袍，腰間繫著祥雲玉珮，頭髮有些濕，鬢角的黑髮貼在他近乎完美的臉頰上。

陸煙然的目光在他身上停留了片刻，倒不是因為對方的相貌俊美，而是好奇他怎麼會出現在這裡？

她正疑惑著，腰間突然被人一攬，做出此舉的人除了袁修誠，不會有別人！

陸煙然猛然回過神，她眼中閃過一絲冷意，手指在髮間一拂，隨後手中便多了一個簪花髮梳，緊接著就響起袁修誠的痛呼聲。

嘴角浮起冷笑，陸煙然的眸光轉了回來，輕聲說道：「世子爺，男不摸頭，女不摸腰，您難道不知道嗎？」

說話的同時，她的手也在用力，髮梳幾乎嵌進對方的手背裡。

因為角度的原因，姜禪並未看見陸煙然的動作，只注意到兩人靠得極近，此時她正對著面前的人說著什麼，樣子就像一對情人在互訴衷腸。

他突然覺得有些好笑，明明自己對她來說什麼都不是，記不記起、認不認得，根本就無關緊要，他為什麼要來這裡自討沒趣？

姜禪眼神晦澀，轉身朝後院走去。

陸煙然雖然想知道他為何會出現在這裡，不過現在不是想這件事的時候，她得把注意力放在這個不識好歹的人身上。

袁修誠就更不會留意到姜禪了，他的掌心下便是女子曼妙的腰肢，只可惜手背太過疼痛，讓他無法享受美人在抱的感覺。

他咧了咧嘴道：「妳移開！」

雖然那仍擺在她腰上的手讓陸煙然覺得有些不適，不過她絲毫不退讓，見袁修誠沒打算放開，她的手更加使勁。

袁修誠痛得齜牙咧嘴，覺得自己運氣背到極點。

這個女人長相柔媚嬌俏，聲音也十分動聽，本來以為是一個尤物，沒想到竟是一個潑婦！

「好，我向妳道歉，絕不會再來招惹……」他話音還未落，就聽到有人大喊。

「你們、你們……」短短幾個字，卻聽出來人的情緒滿是哀怨。

陸煙然自然聽出這是誰，順著聲音傳來的方向看了過去。

袁修誠趁陸煙然愣神的瞬間推開她，看了自己的手背一眼——一整排瘀青。好在髮梳的齒不是很尖銳，不然他絕對皮破血流。

儘管對目前的狀況感到錯愕，陸婉寧卻沒上前往袁修誠身邊黏，她在乎的是那個吸引他注意的女子，正好陸煙然也往她那邊看，兩個人的視線就這樣撞在一起。

陸婉寧看到這個潛在的對手，眸中閃過一絲訝異，對方的相貌果然令人驚豔，整個院子似乎因此添了幾分光彩。

然而陸婉寧之所以驚訝，並不只是因為對方的外表出色，而是她分明不記得自己見過這個人，卻偏偏覺得她十分眼熟。

她到底為什麼知道自己的名字？陸婉寧的表情一僵。難道是幼時同自己不對盤的玩伴？

陸煙然不知道陸婉寧心中在想什麼，倒是發現她好像還是沒認出自己。

因為帷帽被摘掉，加上又是白天，陸煙然這麼多年以來，頭一次清楚地看見長大後的陸婉寧，說起來，她其實也感到有些陌生。

不過畢竟陸煙然早知道她是誰，所以她很快便將陸婉寧與小郭氏的長相連了起來。陸婉寧兒時就長得像小郭氏，此時她的眉眼之間依舊有她的影子。

袁修誠看著兩個女人的眼神互相交流，還以為她們是為了自己較勁。

看了身旁的女人一眼，袁修誠承認對方很美，跟她一比，陸婉寧就顯得小家子氣了。不過想到剛才的事情，他知道這個女人並不簡單，不是能輕易掌控的對象。

袁修誠深深地看了陸煙然一眼，袖子一甩，對陸婉寧喊道：「走吧！」

陸婉寧連忙跟上前去，輕言細語地同他說話，兩人相偕離開。

巧的是，他們一起進了後院這一幕，被姜禪看見了。

由於天色漸晚又下著雨，姜禪選擇在驛站住一宿。他剛整理好行囊，出門透透氣，就發現方才與陸煙然說話的男子，帶著另一個女子回到歇息的地方。

他微微皺著眉，意識到自己或許誤會了什麼，正思索著，就瞧見陸煙然主僕往這裡走來，連忙往後退了一步。

葡萄拍了拍自己的胸口，有些害怕地說：「小姐，剛剛可嚇死我了，您怎麼不讓我去叫護衛啊？」

陸煙然將髮梳重新插回頭上，淡淡地說道：「犯不著，他不敢做什麼的。」

對方雖是譽王世子，表現得也很囂張，可是這裡不是卞州，是晉康，她賭他不敢做出什麼出格的事情。

再說了，以她的身分，不可能任人欺負，繼父是威遠侯，監督梁州各官，外祖父文國公更是一向得陛下看重。

那譽王不過是當今陛下的手下敗將，世子到了這裡，自然也得夾起尾巴做人；更何況，譽王有意造反，這個時候不敢鬧事。

「小姐，您別說，奴婢還真怕、真怕……」葡萄欲言又止。

「妳向來不是藏得住話的人，有什麼話就說吧，不然可要憋壞了。」陸煙然逗起她來。

葡萄糾結了片刻，就說出自己心裡的話。「小姐，那位公子生得風流倜儻、儀表堂堂，奴婢真怕您被他的相貌給迷惑了！」

面對葡萄的擔憂，陸煙然還真不能說什麼，畢竟她拒絕魏氏幫她相看婚事的藉口，就是要找一個相貌相當的人。

雖然當時說得信誓旦旦，陸煙然卻只當那是個託辭罷了，她還是頗為期盼自己的親事。然而心中的想法再多，這些話還是不方便說出來，陸煙然便隨意同葡萄說了兩句。

聊著聊著，陸煙然又想逗葡萄，於是她憋住嘴角的笑意說道：「那位公子是長得挺俊的，不過還不夠。我之前不是說過了嗎？妳家小姐一定要嫁給一個好看得不得了的人！」

梁州的人民個性奔放，待得久了，陸煙然的性子也變得較不拘束，即便說出這種話，也不覺得害臊。

葡萄拿自家小姐沒辦法，正準備說話，卻注意到不遠處的一道身影，她整了整臉上的表情，朝陸煙然使了個眼色，小小叫了一聲：「小姐。」

陸煙然有些驚訝，順著葡萄的目光看過去，就瞧見之前那個男子。

姜禪的表情淡淡的，朝她抬了抬下巴。他自小習武，耳聰目明，她們兩人的談話一字不漏地進了他耳裡。

「一定要嫁給一個好看得不得了的人」是嗎？這丫頭真是一如既往的驚世駭俗。

陸煙然一怔，不由自主地對他點了點頭，隨後拉著葡萄往房間裡走去。一轉過頭，她便皺起了眉。

思緒在腦袋裡轉了一圈，陸煙然仍然沒將此人與有印象的人對上號，雖然她記性不錯，卻記不得自己在哪裡見過對方？

姜禪看著她們主僕進了房間，一顆心像是被什麼攥著一樣。她還是沒認出自己！

他曾經預想過無數次兩人重逢的場景，甚至幻想過陸煙然因為激動而又哭又笑地撲進自己懷裡。

可是見了面，他卻發現事實和想像根本不一樣。

陸煙然忘了他，這不是什麼大不了的事，甚至很正常，可姜禪還是不明白自己為何會難受？

他還記得，他當年騎著小馬駒上承安寺同她告辭的情形，兩人約好了要一起去看花燈，最後他趕在約定的時間之前回來，她卻離開了。他惦念了許久，可是她一直未歸故里。

之後幾年，他留在晉康的時間也不多，常隨父親待在軍營，後來他更是直接去了宜州參軍，張冕就是他從軍時交到的好友。

想到剛才看到的那一幕，姜禪心一沈，轉身回到自己的房間。

第四十四章　謎底揭曉

陸婉寧同袁修誠分開之後一直心神不寧，她本該在意他對她的態度，可是那女子的模樣卻深深地印進她的腦海裡。

那是誰？她到底在哪裡見過對方？

陸婉寧想了又想，忽然之間，她的表情凍結了。

房間內，陸鶴鳴正坐在圓桌旁，見到陸婉寧進來之後，他出聲問道：「婉寧，妳去哪兒了？」

陸婉寧的視線定定地落在陸鶴鳴臉上，眸中閃過驚疑之色。

她終於知道為什麼自己覺得那女子很眼熟了，因為她從對方的眉眼之間看到了父親的影子！

答案呼之欲出。

陸鶴鳴發現女兒的表情有些不對勁，眉頭微皺，額間那道疤痕變得有些猙獰。這是他當初去下州途中遭人奚落，一時不甘而與對方大打出手，最後不幸被刀劃傷留下來的刀疤。

「發生什麼事了？」他出聲問道。

「爹……」陸婉寧張嘴叫了一聲，過了一會兒才說道：「您仔細看過那個女子了嗎？」

不過她沒等陸鶴鳴回答，而是用他聽不見的音量喃喃自語道：「是陸煙然……她一定是陸煙然！」

這些年過去，「陸煙然」這個名字在陸婉寧心中留下深刻的印記，沒立刻認出對方，讓她有些懊惱，又帶著些許怨恨，更讓她無法接受的是，陸煙然的相貌竟然如此出色。

看了父親一眼，陸婉寧鬱悶中有著忿忿不平。她沒能繼承父親的好相貌，就連親弟弟的外表也比她出眾，好在她跟娘親一樣生得楚楚可憐，不乏男子對她示好。

但是一想到即將到手的譽王世子因為陸煙然而冷對自己，陸婉寧的手不禁握成了拳頭。嫉妒的種子就在無形之中種下，再加上心懷怨恨，這顆種子遲早會長成參天大樹……

一夜很快就過去，破曉時分，天空又下起了雨，一開始滴滴答答，後來漸漸變成瓢潑大雨，萬物被籠罩在雨幕當中。

梁家人趕路回晉康的計畫因為下雨而暫時擱置，這個時候算是晚春，一下雨，頓生涼意，陸煙然添了一件外衫才覺得暖和了些。

由於昨日已經被看到了長相，陸煙然便懶得再戴著帷帽，主僕兩人前去驛站的飯廳用膳，吃完之後便迅速離開，沒想到在門外遇見了不想見的人。

陸煙然假裝沒看見他，直接走了過去。

一道訓斥聲在她身後響起。「還不給我站住！」

陸煙然腳下一頓，轉過身，臉上帶著些許驚訝，指了指自己道：「這是在叫我？有何事？」一眼中滿是迷茫之色。

陸鶴鳴是刻意在這裡等陸煙然的，瞧她這個樣子，頓時氣得嘴唇哆嗦了兩下。

他看不出陸煙然是裝模作樣，抑或是真的沒認出自己，然而不論是哪一種，都讓人憋屈到了極點。

從陸婉寧那邊得知真相時，陸鶴鳴差點直接跑去陸煙然的房間興師問罪。一想到譽王世子這些日子以來的反常都是因為大女兒，他的表情霎時變得更加難看。

陸鶴鳴低聲說道：「陸煙然，不要去招惹妳不該招惹的人！」話落，他狠狠甩了一下袖子離開。

陸煙然看著他的背影，忍不住嗤笑了一聲。

不該招惹的人？什麼人該招惹，什麼人又不該招惹？這句話留給他自己還比較適當呢。

陸煙然走出飯廳的門沒多久，袁修誠就將手中的竹筷一放，追上前去。陸婉寧見狀臉色一變，連忙跟了過去。

袁修誠之所以不管昨天的遭遇，又要去找陸煙然，是因為心中有些顧忌。雖然堅信自家的事情不會被透露出去，可是他還是有些擔心。

對方到底是在詐他，抑或是真的知道些什麼，他有必要再了解一下。

袁修誠很快發現陸婉寧跟了過來，他臉色微沈道：「婉寧，妳還是先回去吧，我有事。」

陸婉寧淺笑著回道：「世子爺，臣女同您一起去吧，畢竟男女授受不親，若是有什麼不方便的，由臣女同她說，好歹能省去一些麻煩。」

袁修誠有些猶豫了，但他想了想，仍拒絕道：「妳還是回房休息吧，我很快就回去。對了，等會兒讓妳爹去我那邊一趟。」

話落，袁修誠轉頭離去，陸婉寧的嘴角頓時一垮。

當初陸煙然害了自己的娘親，沒想到如今她又來破壞自己的好事，真是可惡！

陸婉寧終究沒跟上去，因為若是她這麼做，袁修誠會厭惡她。

陸煙然沒一會兒就被袁修誠叫住，她不想搭理他，然而他卻不死心地追著她不放。

袁修誠看著面前的女人，眯了眯眼道：「告訴我，妳到底是何人？」

下人那邊問不出什麼，袁修誠大可差小廝去向驛站的人打探消息，可是如今他就像是跟陸煙然槓上一樣，非要從她嘴裡聽到答案不可。

陸煙然輕笑了一聲，儘管臉上帶著笑容，眼裡卻一絲笑意也無。

袁修誠心中不由得有些發怵，可是一想到這女人可能知道的事情，他就不允許自己打退堂鼓。

他正準備說話，背後突然被人一撞，一道淡淡的聲音響起。「你擋我路了。」

袁修誠惱怒地回頭看向身後，意外地看到一個相貌出眾的男子。即便對自己的外表向來有信心，袁修誠也不得不承認，對方的模樣要比他好上幾分。

那個開口說話的人，正是姜禪。

袁修誠看了面前的男子一眼，正想出聲訓斥，結果無意間注意到對方的腰牌，他的瞳孔頓時一縮。

「別讓我再遇見你！」袁修誠丟下一句狠話，隨後轉身離去。

他就這樣走了？

事態的發展讓陸煙然頗為驚訝，她的視線落在兩步之外的男子身上，正想著要不要向對方道謝，他卻突然說道：「跟我來。」

陸煙然無言地站在原地，有些不明所以。

姜禪走了幾步，發現她沒有跟上，當即轉身看了過去。

接收到他的疑惑，陸煙然忍不住伸手指了指自己，疑問還未說出口，她的手腕忽然一緊，被他直接拉著往前走去。

葡萄一驚，連忙追了上去。

姜禪的動作很快，轉角見到一間廂房，一推開門就帶著陸煙然進去，陸煙然眼睜睜地看著這一切發生，不知為何沒有反抗的意思。

進房之後，男子就鬆開了她的手。見狀，陸煙然也不緊張了，因為她一直很好奇這個人到底是什麼來頭？

門閂上了，葡萄被隔絕在外面，她不禁喊了起來，隱隱帶著哭腔。

陸煙然正準備說自己沒事，姜禪已經有了動作，他打開門對她說道：「我同妳家小姐說幾句話就好，妳在門口守著。」

葡萄有些傻住了，顯然沒反應過來是怎麼回事？

知道葡萄擔心自己，陸煙然連忙喊道：「葡萄，我沒事。」

葡萄聽見陸煙然的聲音，這才回過神，糾結著要不要去找護衛來？

姜禪將門關上後就看向陸煙然，此時的她絲毫不驚慌，一雙澄淨黑亮的眼睛直直看著自己。

他在她眼中看到了疑惑、訝異、好奇，唯獨沒看到熟悉。

姜禪心頭一澀，原本已經想好了要說什麼，可是話一說出口內容就變了。「妳同方才那人有何牽連？」

他也不知道自己為什麼要這麼問，只知道他看見他們兩人站在一起說笑，便覺得胸口發悶。

陸煙然沒想到他竟然問這種事，眸光閃了閃，回道：「就是你想的那種關係。」

姜禪頓時瞇起了眼。不知為何，他心裡像是關著一頭猛獸，牠一直在他內心橫衝直撞，而陸煙然這句話，就是將那猛獸放出來的鑰匙。

陸煙然正打算聽聽他怎麼說，不料腰上忽然一緊，還沒反應過來，一個旋轉，她的身子便被人困在男子的身體與門之間。

「你！」陸煙然正要用對付袁修誠的方法料理眼前這個人，然而才剛剛伸出手，她兩隻手腕就被人握住，壓制在門上。

姜禪彎下腰與身前的人對視，眸子幽深，語氣沈靜。「我想像中的『關係』就是這個樣子，妳告訴我，是不是這樣？」

相。

他自然發現她和那人之間的氣氛有些不對勁，可是他想聽她親口說，告訴他事情的真相。

兩人的鼻尖幾乎貼在一起，陸煙然甚至能感受到他說話時傳來的熱氣，她的臉刷地一下脹紅了。

帶著一些怒氣，陸煙然吐出一個字：「是！」

遇見這人好幾次，他都沒透露自己的身分，她倒要看看這回能不能激他說出來？

姜禪嗤笑了一聲，不想再忍了，直接問道：「陸煙然，妳當真認不出我嗎？」

四周瞬間安靜了下來，他在等待她的答案。

見到對方眼中像是燒起了一團火，視線帶著強烈的壓迫落在自己身上，陸煙然忍不住輕笑了一聲。這人果然認識她，都到這個地步了，他還是不願說出自己的身分？

接下來兩人都沒開口，彷彿誰先說話誰就輸了一般。

姜禪見陸煙然那執拗的神情，嘆了口氣，還是妥協了。「我是姜禪啊。」他的尾音拖得有些長，藏著幾分委屈。

什……什麼?!

聽見熟悉的名字，陸煙然臉上閃過一絲愕然，動了動手。姜禪這才意識到兩人此時的姿勢有些曖昧，連忙鬆開自己的手，覺得掌心有點發燙。

陸煙然上下掃了面前的人兩眼，還是有些不可置信。到了梁州之後，她時不時會想起姜禪，畢竟兩人也算是有交情了，可是時間一久，有了其他需要關注的事情，她就漸漸將他放到了一邊。

多年過去，姜禪的相貌對她來說有些模糊，可是她一直記得他是一個外表出眾、氣質清冷，卻能給人溫暖的少年。

面前這個男子和印象中那個人相差太大了，他足足比自己高一個頭，身強力壯不說，個性也比過去冷硬多了。

儘管他的臉龐只是從俊秀轉化為俊逸，她仍無法將他和記憶中那個小世子聯繫起來。

姜禪確實變了不少，幾年的軍旅生涯將他身上本就少有的溫潤打磨得一絲不剩，一雙眸子漆黑無比，讓人看不見底。

陸煙然傻乎乎地問了一句：「你真的是姜禪？」

姜禪淡淡地看了她一眼，沒有答腔。不知為何，陸煙然感到有些尷尬，一時之間說不出話。

過了好一會兒，陸煙然終於開口說道：「既然認出我，你之前為什麼不說？」

姜禪看著她蠕動的紅唇，覺得喉嚨有些發癢，避開了這個話題。「出去吧。」

為什麼不說？不過是想看看她記不記得自己而已，但結果顯然是讓人失望的。

陸煙然微微睜大了眼，有點跟不上他的節奏，見姜禪已經打開房門往外走，她只得跟了出去。

葡萄就在門外，見到她，嘴裡發出一聲驚呼，連忙上前查看。

陸煙然揮了揮手，表示自己沒事，卻見姜禪已經離去，衣袂消失在轉角。

他……好像生氣了？

陸煙然有些忐忑。他的確有生氣的理由，畢竟兩人好歹是生死之交，可自己竟然沒認出他……

不過這能怪她嗎？誰讓他變了那麼多！

剛剛相認的兩人似乎鬧起了彆扭，明明就在驛站，可是自從姜禪報出身分之後，他們再無交流。

陸煙然想和姜禪談談，不過快到未時的時候，雨停了，車隊準備出發，她只得將此事擱到一旁。

沒想到，陸煙然上馬車時，姜禪又出現了，他正牽著一匹馬走到馬車旁。

姜禪靜靜地盯著她，眼神幽深。

陸煙然打量了那馬兒幾眼，有些遲疑地問道：「這是你那匹小馬駒？」馬兒頸邊那一撮不同的毛色，就跟她記憶中的一樣。

姜禪聽了陸煙然的話卻是臉色一沈。連馬都認出來了，她偏偏沒認出自己，更惹人生氣了！

他面無表情地牽著馬轉身，隨後一躍上馬，動作瀟灑俐落。

看到他剛剛的表情，陸煙然知道自己說錯了話，正準備道歉，結果馬兒已經躍起前蹄，直接奔離了驛站。

這個人的脾氣……好像挺大的。

陸煙然在心中感嘆了一句，彎腰進了車廂。

駕著馬兒的姜禪真的很想丟下身後的車隊離開，可是才走不遠，他卻勒住了韁繩，讓馬兒減慢速度。

他心想，自己不是因為擔心她，只是看在嚴家的面子上，護送她一程罷了。

梁家一行人離開之後，袁修誠從驛站後方走出來，朝晉康的方向看了過去，神色不明。

驛站離晉康不過幾十里路，威遠侯府眾人很快就到了都城。

排隊進城之後，陸煙然再也按捺不住激動的心情，連忙讓下人們往文國公府趕去。她話音剛落，耳邊就響起了「砰砰砰」的聲音——有人在敲馬車。

她剛這麼想，布簾就被一雙指節分明的手揭開了。

陸煙然看見姜禪，忍不住彎起眼道：「我以為你還在生氣呢。」

雖然彼此分開了這麼久，可陸煙然到底記得他們幼時的情誼與相處情形，所以在面對姜禪的時候，她挺輕鬆的。

話一說完，就聽姜禪淡淡地應了一聲，說道：「沒錯，我生氣了。」

「好好想想我為什麼要生氣。」姜禪看了她一眼，又說：「妳還有東西在我這兒，想通了我動怒的理由，我才會給妳。」

陸煙然眸中閃過一絲訝異，正想追問，布簾已經被人放下，接著外頭響起了馬蹄聲，姜禪顯然已經離開。

到底是什麼東西啊？

陸煙然有些好奇，不過當務之急還是回文國公府，她頓了一下，就吩咐道：「快走吧。」

文國公府這邊盤算著梁家人該到了，於是派人在門口守著，陸煙然到底是晚輩，前來迎接的人是大舅母蔣氏身邊的嬷嬷，她下了馬車，嬷嬷便上前一陣問候。

陸煙然一一答了，隨後讓嬷嬷帶路。

文國公府大致上還是她記憶中的樣子，不過這麼多年過去，有些地方經過修繕，有了些許不同。

過了垂花門，踏上抄手遊廊，隨後經過花廳、花園，又走了一會兒，陸煙然終於抵達外祖母的院子。

剛剛走到石階處，就見到一個有張鵝蛋臉的婦人正在門外轉悠。她的臉幾乎沒什麼變化，只是多了些歲月的痕跡，陸煙然只一眼便認出了對方，喊道：「大舅母！」

蔣氏聽見聲音看了過去，便見石階下站了一個生得冰肌雪膚、相貌出色的年輕女子，眉間帶著幾絲疲倦，不正是外甥女嗎？

她的表情陡然一鬆，連忙開口說道：「然然，我們盼著妳好久了，快進去看外祖母吧！」

陸煙然趕緊點頭，提起裙襬跟著蔣氏往內室走去。

內室的窗戶開了兩扇，然而房內的藥味還是十分明顯。

陸煙然的心微微一沈，剛走到床邊，就見到二舅母，袁欣一看到她，立刻說道：「然然來了，快過來吧。」

因為薛氏生病的原故，二房暫時搬回文國公府，方便照料她老人家。

陸煙然瞧見了薛氏，此時的她穿著一件綢衣，半靠在床邊，嘴唇微微有些起皮。

離開晉康之後，陸煙然就沒再見過外祖母，只見薛氏鬢角花白，臉上也多了許多皺紋，大概是因為生病，看起來十分消瘦。

想到當初那個步履生風、精神極佳的外祖母，陸煙然的鼻子忍不住一酸，她坐到床邊，喊道：「外祖母、外祖母，我是然然啊！」

那個半靠在床邊的人只微微偏過頭，朝她彎了彎嘴角，嘴裡說著含糊不清的話，接著又把頭轉回去，安靜了下來。

陸煙然臉色微微一變，看向一旁的大舅母。

蔣氏輕聲說道：「妳外祖母中風了，半邊身子動不了，如今還未恢復，話也說不清楚。」

陸煙然震驚不已，眼眶泛紅地看向薛氏，帶著哭腔喊道：「外祖母，外祖母……」

薛氏那以往清亮的雙眸摻了幾絲渾濁，聽見聲音，她又偏過頭，像是在看她。

陸煙然見薛氏有反應，連忙又叫了她兩聲。

此時薛氏像是受了什麼鼓勵，說出了幾個讓人聽得懂的字。「然……然……，蕊……」

蔣氏聽見了，驚喜地說道：「然然，外祖母在叫妳呢！」

妯娌兩人皆高興不已，雖然之前薛氏對旁人的喊叫也有回應，卻沒這次這麼明顯。大夫說過，只要她的反應越來越多，指不定還有痊癒的希望。

陸煙然聽到外祖母似乎叫了她娘的名字，知道老人家惦記著這個女兒，當即說起她娘這些年在梁州的情況，還告訴外祖母娘親有了身孕的喜事。

第四十五章　相看婚事

陸煙然待了沒一會兒，府中其他人也來到了院子，雖然人多，卻不嘈雜。

文國公嚴邵關心了外孫女幾句，隨後進內室查看妻子的情況。兩人是年少夫妻，相依相伴了幾十年，薛氏這次出事，不難想像他的心情受到多大的影響。

這麼多年過去，陸煙然終於見到自己的姨母嚴荔，這位姨母對她的態度還算溫和，可是她卻發現對方看她的眼神有些奇怪。

儘管如此，陸煙然還是得體地向嚴荔打招呼，叫了她一聲「姨母」。

嚴蕊自然向女兒提過這位妹妹，她們姊妹倆的感情還不錯，不過後來各自成家，又因路途遙遠難以相聚，只能靠書信聯繫，已經許久未見了。

陸煙然在觀察自己的姨母，嚴荔也在打量她。她對陸煙然是有一些意見，畢竟她身體裡流著陸家的血，若不是陸家的人造孽，她姊姊哪裡會受那種罪。

不過她到底明事理，不會全怪在外甥女身上。

一家人都知道陸煙然趕了許久的路，讓她早點去歇息，嚴蕊的院子早已收拾出來，蔣氏準備親自送她過去。

離去之前，陸煙然又進內室看了外祖母一下。如今老人家變成這個樣子，她心裡頗為難受。

嚴邵正坐在床榻邊對妻子說話，見外孫女進來，便說道：「快去休息吧。」

陸煙然應了一聲，隨蔣氏前往曾經住過的院子。多年過去，這裡似乎沒什麼變化，即便沒住人了，還是收拾得十分整潔。

這一路上確實疲累，進了內室之後，陸煙然就半靠在軟榻上睡著了。

葡萄整理好行李，還幫其他人搬物品，將此次帶來的禮物送去庫房，一刻都沒停歇。

陸煙然這一覺睡得很沈，直接睡到大半夜，條案上青銅蓮花座上的燈罩透出昏黃的光，照亮了內室。

大概是睡夠了，陸煙然揉了揉眼睛，坐起身來。

在外面的葡萄聽見響動，連忙進房道：「小姐醒了。」

陸煙然按了按太陽穴。因為睡得太久，她的頭有些沈。

葡萄沒閒著，去了外頭將一直溫著的晚膳端進來，說道：「小姐，這個時候也晚了，您就將就吃點東西填填肚子，這些都是大廚房的人送過來的。」

陸煙然掃了桌上一眼。有些哭笑不得，這麼多吃的，哪裡是將就啊！

晚間不宜吃得太多，更何況此時已是深夜，無奈陸煙然餓了，還是吃了點東西果腹。

吃完點心，歇了一刻鐘之後，陸煙然又上了床榻，讓疲累的身體獲得充分的休息。

第二日，陸煙然醒來時已是辰時，起床後用了早膳，陸煙然讓葡萄帶著東西一同前去薛氏的院子，她到的時候，嚴荔正在用帕子替老人家擦臉。

陸煙然腳下一頓，叫了聲：「姨母。」

「妳來了啊。」嚴荔朝她點了點頭道。「昨晚可休息好了？」

昨日這位姨母對自己還有些冷淡，此時見她表示關心，陸煙然有些受寵若驚，忙應了一聲。

將帕子遞給一旁的丫鬟，又整理了一下薛氏背後的墊子，嚴荔這才認真看著陸煙然。她從小就受姊姊照顧，因此對當初的事情頗為憤慨，想到那些過往，她就對外甥女親熱不起來。

陸煙然的心思比較敏感，雖然不明白嚴荔對什麼事情不滿，卻還是明白她對自己的態度有些糾結。她正想說點話緩和氣氛，便聽嚴荔問道：「丫鬟手裡拿的是什麼東西？」

聽到嚴荔問自己話，陸煙然趕緊回道：「是弟弟和妹妹的畫像。」

嚴荔心中一喜，說道：「快給我看看。」

只見畫上兩個小孩子穿著同色的衣裳，看起來相當可愛，樣貌也十分傳神，幾乎稱得上是栩栩如生。

嚴荔看了兩眼後，拿著畫像對薛氏說了起來。「娘，這是您的小外孫和小外孫女，看見了嗎？長得可真好！」

薛氏嘴裡又發出嗚嗚聲，在場的人高興不已，心裡無不懷抱著期望。只要她保持現狀、不要惡化，指不定就能好起來。

接下來，陸煙然只要有時間就會和外祖母說說話，儘量多陪陪她。

轉眼之間，幾天過去，前去寺廟替薛氏祈福的嚴家小輩終於回到了家裡。

大表哥嚴恩自幼就較為寡言，如今性子雖然沒變，個子倒是長得高，生得俊朗無比。二舅舅家的嚴煜表弟也成了一個俊秀少年，他身上到底帶著皇家的血脈，眉眼之間帶著幾分矜貴。

至於嚴雪，陸煙然記得當初這小姑娘很愛黏著她，可畢竟久未相見，彼此也生疏了。嚴雪那圓嘟嘟的小臉長成了標準的瓜子臉，嬌俏甜美。她一雙烏溜溜的眼睛盯著陸煙然瞧，眸中帶著幾分好奇，明顯對她沒印象了。

陸煙然笑著叫了她一聲：「表妹。」

嚴雪只覺得自家表姊不僅長得好看，連聲音也好聽極了，她有些害羞，乖巧地叫了一聲：「表姊。」

時光總是能打磨人，許多人成了另一副模樣，可過去建立起的情感卻沒那麼容易消散。沒多久，他們這些小時候一同玩耍的孩子，就找回當初相處的感覺，慢慢變得熟悉起來。

回到護國公府之後，姜禪一直沒有出門。

兒子去軍營吃了幾年苦，護國公夫人裴氏心疼不已，自從姜禪回來，她就一直對他關懷備至。

然而面對她熱切的關心，姜禪卻覺得「飽受摧殘」，一見到他娘，就想轉身離去。

這一日，姜禪又在他的院子裡碰到裴氏，他正想逃，裴氏就喊道：「阿禪，你給我站住！」

「娘。」姜禪臉上沒有絲毫逃跑失敗的不自在，淡淡地叫了她一聲。

眼見兒子年紀越大，性子越淡，裴氏很無奈，也不多說，直接拉著人往中堂走去。

待兩人坐下，裴氏就將丫鬟手中端著的東西接過來放到一旁的小桌上，說道：「瞧你，人都瘦了多少！這是娘特地讓廚房的人熬給你的湯，快嚐嚐。」

姜禪捏住自己的鼻梁，伸手端起碗，直接喝光碗裡的湯，彷彿那是一碗苦藥。

裴氏頓時不知如何反應，過了好一會兒，她打發丫鬟出去，視線落在兒子的身上，一動也不動。

姜禪皺起眉，問道：「娘，怎麼了？」

裴氏憋不住心裡的話。「阿禪，你今年就要及冠，該說親事了，可有喜歡的姑娘？」想到兒子幾年來一直待在軍營，她覺得自己的希望有些渺茫。

被這麼一問，姜禪的腦中忽然閃過一張臉，轉瞬即逝，他的嘴角僵了僵，答道：「沒有。」

聽到這個答案，裴氏一點也不驚訝，用愁苦的眼神看著兒子。他這樣的性子，有哪家的小姐會喜歡啊？唉。

裴氏發了一會兒牢騷，被姜禪勸離開了，她一走，姜禪就起身回了內室，大概是剛剛想到那個人的緣故，此時腦中的雜念幾乎將他侵蝕。

姜禪的心緒有些亂了，再也靜不下來，俊俏的臉上浮上了幾絲迷茫。

過了一會兒，姜禪恢復過來，他打開條案下的抽屜，從裡面取出一樣東西。那東西用皮紙包得相當仔細，光從外表，看不出裡面有什麼？

姜禪不再猶豫，一轉身，直接出門去了文國公府。

陸煙然與往常一樣，同外祖母說了一會兒話，又陪兩個舅母坐了一陣子後就回到院子，剛剛走到門口，便見表弟嚴煜站在那裡。

嚴煜瞧見她，連忙叫了一聲：「表姊！」

「煜表弟。」陸煙然回道。

嚴煜露出笑容，也沒囉嗦，直接將懷裡抱著的東西遞給她。「給妳的。」

陸煙然正打算問那是什麼，嚴煜便將東西塞到她手裡，開口道：「表哥給妳的。」

聽了嚴煜的話，陸煙然一時之間沒反應過來，嚴煜見了，頓時有些幸災樂禍地說：「難怪表哥要生妳的氣，妳是不是不記得他了？我表哥是姜禪啊！」

陸煙然有些哭笑不得地搖了搖頭。按照表弟的說法，那個人還在生氣？

她掂了掂手裡的東西，並未猜出是什麼，想到他離開驛站時說的話，她便二話不說地收下了。

嚴煜還在自顧自地說著：「表姊，我告訴妳，當初妳不告而別，表哥可生氣了呢。」

即便當時嚴煜還小，可是因為姜禪發了好大的脾氣，所以他的印象十分深刻。

不告而別？

陸煙然神情一頓，她想了一會兒，最後對嚴煜說道：「煜表弟，若是沒記錯的話，我當初好像有請你幫我轉告他？」

嚴煜一臉迷茫，撓了撓自己的頭，疑惑地說：「是嗎？」

兩人對視了一眼，相對無言。

嚴煜率先打破沈默，略微尷尬地說：「表姊，那我……我先走了。」話落他便舉步離開，腳步生風。

陸煙然覺得他是落荒而逃，也明白姜禪為何生氣了。

進屋之後，陸煙然正準備看看用皮紙包著的東西是什麼，就見到姨母嚴荔出現在門口。

陸煙然有些訝異地放下東西，剛打了招呼，就聽嚴荔說道：「我有話同妳說。」

見陸煙然點了點頭，嚴荔也不拐彎抹角，開門見山直接說明來意。「妳今年就要滿十七歲，該說親事了。」

嚴荔這話可不是開玩笑，訂下一門親事本就耗時，最重要的是，她娘薛氏萬一有個什麼意外，耽擱的可就不是一天兩天了。

陸煙然沒料到她會說起這個，嘴唇動了動，回道：「姨母，這事不急。」

嚴荔上下掃了陸煙然兩眼，說道：「妳娘遞了信給我，她在信中託付此事，我會看著辦的。」

聽到這個回答，陸煙然一時之間不曉得該說什麼？

嚴荔想到大嫂蔣氏最近也在關注別家的姑娘，看來也在相看兒媳婦了。想到大姪兒，嚴荔的眼神微微一變，不由得又看了外甥女幾眼。

陸煙然不曉得嚴荔存了何種心思，只覺得內心有些糾結。她自然不是沒想過嫁人，可是又不知道怎麼找到合自己心意的對象？

上一世，她被賣到青樓，作夢都想找個老實男人嫁了，好有個依靠，只可惜沒機會；這一世被養在深閨，她又不願全憑長輩做主，想與適合的對象組一個家庭，過上幸福的生活。

意識到自己正在想些什麼，陸煙然不禁有些臉紅。

嚴荔見外甥女紅了臉，只例行性地交代了兩句就不再多說，隨即離去。

送姨母出門之後，陸煙然臉上的紅暈仍未褪去。即便知曉風月之事，她卻有一顆澄淨的心，這輩子度過被人牙子賣走的危機，她相信自己會有不一樣的人生，能與心愛的人攜手共度下半輩子。

陸煙然一顆心暖暖的，正想休息，眼尾餘光就瞥見之前準備拆開的東西，趕緊拿了過來，撕開上頭包著的紙。

沒多久，陸煙然手上就多了一面圓形的青銅雕花琉璃鏡，足足有兩個碗面那麼大，此刻她腦中突然閃過一段沈寂已久的記憶。

十一歲的姜禪站在她面前，說道——

「我會同我爹去清州一趟，那裡靠海，有不少番邦的外商，妳有沒有什麼想要的東西，我幫妳帶回來。」

「年底前一定能回來，說不定正好將琉璃鏡當作年禮了。」

「等我回來，過年再帶妳去看花燈。」

陸煙然看著琉璃鏡，發現鏡中人的表情微微有些怔然，明明收到了禮物，可是她的心口卻有些發堵。

因為她早已忘記此事，可他卻一直沒忘懷，她心中忽然生出了罪惡感。

琉璃鏡中的人膚色雪白、五官精緻、明豔動人，摸了摸鏡子裡的自己，陸煙然隨後將鏡子翻了過來，鏡子背面的雕花同樣精美。

陸煙然抿了抿唇，說道：「葡萄，將這個放進箱子裡吧。」

只有相當重視與貴重的物品，陸煙然才會放進箱子裡小心收藏。

葡萄眸中閃過一絲詫異，不明白是誰送的禮物讓自家小姐這麼看重，但她還是連忙應了一聲，將琉璃鏡收好。

嚴荔將為外甥女相看的事情放在心上，不過因為過去陪夫婿外放，所以她對如今晉康世家後輩的品性並不怎麼熟悉，想了想，索性讓兩個嫂子出主意。

因為知道大嫂蔣氏也在為大姪兒相看姑娘，二房的袁欣當即以公主府舉辦遊園會的名義，向各家發了帖子，廣邀世家後輩參加，覺得這些人裡頭總會有看上眼的。

護國公夫人裴氏也收到了帖子，想到兒子回來之後除了同丈夫去軍營，幾乎拘在院子裡，實在不像話，於是勒令他一起出門透透氣。

姜禪第一個反應是頭疼，不過想到或許能見到陸煙然，內心便有些動搖。打發了母親之後，他尋了表弟嚴煜探口風。

嚴煜正巧頗為苦惱，公主府要辦遊園會熱鬧熱鬧自然好，可是他娘得照顧祖母，他已經守著下人們收拾別院的花園兩天了，只覺得枯燥不已，如今姜禪來尋他，他便有了開溜的藉口。

由於嚴煜很是崇拜姜禪這個表哥，便借機纏著他問了好些關於軍營的事情，眼神中滿是期待。

見表弟雙眼發亮，姜禪微微搖了搖頭，因為他知道嚴煜這個樣子，不可能有機會進軍營的，不過見他相當感興趣，還是提了幾句。

嚴煜聽了之後頗為激動，還不忘誇他：「表哥，你真棒！」

敷衍嚴煜幾句之後，姜禪便詢問他公主府怎麼會想辦遊園會？

嚴煜的眸光閃了閃，有些猶豫，畢竟他娘可是提醒過這件事需要保密啊……

可想到自家表哥不是會亂說話的人，嚴煜便老實招了。「好像是堂哥和然表姊的年齡到了，要為他們相看親事吧。」

姜禪的指尖顫了顫。

遊園會那天，風和日麗，公主府的別院經過數日修整，煥然一新，處處花團錦簇，美不勝收。

端和公主袁欣身分高貴，收到請帖的人紛紛前往，別院內熱鬧不已。

然在園中走動。

嚴家眾人做足了功課，列出了幾個重點觀察的對象，嚴荔到了別院之後，一直帶著陸煙

結束與一位夫人的交談之後，嚴荔又帶著陸煙然往下一處走去。

陸煙然今日穿了一套淺粉色襦裙，髮間綴著同色的步搖，走動間，步搖的墜珠也跟著晃動，透出一股韻味。

走到一處花叢，嚴荔突然停下腳步，問道：「妳覺得剛剛那位陳夫人怎麼樣？」

陸煙然頓了頓，說道：「陳夫人表面上看起來親和，可是說話卻像是帶刺一樣。」她又加了一句。「好像對誰都這樣。」

嚴荔點了點頭道：「是了，她那人看起來端莊大方，可是從言談之間，就能看出她為人有些刻薄，而且斤斤計較。這樣的人，不宜多接觸，說不準什麼時候就會被她挖苦。」

看了外甥女一眼，嚴荔在心裡認可了她的觀察力，又說道：「『買豬看圈』這話雖然有些糙，卻不是沒道理的。」

對於這般直白的形容，陸煙然有些無語，不過想到畢竟是在找對象，挑剔一些也沒錯。

之後她們又見了一些人，嚴荔遇見了手帕交，便讓陸煙然自己到處逛逛。得到這個機會，陸煙然自然樂得很，她想好好透個氣，便往人少的地方走去。

來到一處無人路過的軒宇，陸煙然正準備坐下，結果手腕忽然一緊。

還未來得及發出驚呼，一道略微耳熟的聲音便在她耳邊響起。「跟我來。」

第四十六章　異想天開

是姜禪！

陸煙然眸中閃過一絲驚訝，還未開口說話，就被姜禪拉進了左側的房間內。聽著關門聲，陸煙然覺得這一幕似曾相識。

離之前相遇已經過了好些日子，今日再見，她竟又對他生出些許陌生感。

看著身材高大、面容俊美的姜禪，陸煙然往後退了一步，開口道：「有什麼事在外面說不就好了？」

這樣躲在裡頭，好像要做什麼見不得人的事一樣。腦中冒出的這個想法霎時讓陸煙然有些不自在，但她仍是努力保持淡定。

姜禪注意到陸煙然後退的動作，神色有些黯然，索性朝她的方向走近了一步，問道：「妳是怕我不成？」

陸煙然不由得輕笑一聲。「這是什麼話！」

雖然嘴上這麼說，可她確實有些心虛，因為現在姜禪氣勢十足，讓她感受到了壓迫。

對於這個答案，姜禪不置可否，又朝她走近兩步，兩人瞬間只剩一步之隔。

面前的女人比自己矮了大半個頭，姜禪微微彎下腰同陸煙然對視，語氣淡淡地問道：「聽說文國公府在為妳相看親事？」

他的眼神幽深難測，陸煙然又想往後退，可聽見這話，便下意識地回了一句：「你怎麼知道？」

「看來是真的了。」姜禪低喃了一句，視線落在陸煙然臉上。

見他露出若有所思的表情，陸煙然不由得蹙起了眉，正想說點什麼打破此時有些微妙的氣氛，結果姜禪接下來冒出的一句話，頓時讓她瞠目結舌。

他說道：「妳覺得我怎麼樣？」

當真是語出驚人……不，準確來說應該是嚇人！

陸煙然險些被自己的口水嗆到，她看了姜禪一眼，輕斥道：「你胡說什麼？」說著便朝房門走去，準備離開。

姜禪也不多說，直接伸手拉住她的手腕，陸煙然只得回頭，兩人的目光就這樣撞在一起。

見姜禪面色沈靜、一臉認真，陸煙然的表情不禁變得嚴肅起來，她低聲道：「姜禪，你別胡鬧。」

胡鬧？姜禪顯然對這個詞不滿意，一雙好看的眉皺了起來。

陸煙然動了動自己的手腕。明明對方沒怎麼用力，她卻抽不出來，氣氛漸漸變得有些凝滯。

思來想去，陸煙然都猜不透姜禪為何會說出這種話，只覺得他是在逗自己，這麼一想，忍不住覺得有些憋屈。

難道是因為自己忘記他，所以他才故意這樣？想到這裡，陸煙然的表情有些難看，她伸出另一隻手，用力地想將他的手扯開。

姜禪怕傷到她，下意識地鬆開了手，結果才剛減了力氣，陸煙然已經轉身要去開門。不過因為他腿長，幾步就走到房門處，伸手抵住了門。

陸煙然拉開門閂，見門怎樣都打不開，便轉頭看向姜禪道：「你到底什麼意思？」

兩人分別許久，重逢時也只是寥寥數語，今天再見，他為何要說出這般唐突的話？就算是氣她忘記他，也太過了。

姜禪見陸煙然有些冷漠的樣子，覺得有些不對味，他的唇幾乎抿成一條直線，下巴繃得緊緊的，面冷似冰，心裡卻有些委屈。

自從得知嚴家為她相看親事之後，他就抓心撓肝，難受得要死。他不蠢，想了幾天之後，終於領悟到自己為何會如此，然而這個丫頭似乎對他並無其他心思。

帶著些許不甘，姜禪垂眼問她：「嚴家有看中的人了？」

陸煙然深吸了口氣，臉頰有些泛紅。

對於親事，陸煙然不覺得有什麼好害羞的，畢竟男大當婚、女大當嫁，可這話從姜禪嘴裡說出來，就不是那麼一回事了，不知為何，她不想和姜禪談論自己的婚事。

「還沒有。」陸煙然有些咬牙切齒。她實話實說，想早點打發他。

聽她這麼說，姜禪的眸光閃了閃，開口說道：「既然如此，那就選我好了。」

這話成功激怒了陸煙然，打量了面前的人兩眼，她輕輕吐了口氣，努力保持微笑。「你變了好多。」

姜禪覺得陸煙然的語氣很微妙，不禁挑了挑眉。

變了許多？他明明和以前一樣，對她總是特別不同。

姜禪回道：「陸煙然，我說的是真的。雖然護國公府同文國公府沒打過什麼交道，可是卻知根知底，而且妳我自幼相識，肯定不會出什麼差錯。」

頓了一下，他微彎下腰盯著面前的人，淡淡卻篤定地說道：「再說了，妳不是想找個長得好看的人嫁了嗎？我好看吧？」

陸煙然的臉「刷」地徹底燒了起來，想起在驛站相遇的情形，她瞪了他一眼道：「你偷聽！」雖說這是自己口無遮攔，可她還是想賴在姜禪身上。

姜禪瞇了瞇眼，剛準備說話，臉色忽然微微一變。

「等會兒再說。」他對陸煙然小聲說道，誰知話音才剛落下，他的神情又有了變化。

陸煙然的表情一滯，知道肯定是有人來了，她正準備點頭示意自己知道，腰部突然被人一攬，隨後身子騰空——

她被人抱了起來！

「你——」陸煙然臉頰滾燙，說不出話，為了平衡身子，她下意識地將手環上了姜禪頸間。

姜禪沒想到這麼輕鬆就抱起了陸煙然，她的動作更是讓他心頭一顫，不過外頭危機逼近，他抱著人便往偏室走去。

這間屋子是給客人休息的地方，偏室裡除了一張軟榻，還有落地衣櫃。聽著門外的聲音，姜禪想也不想就打開衣櫃，抱著懷裡的人直接跨進去。

衣櫃的空間並不是很大，而姜禪個子高，所以他不得不屈著身子坐在裡面，以至於陸煙然整個人都在他懷裡。

之前分明還不太高興，這會兒姜禪的心情變得相當愉悅，嘴角忍不住彎了彎。

陸煙然卻與他截然不同，她有些生氣地說：「你是不……」才說了幾個字，她的唇就覆上了一隻手。

姜禪小聲說了一句：「聽話，等會兒再說。」

因為離得近，他說話時吐出的熱氣縈繞在陸煙然耳邊，兩人的姿勢本來就曖昧到了極點，此刻狹小黑暗的空間內，更是充斥著彼此的氣息。

陸煙然可不是真的什麼都不知道的世家小姐，如今他們的身體緊密地貼在一起，她當即在心裡叫了一聲糟。

姜禪也確實如她所想產生了變化，心心念念的姑娘就在自己懷裡，他又是血氣方剛的年齡，不過一瞬間，他的呼吸就變重了。

陸煙然的身子整個僵住。她雖然懂許多風月知識，但到底沒經歷過，這會兒不知該作何反應？吸了口氣，她努力讓自己保持冷靜，可是心卻咚咚咚地跳個不停。

不能再這樣下去了！

陸煙然忽然覺得姜禪是在裝神弄鬼，她微微直起身，想推開衣櫃的門出去，姜禪察覺到她的動作，伸手一拉，陸煙然便往他身上撲。

這突如其來的舉動讓陸煙然更加不知所措，一時愣住了。

衣櫃做得嚴實，一絲光亮也透不進來，姜禪摸黑伸出了手，本來準備揉揉懷裡人兒的頭，結果掌心下卻是一片溫潤順滑。

此時陸煙然回過神來，正想撐起自己的身子，卻發現姜禪的手竟然在摸她的臉！她忍不住瞪大了眼，正好她的手撐在他的手臂上，於是順勢用力一掐。

手臂上傳來一陣疼痛，姜禪卻不禁輕笑一聲，手換了個位置，終於摸到她的頭，他順了順她的秀髮，低聲道：「別鬧。」

「你還……」明明覺得姜禪是在嚇她，可是陸煙然卻跟著他降低了音量，可才剛剛說了兩個字，她身子就一縮，因為她聽見了開門的聲音。

「吱呀」一聲，房門被打了開，隨後傳來交談的聲音。進入房間的人是袁修誠，他身後還跟著一個人，正是陸鶴鳴。

袁修誠打量了這個房間兩眼，示意陸鶴鳴將門關上，這才坐到一旁的扶手座椅上。待陸鶴鳴坐下之後，袁修誠盯著他，淡淡地說道：「陸司馬，你可是瞞得我好苦啊。」

陸鶴鳴臉色微微一變，問道：「世子爺這是何意？」

見他裝傻，袁修誠當即哼了一聲，臉上帶著幾分不滿。

此時陸煙然安靜了下來，雖然躲在偏室的衣櫃裡，可是外間那兩人說話的聲音並不小，她聽出了說話的人是誰，而姜禪聽力本就極佳，自然也察覺到了。

陸煙然這個時候也顧不得她與姜禪的姿勢，眉頭緊緊皺在一起，心中滿是疑惑。這兩個人怎麼會在這裡？

這個想法剛剛冒出來，外面的人正好說到了這個點上。

陸鶴鳴有些尷尬，他想了想，著實沒想到自己有什麼事瞞著對方，索性轉移話題。「世子爺，這不過是個普通的遊園會，為何親自前來？」

普通的遊園會？呵。

袁修誠冷笑了一聲，開口道：「父王此次讓我進京，乃是為了獻禮給陛下，如今任務已經完成，倒是無事可做。」他頓了一下，又道：「我長居卞州，和晉康的親戚們生疏了許多，當然要來湊湊熱鬧。」

陸鶴鳴並不相信他的說詞，卻只回了一句：「原來是這樣。」

看陸鶴鳴仍不願承認自己有錯，袁修誠皺了皺眉。此次他參與遊園會，確實另有目的，表面上說是和堂姊袁欣聯絡感情，倒不如說是為了她的夫家——文國公府。

譽王府遠在卞州，同朝中重臣鮮有交情，如今好不容易有結交的機會，自然想湊過去，沒想到這個堂姊絲毫不給他情面，連個橋也不願意搭。

不過這就算了，因為他得知了一件更有趣的事情。

「陸司馬，我是真的沒想到，你以前竟然是嚴家的女婿啊。」袁修誠好整以暇地說道。

這話讓陸鶴鳴和在衣櫃裡的陸煙然皆變了臉色。

姜禪察覺到她身子一僵，連忙伸手攬住她的肩道：「別激動，繼續聽。」肩上傳來的觸感當即喚回了陸煙然的思緒，她毫不留情地往他的手用力一擰。

姜禪無聲地咧了咧嘴，只能忍著。

因為外面的人還在說話，陸煙然下一刻就鬆開了手，她恢復平靜，想聽聽那人到底有什麼陰謀？

陸鶴鳴聽了袁修誠的話，臉色有些不好看，他的手捏成拳頭，有些顫抖。他聽不得有關嚴家的事，因為他現在會這樣，都是拜他們所賜！

「世子爺，那是以前的事情了，如今下官同嚴家沒有絲毫瓜葛。」陸鶴鳴說道。

「喔，這樣啊。」袁修誠應了一聲，又道：「不過我聽說你還有一個女兒在嚴家……」

陸鶴鳴的嘴角有些僵硬。好端端的，怎麼提到陸煙然？

這會兒陸煙然有些難受了，姜禪為了安撫她，又摸了摸她的頭。

陸煙然惱怒地想拍開頭上那隻手，結果姜禪竟然握住她的手，稍稍一動，兩人便十指相扣。

姜禪的手有些燙，讓陸煙然的心微微一顫。她想將自己的手抽出來，然而礙於此刻的情況，她不敢有太大的動作，哪能順利掙脫。

陸煙然心中憋了一口氣，恨不得再掐姜禪兩下，可這個想法剛剛冒出來，姜禪就又小聲說了一句：「別鬧，待會兒被發現了。」

儘管佳人在懷，不過姜禪很快就讓心緒平靜下來。他拋開腦中的雜念，專心聽外頭的人說話，陸煙然也想知道目前的情況，只得咬牙忽視此時的處境。

陸鶴鳴露出一個有些勉強的笑容，說道：「世子爺，實不相瞞，下官同大女兒並不親近，已經多年沒有聯繫了。」

袁修誠聽他這麼說，有些不高興地說道：「陸司馬，你這話就不對了，不管怎麼樣，對方都是你的女兒，若是你找上門，她還能拒絕你不成？」他想和文國公府的人搭上線，有這麼好的機會，他怎麼能不利用呢？

陸鶴鳴一陣尷尬。那個不孝女根本就不是任他拿捏的性子，自己若是去找她，只會碰一鼻子灰，可如今譽王府是他翻身的唯一機會，若是惹譽王世子厭煩的話……

想了想，陸鶴鳴說道：「世子爺，您也知道，我們回晉康的路上，她根本沒拿正眼瞧過下官，又怎麼會搭理下官？」

袁修誠一開始還沒聽明白陸鶴鳴這話的意思，隨著他越說越多，袁修誠猛地起身。

「你、你說那女子就是你的大女兒？」

他的手下只打探到陸司馬與嚴家有過姻親關係，卻不曉得驛站那個女子就是他的大女兒！

見袁修誠反應這麼大，陸鶴鳴心中一突。他忘記世子爺的心思了！

袁修誠又驚又喜，他眸中閃過一抹深意，開口說道：「陸司馬，你說我向你提親怎麼樣？」

陸鶴鳴微微一怔。「世子爺和婉寧……」

袁修誠搖頭，淡淡地說道：「不是你的二女兒，是大女兒。」

陸鶴鳴最不願看到這種事發生。若是大女兒嫁給世子爺的話，對他根本沒有任何益處，因為父女倆早已離心，那個不孝女怕是巴不得他倒楣！

再說，大女兒的婚事，他根本做不了主。

陸鶴鳴回道：「世子爺，如今下官那大女兒的事都是由嚴家決定，下官實在無能為力。」

都由嚴家決定？這才好呢！

「此事無礙，我會看著辦。」他頓了一下，繼續說道：「若是嚴家不願意的話，還有你呢，自古以來，父母之命、媒妁之言，你若是做不了主，還有誰能做主？」

陸鶴鳴有些著急地。「可是嚴家……」

「嚴家再厲害，能翻得過天？」袁修誠打斷他的話，心中已經有了計較。若實在不行，他就直接去找皇伯父，譽王府這些年來安分守己，這麼一個簡單的要求，想必他會恩准。

既能和嚴家扯上點關係，又能將那女子弄到自己身旁，真是一舉兩得啊！

袁修誠的心情不錯，揮了揮袖子道：「走吧，如今已經有了法子，也不用參加什麼莫名其妙的遊園會了。」說著，他便朝外面走去。

短短的時間內發生生這樣的變化，陸鶴鳴面色如土，可還是只能跟上去。

袁修誠信心滿滿地離開，殊不知，方才的談話盡數落在他們談論的對象耳中。

第四十七章　情愫暗生

耳邊響起關門的聲音，衣櫃裡的陸煙然屏氣凝神，見外面沒了動靜，連忙抬手準備推開衣櫃門，可她的手還被人拉著。

陸煙然咬牙切齒道：「還不鬆開？」

「再等等，他們好像還沒走遠。」

陸煙然冷哼了一聲，用力抽回自己的手，接著猛力推開衣櫃門。

有了光線，陸煙然清楚地察覺到兩人此時的姿勢，來不及多想，她連忙踏出了衣櫃。

陸煙然一直在心裡要自己別在意，然而她的臉卻紅得像是在滴血。

姜禪也從衣櫃裡出來了，剛剛關上衣櫃門，就見陸煙然朝外邊走去，他眼疾手快地拉住了她的手腕。

三番五次被這樣對待，陸煙然有些惱了，轉過頭怒斥道：「姜禪，你是不是有毛病！」

姜禪沈默了。若是被別人這麼說，他定是大發雷霆，可此時他心裡完全被另一件事給占據。

想到在衣櫃裡的情形，姜禪忍不住心頭一熱。

他如今已經快及冠，不是什麼都不懂的毛頭小子，但即便如此，他也沒意圖不軌，因為面前的姑娘是他最珍惜的人。

搖了搖她的手，姜禪低聲說道：「生氣了？」

陸煙然抿了抿唇，不想和他說話，想到剛才聽到的事，只覺得心煩意亂。

她和陸鶴鳴明明父女緣淺，卻為何總是糾纏在一起？她實在想不通。

陸煙然淡淡地說道：「我要走了。」他們兩人私下相見本就不適合，如今還拉拉扯扯的，成何體統？這麼想著，她忍不住瞪了姜禪一眼。

姜禪因為陸煙然這個小動作輕笑了一聲，暗暗鬆了口氣，知道她並非真的生氣。

「妳就這樣走了？」他的語氣有些不捨，這個態度和他如今的氣質與相貌實在不搭。

陸煙然不明白姜禪的想法，抿唇問道：「你到底想怎麼樣？」

姜禪認真地說道：「我不是說了嗎？妳考慮考慮我，我總比……」

陸煙然猜到姜禪接下來要說什麼，打斷了他。「姜禪，別再說這種話了，我們根本就不可能。」其實她也不知道原因，總歸她沒這個想法。

姜禪的表情霎時有些難看，只覺得胸口憋悶不已。

看他沒反應，陸煙然不知道該說什麼，想了想，只低聲說了一句：「我走了。」

姜禪眼睜睜地看她往外走去，他的神色一黯，突然邁出了腳步。

陸煙然的手才剛碰到房門，腰間突然一緊，她不禁發出一聲驚呼。

姜禪單手環著陸煙然的腰，用另一隻手將門閂好，隨後轉身往之前的偏室走去。

陸煙然蹬了蹬腳，低斥道：「姜禪，你、你要做什麼！快放開我……」

姜禪沒理會她，逕自走到衣櫃前，陸煙然以為他要將自己關進衣櫃，嚇了一跳，卻沒想到姜禪忽然轉過她的身子，雙手撐在她的腋下，一把舉高她——他竟然將她放到衣櫃上面！

那衣櫃並不矮，他根本沒用全力，就輕輕鬆鬆地將陸煙然安置在上頭。

陸煙然瞪大眼睛，低頭看著他，姜禪則雙手抱胸，似乎在等她開口求他。兩人一直僵持著，好似誰先開口，誰就輸了。

陸煙然深深地吸了一口氣，才讓自己冷靜下來。

雖然目前她離地面有一段距離，不過這個高度也不是不能跳下去。陸煙然動了動身子，準備往下跳，她已經作好決定，下去之後絕不再理姜禪了！

然而她剛剛作勢要跳，姜禪就笑著說：「要投懷送抱嗎？」話落，他便張開自己的雙臂，像是等她入懷。

投懷送抱？陸煙然被氣得發出輕笑，視線落在姜禪身上，不發一語。

雖然她一雙眸子美如秋水，可姜禪卻不心動，小時候的經歷告訴他，陸煙然並不像她表現出來的這麼無害。

按了按額角，姜禪說道：「我以為我同那些妳不相熟的人相比有優勢，可是妳好像不這麼想？」

察覺他的語氣有些低落，陸煙然微微一怔，正打算開口，姜禪又蹦出一句話。

「給我一個機會，不然今日妳別想從上面下來。」他故意板著一張臉，冷漠地說道。

「姜禪，你簡直不可理喻！」陸煙然氣急道。

見姜禪仍舊不為所動，陸煙然氣得磨了磨後槽牙。她看了姜禪一眼，發出一聲冷哼，隨後將手撐在衣櫃上，身子往另一側移動，卻發現姜禪跟著自己換了位置——他就是故意的！

見到陸煙然一臉惱怒，姜禪說道：「妳是不是沒把譽王世子的話放在心上？嚴家可能不會如他的意，但妳得記住，他是譽王世子。若是他在陛下面前說幾句，會有什麼樣的後果，妳難道不知道？」

雖然不想理會姜禪，陸煙然還是聽進了他的話，她的表情變得有些嚴肅，但仍舊嘴硬道：「指不定他只是說說而已，根本不會提親。」

姜禪聽她這麼說，當即挑了挑眉。「好，那來賭，若是他去了，妳就答應我；若是他沒去，我們就再說？」

其實光憑譽王與當今陛下之間的關係，姜禪知道嚴家肯定不會答應袁修誠的提親，所以他沒那麼憂慮。

陸煙然卻有些擔憂。「他會不會直接去找陛下？」

姜禪嘴角微微一彎道：「放心吧，他肯定會先去文國公府。」不到最後關頭，譽王世子肯定不會輕易去找陛下，但為了以防萬一，他心中另有打算。

陸煙然正皺著眉思考，就聽姜禪說：「妳覺得怎麼樣？」

咬著唇，陸煙然有些猶豫地回道：「可是這事也不是非你不可，別人也能……」說到底，她無法想像兩人結為夫妻的樣子。

這話讓姜禪的臉色一沈，他瞇著眼，瞪著衣櫃上面的陸煙然。

陸煙然覺得自己說的是事實，可是在對上姜禪的眼神時，還是有些心虛。

姜禪說道：「不說別的，妳現在人在衣櫃上，有別人能幫妳下來嗎？」他嘖了一聲，自問自答：「不能，只有我能。」

陸煙然微微睜大眼睛道：「姜禪，你無賴！」她之所以在衣櫃上面，不就是因為他嗎？而且自己明明能下去，是他不給機會！

姜禪點了點頭，承認道：「嗯，我無賴。」

陸煙然實在拿他沒轍，抿了抿唇。「待譽王世子真的去了嚴家，再說後面的事情也不遲。」

姜禪眸光一閃，知道她已經讓步了，也沒逼她，點頭表示同意。

陸煙然鬆了口氣，接著便見姜禪朝她伸出手。「我帶妳下來。」

瞧陸煙然沒有動作，姜禪說道：「這個衣櫃不矮，要是妳摔著了，我不好交代。」

陸煙然冷笑了一聲，最終還是用手撐著姜禪的肩膀，順利地離開衣櫃。雙腳落地之後，陸煙然瞪了姜禪一眼，被瞪的姜禪反倒笑了。

此時一笑，他的眉宇間竟染上了幾分暖意，和陸煙然記憶中的模樣重疊了起來。

陸煙然的心忽然漏跳了一拍，她眸中閃過一絲不自在，說道：「我走了。」

察覺到她的語氣不對，姜禪懷疑是不是自己過分了些，打量了她兩眼，發現她一雙眸子似乎帶著水霧，頓時有些後悔。

不過下一秒，陸煙然的臉頰卻以肉眼可見的速度紅了起來，姜禪見她臉紅，鬆了口氣，應了一聲：「嗯。」

聞言，陸煙然再沒耽擱，她打開房門直接離開，給人一種落荒而逃的感覺。

姜禪目送著她的身影消失，臉上露出若有所思的表情，過了片刻，他也離開了屋子。

陸煙然之後去了花園，長輩笑著問她去哪兒了？她自然不會說出遇到姜禪的事，只道自己去屋子裡歇了一會兒。說著說著，陸煙然發現大舅母蔣氏眉眼舒展，心情似乎很不錯的樣子。

「大舅母，可是表哥的婚事有著落了？」陸煙然問道。

蔣氏看向外甥女，笑著點了點頭。「還得再看看，不過八九不離十了。」

聽到嚴恩有了適合的對象，陸煙然也跟著高興起來。

嚴荔看著外甥女眉眼彎彎的樣子，卻是嘆了口氣，之前她冒出的某個想法只能付諸流水。

因為方才發生的事，陸煙然多少有些心不在焉，好在長輩們因為牽掛薛氏，沒多久就結束了這次的宴會。

接下來文國公府開始籌備嚴恩的婚事，婚期訂下後，府中變得越發忙碌。

這幾天，陸煙然依舊時常去薛氏的院子陪她說話，讓人驚喜的是，薛氏已經進步到時不時能說簡短的話了。

嚴家眾人為此高興不已，陸煙然也不例外，可是她的心情並不輕鬆，因為她一直牽掛著譽王世子的動向，而且，不知道是不是因為姜禪那些話的影響，她甚至夢過兩人成親的情形，令她醒來之後哭笑不得。

從遊園會離開之後，姜禪就派人尋到袁修誠在晉康的住處，並讓人時時刻刻盯著對方，這樣一來，若是對方有什麼動作，他就能積極應對。

袁修誠身為譽王世子，自然不差銀錢。由於當初譽王舉家搬離都城，過去的府邸早已不能住人，到了晉康之後，他直接讓管家買了新的宅子。

陸鶴鳴如今算是譽王府的幕僚，但是身邊帶著陸婉寧，他們不好留在那裡，只得回陸家住下，好在陸家同袁修誠的府邸還算近，並未帶來不便。

儘管當年陸家上下因陸鶴鳴被派去卞州而離開晉康，但是祖宅並未變賣，因為他一直存著要回來這裡大展身手的雄心。

陸婉寧在家裡坐不住，見父親不在，便尋去了袁府。

宅子裡的下人大多是從卞州隨同而來，他們認得陸婉寧，是以她一路暢行無阻。進了院子以後，陸婉寧發現下人們異常忙碌。她心中疑惑，要貼身丫鬟前去詢問，結果得到一個令人驚訝的答案——

他們在準備聘禮！

陸婉寧先是一喜，可是隨後又覺得有些不對勁，問清楚袁修誠所在之處後，她便找了過去。

此刻書房的門半掩著，袁修誠和陸鶴鳴正在裡面交談。

「世子爺，您真的打算這麼做？」陸鶴鳴有些不死心地問道。

袁修誠瞥了他一眼，回道：「自然是真的。」他正準備繼續說下去，書房的門忽然被推開了。

見到陸婉寧出現在門邊，房內兩人臉色皆是一變，陸鶴鳴當即出聲斥道：「怎麼一點規矩都沒有！」

陸婉寧聽見了他們的對話，有些失落地問袁修誠道：「世子爺，您要向臣女的姊姊提親？」

袁修誠看著陸婉寧，瞇了瞇眼道：「這不是妳能管的事。」

雖然對方沒承認，可是也沒否認，陸婉寧心中生出一股怨氣，死死咬住牙才壓下那把怒火。她踏進門檻，臉上帶著笑說道：「世子爺，臣女覺得這件事還需多加考慮，這可是……」

「婉寧，注意妳的身分！」陸鶴鳴打斷了她的話。

袁修誠的臉色很難看，雖然他對陸婉寧有點心思，但他可是譽王世子，怎麼能任由一個女人對自己指指點點？

陸婉寧臉色一白，還想說些什麼，袁修誠就使了個眼色讓小廝請她出去。

見到小廝朝自己走來，陸婉寧的雙頰脹紅，輕聲道：「我自己走。」

陸婉寧的反對和怒氣絲毫沒影響袁修誠，兩日之後，他請了晉康最有名的媒婆前往文國公府。

譽王世子突然親臨文國公府，自然令嚴家眾人驚訝不已，尤其是他竟然還帶著一個媒婆過來！

文國公府的主母是蔣氏，由她接待媒婆，而袁修誠身為外男，則由人在府中的嚴恩帶到書房歇息。

袁修誠請來的媒婆相當厲害，一張嘴活泛得不得了，不過一會兒便說了一大堆話。蔣氏聽媒婆將譽王世子誇得天上有地上無，繞了半天，最後總算說到正題上——他要娶陸煙然。

譽王世子相貌出眾，不過一想到譽王府遠在卞州，還有他們和陛下的關係，蔣氏心中當即打了個突。

「世子爺很優秀，不過終身大事非同小可，待我們好好考慮再說。」蔣氏並未直接拒絕，但也算是讓人碰了個軟釘子。

媒婆聽她這麼一說，嘴角微微一僵。

若是平時聽見這樣的話，她自然高興，因為這代表「有可能談成」，可是請她的人卻是下了「一定要成功」的命令！

「夫人，剛才您也瞧見了，世子爺長得相貌堂堂，家世又好，聽說表小姐的模樣也極為出眾，兩人絕對是良配！您說這還有什麼好考慮的？」

聽見外人誇外甥女，蔣氏露出笑容，不過外甥女的婚事，她一個人可做不了主。蔣氏不欲同媒婆多費唇舌，然而媒婆還是不願意離開，似乎非得到肯定的答覆不可。

蔣氏性子本就潑辣，見媒婆纏著自己，不禁有些煩躁。「行了行了，此事不必再說，若是可行的話，文國公府會給妳答覆的！」

媒婆也只是討生活，被這般訓斥，連忙認錯。「夫人別生氣，我這是老毛病了，看到相配的兩人，便巴不得將他們湊在一起，畢竟這算是功德一件啊！」

蔣氏聽出她的意思，冷笑一聲。「不愧是媒婆，見縫插針的本事可不弱。」

這可不是什麼誇人的好話，媒婆不敢再說什麼，只得退下。

另一邊的袁修誠心情也不好，他原本想著能結交文國公府的孫輩，沒想到對方將他領到書房後，就說自己有事，將他一個人留在那裡。

他不好說什麼，結果丫鬟才剛奉上熱茶，就有人前來告訴他，媒婆出府了。

袁修誠一肚子火，又想知道結果，只得氣呼呼地離開。一出前院，他就撞見了媒婆，他當即向她詢問結果，媒婆不可能漏自己的氣，於是告訴他機會很大，指不定過兩日就能送聘禮上門了。

媒婆確實是這麼認為的。在她看來，嚴家的身分雖然也不差，可是陸煙然終究是個表小姐，能嫁給世子爺，乃是天大的榮幸，蔣氏沒有應下，不過是拿喬罷了。

袁修誠聽了十分滿意，畢竟憑他的背景，有誰會拒絕他？

「行，若是到時候成了，定會給妳一個大紅包。」袁修誠說道。

媒婆過兩日又上門說親，可她沒想到，這次文國公府竟然連門都不讓她進！

得到這樣的待遇，媒婆哪裡還不明白對方的意思，回到袁府之後，當即添油加醋了一番。

袁修誠本以為大局已定，知道這個結果之後，當然大發雷霆，覺得丟人現眼。

兩次提親的待遇這麼大，自然是有原因的，因為陸煙然在得知袁修誠帶媒婆上門之後，便將陸鶴鳴同他相識的事情透露給了蔣氏，嚴家人恨極了陸鶴鳴，不讓媒婆進門已算溫和了。

即便這回擋住了袁修誠，陸煙然卻依舊很煩惱，她擔心他會跑去求陛下，又想到同姜禪之間的約定。

她以為袁修誠不會上嚴家來，然而事實證明她輸了，姜禪會做些什麼呢？

陸煙然靜不下心，索性寫信給她娘。她簡單地說明自己的近況，以及外祖母身體好轉的消息，還有表哥要成親的事，想了想，又將姨母與舅母為自己相看親事的過程寫了上去。有事情可做，她總算不再胡思亂想。

第四十八章　捷足先登

袁修誠不是那麼容易放棄的人，被文國公府輕視，他憤怒不已，下定決心非讓他們答應不可！

翌日，袁修誠仔細整理過了儀容，便往皇宮內趕去。

在宮人的帶領下，袁修誠見到了自己的皇伯父慶宗帝，回晉康以後，他們在獻禮時見過，這是第二次碰面。

慶宗帝不年輕了，他在位這些年，勵精圖治、勤勉問政，大越舉國平和，乃是一代明君。

只是袁修誠一想到自己的父王被派至卞州遠離朝政，心中就有些不平，不過就算再有想法，他的態度仍是一派恭謹。

此時慶宗帝正在御書房內，他看見袁修誠，點了點頭。「修誠來了。」

袁修誠忙行了跪禮，說道：「參見陛下！」

「快起來吧。」慶宗帝將奏摺放到一旁，和藹地問道：「這些日子在晉康可還習慣？」

袁修誠低著頭娓娓道來，心裡卻有些焦急。他來這裡可不是和陛下話家常的。

可是今日不知道慶宗帝是不是太閒，袁修誠回答完這個問題之後，他又問起其他事，而袁修誠自然不能避而不答。

其實慶宗帝問的無非是譽王府在卞州如何、譽王這些年過得怎麼樣之類的話。袁修誠很是不耐煩，可是表面上卻十分謙和，仔細地應答著。

慶宗帝聽得認真，時不時地接兩句，兩人你一言我一語，氣氛還算融洽。

「對了。」不知說了多久，慶宗帝像是想起什麼事一樣，問道：「修誠此次進宮，可是有事？」

聽到了關鍵字，袁修誠精神為之一振，他拉了拉衣袍，再度跪在地上。

「陛下，姪兒今日前來，確實有事。」袁修誠頓了一下，繼續說道。「姪兒前些日子回晉康時，在路上偶遇文國公府的表小姐，姪兒對她一見鍾情，今日前來，是希望陛下為我們賜婚，姪兒想給她一個大大的體面。」

他的表情有些誇張，像極了一個為情衝動的男人，然而他內心十分冷靜，知道娶了陸煙然會有多少好處。

一是能同文國公府搭上關係。文國公嚴邵地位崇高，在朝中人脈極廣，這對譽王府相當有助益；二是能將陸煙然困在他身邊。在驛站時，她說的那些話始終讓他耿耿於懷，將人放在身邊，能觀察她的一舉一動；三是他確實到了該成親的年紀，娶一個美人，豈不妙哉？

在袁修誠看來，請陛下賜婚不過小事一樁，由他親自開口，身為他皇伯父的陛下礙於情面，沒有不答應的道理，這件事十拿九穩了。

袁修誠已經能想像嚴家的人接到聖旨會有多驚訝，頓時覺得神清氣爽，有一絲報復的快感。誰教你們拒絕我！

想像半天之後，袁修誠突然反應過來，慶宗帝已經好一會兒沒說話了。
他跪在地上，看不見對方臉上的表情，只得悄悄抬起頭打量書桌後的人一眼。
慶宗帝的表情有些嚴肅，好像在思考著什麼，大概是感受到了袁修誠的視線，他說道：「修誠，你先起來。」
袁修誠聞言，只猶豫一瞬便起身了。
慶宗帝見他站起身，手指敲了敲書桌道：「修誠，這事有些難辦啊。」
袁修誠微微一怔，似乎有些不可置信。究竟是什麼事能讓天子覺得為難？
正這麼想著，他便聽慶宗帝問道：「你說的文國公府表小姐，可是過去鎮國侯府的大小姐？」
袁修誠愣了一下才想起，鎮國侯府是指陸鶴鳴一家，連忙點頭應道：「是的，陛下。」
「修誠啊。」慶宗帝起身走到他面前，拍了拍他的肩膀。「你要是能早兩日來就好了。」
他頓了一下，又說道：「就在前兩日，護國公親自帶著他家世子進宮請旨賜婚，朕已經允了，之所以還未下旨，是因為要擇一個良辰吉日。」
聽到這番話，袁修誠的表情瞬間僵住。
慶宗帝見狀，說道：「這世間的女子多得是，皇伯父再為你挑選一位貴女如何？」
袁修誠聽他自稱「皇伯父」，連忙順著叫了一聲：「皇伯父，是姪兒魯莽了。」他露出受傷的神情道：「多謝皇伯父的好意，那姪兒退下了。」

君無戲言，即便還未下旨，此事也已成定局，他不敢奢望慶宗帝為他改變決定，況且若再求下去，必會引起對方反感。

袁修誠再三謝恩，行禮之後速速退下，慶宗帝看著他的背影，眼睛微微瞇了起來。

出了御書房之後，袁修誠腳步匆匆地往外面走去，因為還在皇宮內，他不敢露出不滿的表情，一出宮門，他的臉色當即一變。

眼見到嘴的鴨子竟然飛了，他真是一肚子氣無處宣洩！

先是在嚴家那裡吃癟，如今又在慶宗帝那裡被打回票，袁修誠心塞不已，自言自語道：「竟然敢壞我的好事！要是讓我撞見那個什麼護國公世子，我一定要……」

豈料話才說了一半，一道聲音打斷他。「你一定要怎麼樣？」

袁修誠順著聲音看過去，只見一個男子出現在幾步遠的地方，他的模樣十分出眾，氣質不凡，身穿淺藍色對襟外袍，腳踩白履，整個人散發出耀眼的光芒。

定睛一看，袁修誠覺得對方的相貌有些眼熟，回想了一下，他還是沒憶起自己在哪裡見過對方？

袁修誠瞥了那男子一眼，不耐煩地說道：「本世子要說什麼，與你無關。」說著，他便準備離開。

然而當他從男子身旁走過時，那人身子突然一斜，撞向他的肩膀。

袁修誠一時不察，被撞得後退幾步，霎時怒道：「大膽！」

「你不是想撞見我嗎？」那人頓了一下，又說：「怎麼見到我，反倒置之不理了？」

袁修誠訝異。「你就是護國公府的世子？」

姜禪淡淡地看著袁修誠，見他問話也沒搭理，自顧自地用右手拍了拍自己的肩膀，像是碰到了什麼髒東西一樣。

對方在挑釁！

袁修誠眸中突生怒火，想到自己的好事被這人破壞，便伸手朝他襲去。

儘管他出手突然，姜禪卻沒輕易被他碰到，不過一個轉身，他已經將袁修誠的雙手困在身後。

肩膀處傳來一陣劇痛，袁修誠痛呼出聲，除了痛，更加讓人難以接受的是，他竟然被對方一招制住！

姜禪冷冷地說道：「譽王世子為人似乎不怎麼磊落啊。」

此番相遇自非偶然，下人一傳來袁修誠進宮的消息，姜禪就來宮門這裡守著了。

想到這個人對陸煙然心思不純，姜禪越發不滿，尤其是陸鶴鳴還同這人攪和在一起！這麼一想，他的手更加用力。

袁修誠痛得臉色發白，道：「你可知道我是誰？還不快給我放手！」

姜禪沒有鬆開他的意思，沒多久，袁修誠的冷汗就冒了出來，他嘴裡說著狠話，卻完全反抗不了。

聽了袁修誠的話，姜禪輕笑一聲。「我怎麼會不認識你呢，你不是譽王世子嗎？」

袁修誠使力掙扎，頸間青筋突起，看上去有些狼狽，他喊道：「既然知道我是誰，還不快將我放開！」

姜禪回道：「放開？放開就太可惜了。」他語氣淡淡地說。「你不是想撞見我嗎？我就在這兒，任你處置啊。」

想到自己剛剛說的話，對照現在的處境，袁修誠惱怒不已，臉色由白轉紅。

兩人在宮門處相遇，已經僵持了一會兒，引起了守門士兵的注意。

袁修誠看到士兵前來，臉上閃過一絲驚喜，出聲道：「我乃譽王世子，你們兩個還不快將這個無禮的人抓起來！」

聽到他的名號，士兵們臉色一變，正要採取行動，卻見姜禪亮出腰牌說道：「你們不用管，我自有分寸。」

姜禪早就猜到袁修誠今日進宮的目的，要不是他有先見之明，後悔的就是自己了，想到心上人被這種人惦記著，他就恨不得給他一頓排頭吃。

兩個士兵看見腰牌上的花紋，應了一聲之後急忙退下。

雖說譽王世子是皇家血親，可是譽王在朝中已無勢力可言，相較於護國公府世子，根本不值得一提。

他們的舉動讓袁修誠氣得險些吐血，卻莫可奈何。

姜禪意識到在宮門前不適合跟人談判，當即推著被自己抓住的人往城牆邊走去。

快到城牆時，姜禪反手一推，袁修誠的背就重重地撞上了城牆，有些岔氣地咳了起來。

姜禪手臂一抬，用手肘抵住了袁修誠的肩部，狠狠地將他壓在城牆上，用冷漠的眼神盯著他。

袁修誠被他這樣看著，不自在到了極點，後背也冒出了汗。

姜禪眯了眯眼，一字一句地說道：「譽王世子，我希望你今後能離她遠一點，若是你再去招惹她，就不僅僅是今天這樣了。」

他口中的「她」是誰，兩人心知肚明。

袁修誠的上半身疼痛不已，怕是已經起了瘀青，偏偏他還嘴硬道：「我可是譽王世子，你……」

姜禪聞言，眸光一閃，低聲說道：「不過是一個流放卞州的親王世子，誰給你的自信？」

流放。這個詞讓袁修誠的瞳孔一縮，表情也變得有些猙獰。

譽王比當今陛下年輕許多，加上老來得子，所以袁修誠如今才二十有餘。在他心中，他的父王最了不起，之所以被派到卞州，皆起因於慶宗帝忌憚譽王府，而他深信他們遲早有一天會回到晉康，得到該有的一切。

此時被人諷刺，袁修誠哪裡受得了，拳頭一捏揮向姜禪。

姜禪的反應極快，握住袁修誠的拳心反手一扭，另一隻手的手肘則狠狠地擊向他的胸膛。

不過撞了幾下，袁修誠便敗下陣來，他劇烈地咳嗽，身子靠著城牆才沒往下倒，此刻他的眼中終於有了一絲懼意。

姜禪的視線落在他臉上，威脅道：「世子，你要弄清楚，這裡不是卞州，若還有下一次……」

他的話停在這裡，定定地看了袁修誠一會兒，便轉身離去。

袁修誠看著對方越走越遠，心中的憤恨也越來越高漲。

有朝一日，他一定要讓這個人好看！

對袁修誠動手之後，姜禪心中的鬱氣總算削減了不少。

本來準備回護國公府，可走到一個街口時，他腳下一頓，換了個方向。

他該去「討債」了，這次絕對不給她機會賴掉。

文國公夫人生病，護國公府的人自然前來探望過，不過姜禪若要上門，也不能空著手，在路上買了一份禮物，他才往文國公府走去。

礙於情理，姜禪不能正大光明地說出自己的來意，所以表弟嚴煜就成了擋箭牌。

交出禮物後，姜禪隨下人去了大廳，沒一會兒，嚴煜就來了，他很高興地說：「表哥，我已經有好些天沒見到你了，可是要帶我出門？」

姜禪不再隱瞞真正的來意，只道：「去叫你表姊出來。」

「不行不行。」嚴煜連連擺手。

姜禪不禁皺起眉頭。「為何不行？」

嚴煜的表情有點尷尬，知道自己的反應過於激動，想了想，他說道：「近日家中在為表姊相看親事，她不能隨便見外男，雖然你是我的表哥，可、可是……」

譽王世子的事情才剛過去，府裡上上下下都相當謹慎，不希望出什麼亂子。

姜禪並未責怪嚴煜，低聲道：「我有事找她，你只需將我來府中的事情告訴她便可，來不來由她自己決定。」

嚴煜小心翼翼地說：「我幫你傳話？就這樣？」

姜禪瞥了他一眼。「若不然呢？」

嚴煜猶豫片刻後答應了，他走了兩步，突然轉身對姜禪說道：「表哥，你到後面花園那個涼亭等吧，若是表姊答應的話，我們就直接去那兒。」

姜禪點了點頭。

陸煙然跟著嚴煜出了院子，想到待會兒要見的人，不禁有些忐忑不安。

姜禪今日怎麼會來找自己？有什麼事嗎？是不是為了之前的賭注？想到那日兩人說的那些話，陸煙然覺得有些頭疼。

很快就到了花園，還未走近涼亭，陸煙然就看見了那道頎長的身影。她腳下一頓，對嚴煜說道：「我同你表哥單獨說點事，一下就好。」

嚴煜眸中閃過一絲驚訝，倒是沒多問，應了一聲「好」便轉身離去。

見他離開，陸煙然鬆了口氣，這才往涼亭走去。

姜禪聽見了身後的動靜，不過他卻沒轉身。

陸煙然還以為，姜禪真的沒發現自己來了，她眼睛一亮，微微弓著身子朝他走了過去。

在離姜禪還有兩步距離，陸煙然深吸了一口氣，準備嚇人。

只可惜事與願違，在她要叫出聲時，姜禪突然轉過身，反倒嚇了她一跳，她下意識地往後退，結果不小心踩到了裙襬。

眼見陸煙然就要摔倒，姜禪連忙伸手攬住她的腰，將她往自己的懷裡一帶。

陸煙然幾乎整個人撲進姜禪懷中，沒多久後，她回過神來，連忙伸手一推，姜禪則順勢鬆開了手。

罪魁禍首後悔到了極點，見姜禪用一種微妙的眼神看著自己，陸煙然不自在地咳了咳，假裝什麼事都沒發生的樣子。

理了理思緒，陸煙然問道：「煜表弟說你找我，可是有什麼事？」雖然她力保鎮定，泛紅的臉頰還是出賣了她的心思。

姜禪的心情很好，嘴角彎了彎。「我以為妳已經知道我來是為了何事。」

陸煙然聽了姜禪的話，露出疑惑的表情，好似沒聽懂他的意思。

姜禪見她這樣，笑意更甚，自顧自地說道：「譽王世子前幾天來嚴家了吧？」

陸煙然抿了抿唇，沒出聲。

姜禪繼續說道：「妳可知今日袁修誠進宮去了？」

什麼?!

陸煙然的表情終於有了變化。袁修誠可別真如姜禪所猜測的那樣，讓陛下賜婚了吧？

她看著姜禪，有些焦急地說：「他、他……」

姜禪見她臉上的著急不似作假，知道她是真的慌了，不忍再逗弄她，當即開口說道：

「放心吧，我已於前幾日同父親進宮向陛下請旨了，如今聖旨未下，是因為還不知道妳的生辰八字，待算好了良辰吉日，陛下便會為我們賜婚。」

這番話讓陸煙然滿臉不可置信，可是她非但不生氣，內心還生出幾絲雀躍。

為什麼會這樣？

第四十九章　情意漸長

見陸煙然不說話，姜禪有些擔心她生氣，畢竟他這事做得確實有些過了，可是若不是他搶先一步，袁修誠就得逞了，到時他找誰哭去？

「別生氣啊。」盯著陸煙然，姜禪頓了一下之後說道：「如今事情已成定局，妳難道想反悔嗎？」

不知為何，姜禪的聲音讓陸煙然心頭一顫，她忽然間明白了一件事。

兩人重逢之後，她一直想同他保持距離，可是實際上，她根本沒堅定地拒絕他。他對自己來說到底是不同的，只不過她一直忽視這份感覺。

心情複雜不已，陸煙然咬了咬唇，說道：「我哪裡有反悔的機會啊？」說完以後，她便提起裙襬跑下涼亭。

姜禪聽了這話愣在原地，片刻後才明白陸煙然的意思，他的一雙眸子像是盛著星星一般，熠熠生輝。

一個人待在涼亭回味許久之後，姜禪才離開了文國公府。

就在文國公府為嚴恩準備婚事時，皇宮的禮官上門探訪，說是要取陸煙然的生辰八字。知道陛下要賜婚，嚴家眾人驚訝不已，蔣氏前來詢問陸煙然願不願意，告訴她如今旨意還未正式發布，指不定有轉圜的餘地。

陸煙然會反悔嗎？不會。

禮官合過兩人的生辰八字，幾日之後，便推算出幾個適宜成婚的黃道吉日。因為其他日子時間有些緊，護國公府與文國公府便選定來年元月二十二日，離現在還有大概九個月，準備婚事綽綽有餘。

日期一定下來，慶宗帝親自降下賜婚的聖旨，姜禪和陸煙然正式成了未婚夫妻，得知此事的袁修誠氣得差點沒吐血，好幾天才緩過來。

雖然距離成親還久，但是文國公府如今不僅要為嚴恩辦婚事，還要為陸煙然置購各項嫁妝，畢竟這是陛下賜婚，自然要辦得體面。陸煙然本人也不得閒，因此自從訂親之後，她覺得時間過得快了許多。

五月二十六日，迎來了嚴恩的婚期，文國公府已經許久沒有喜事了，婚禮當日自是熱鬧非凡。

如今嚴雪的性子沈穩了許多，不像過去老是黏著陸煙然，然而經過這一段時間的相處，兩人卻也親近了不少。

新人拜過堂之後便送入洞房，陸煙然被嚴雪拖著去看新娘，只見新房內有許多人，十分熱鬧，新娘坐在喜床上，頭上蓋著紅蓋頭，看不見臉。

見表妹似乎有些失望，陸煙然眸中露出一絲笑意，出聲勸道：「明日就能見到了。」

嚴雪雖然急著想瞧瞧自己的大嫂，但也知道規矩，乖乖地應了一聲。

倒是在場的長輩知道陸煙然明年要出嫁了，笑著打趣了她兩句，還說她出嫁的時候要來為她添妝。

陸煙然把成親這件事看得很淡定，並不覺得有什麼不好意思的，可到了最後，她還是忍不住有些臉紅。

嚴恩的婚禮過去之後，日子更是過得飛快，天氣變得相當燥熱。

這段期間讓人最高興的事情，便是文國公夫人薛氏的病情好轉了。由於嚴謹無意間在外遇見一個遊醫，專門治療一些疑難雜症，在幾次針灸之後，薛氏的狀況大有進展。

現在薛氏已能開口說話，雖然語速有些慢，可是大家都能聽懂，這個進步讓嚴家上下欣喜不已，連常年板著一張臉的嚴邵，臉上表情也緩了下來。

除了陪伴外祖母，陸煙然也沒閒著。這段時間以來，她已經繡好了一對鴛鴦枕套，她的女紅雖然不怎麼樣，但是成品還算過得去。

快到陸煙然的生辰時，家中的長輩還特地問她想要什麼東西？終歸明年元月她便要出嫁，這是她成親前的最後一個生辰。

陸煙然並沒有什麼想要的，畢竟這輩子除了待在陸家期間不太順利，接下來一路都稱得上是順遂，她已經十分滿足。

在陸煙然生辰前一日，嚴煜和嚴雪約她一同出門逛街，三人分乘兩輛馬車，嚴煜跟嚴雪一起，陸煙然則單獨一人。馬車駛上大街一陣子後便停靠在角落，在原地等待他們逛街回來。

晉康是大越國的都城，街道寬闊，各式店鋪林立，熱鬧非凡。不過現在並不是個逛街的好時節，因為天氣實在過於炎熱，才逛了兩條街，一行人就大汗淋漓，就連不太會出汗的陸煙然，臉上也冒出了細汗。

看大夥兒都累了，嚴煜便建議去街邊的鋪子歇歇，可明明一旁就有能夠納涼的地方，他偏要帶頭去另一條街的茶館。

嚴煜的舉動讓陸煙然心中隱隱有了猜測，抵達茶館之後，果然見到了那道熟悉的身影。

陸煙然心頭一滯，這才意識到，他們兩人已經有好些日子未曾見面了。雖然按照規矩，訂下婚期之後她就不便出門，也不宜同未婚夫婿見面，不過如今婚期尚早，不會犯忌諱。

姜禪打量了陸煙然兩眼，見她氣色還不錯，嘴角彎了彎，隨後視線落在嚴煜身上，說道：「還傻傻站在那兒幹什麼？」

嚴煜咧了咧嘴，冷笑了一聲。自家表哥這是典型的過河拆橋！

陸煙然本來就猜到，哪裡還不知道這是怎麼回事，嚴煜今日就是故意來約自己，好讓她與姜禪見面的。

嚴雪見到姜禪，有些無所適從。雖然對方是自己未來的表姊夫，可是目前他們兩人還未成婚，這麼稱呼有些不適合。她猶豫了一下，只得跟著自己的堂哥嚴煜稱呼姜禪「表哥」。

姜禪點頭應了一聲，看向陸煙然，說道：「是不是很熱？快坐下吧。」

既然人都來了，也不需要再裝模作樣地避開，陸煙然坐在一旁的凳子上，忍不住瞪了嚴煜一眼。

接收到陸煙然那責怪的眸光，嚴煜覺得自己十分冤枉。他這可是成全人家啊，怎麼就兩邊不討好呢？

幾個人在桌旁坐了一圈，時不時地聊兩句，氣氛還算和諧。

說著說著，陸煙然的耳邊忽然吹來一陣涼風，她偏過頭一看，便見姜禪正拿著蒲扇對她搧風。

陸煙然不禁一陣尷尬，嚴煜和嚴雪則有些受不了。不過訂了親就這麼恩愛，成婚以後怎生了得？

嚴煜吐了口氣，端起茶杯將裡面的茶水一飲而盡，很自覺地對一旁的嚴雪說道：「小雪，妳不是還要買東西嗎？我陪妳去吧。」

買東西？

嚴雪一開始還沒反應過來，她看了坐在對面的兩人一眼，頓時恍然大悟，立刻有些誇張地說道：「是喔！煜哥哥，我想起來了，我們快點去吧。」

話落，兩人也不待他們反應就迅速起身往外走去，不過一瞬，桌邊只剩下陸煙然與姜禪，她的視線落在姜禪手中的蒲扇上，臉上忍不住紅了。

姜禪這個人天生就一副冷淡的模樣，這般為她搧風，連她都覺得有些不自在，難怪兩人看不下去。

「不用再搧，已經不熱了。」陸煙然清了清嗓，說道。

「不熱？」姜禪挑起眉，用空著的手伸出手指刮了刮她的鼻尖。「妳自己看看，全是汗。」

陸煙然萬萬沒想到姜禪突然做出這種動作，一時沒反應過來，待回過神來時，臉刷地一下子脹紅，結結巴巴地說：「你、你……」

姜禪倒是一點也不覺得彆扭，彷彿剛才的動作天經地義，他看了陸煙然一眼，問道：「怎麼了？」

陸煙然吁了口氣，想讓自己臉上的熱度降下來，不過顯然沒那麼容易，不禁有些氣惱地白了他一眼。

被陸煙然這麼一瞪，姜禪反倒笑了。

兩人又坐了一會兒，見沒什麼好聊的，陸煙然便決定回府，姜禪連忙說道：「我有東西要送給妳。」

陸煙然有些驚訝。「什麼？」

姜禪沒回答，而是吩咐在外頭守著的人去將東西取來。他們搬出來的物品像是一張扶手椅，不過椅腳卻有輪子，看上去有些奇怪。

陸煙然好奇地問。「這是椅子？」怎麼長成這樣？

姜禪點了點頭。「幾年前我不是去過清州嗎？我無意間看到這種椅子，心想木匠師傅應該能做出來。」說著，他握著椅子的扶手推了推，兩邊的輪子就轉了起來。

見到這張椅子的作用，陸煙然的眼睛不禁一亮。

姜禪見她的興致被勾起來，彎了彎嘴角。「聽表弟說，老夫人這些日子已經好了許多，坐在這種椅子上的話，就方便讓下人推著她老人家出屋子透透氣了。」

薛氏的情況確實好了許多，她也想走出屋子走動走動，可是如今只能走兩步路，還得讓人攙著，有了這椅子，不知道會方便多少！

陸煙然凝視著姜禪，一顆心突然有些酸酸的。她想到兩人年幼時，他似乎也對她頗為關心，總是默默為她做很多事。

思緒在腦中轉了一圈，陸煙然突然很心動，想告訴姜禪，她很高興能成為他的妻子，可是一時之間卻說不出口。

可惜姜禪不知道陸煙然心中的想法，不然只怕是欣喜若狂。

姜禪又推了推椅子，他看了陸煙然一眼，說道：「喜歡嗎？我讓人直接送去文國公府怎麼樣？」

陸煙然眉眼彎了彎，應了一聲。「喜歡。」

姜禪鬆了口氣道：「妳喜歡就好。」話落，他便吩咐下人將椅子運去文國公府。

又坐了一會兒，姜禪雖然捨不得，不過也知道他該放人回去了。

出了茶館，陸煙然忍不住問道：「你怎麼想起讓人做那個？」那椅子看上去有些複雜，怕不是一天兩天就做得成的。

那椅子確實不好做，姜禪只記得自己看過番邦的人使用，卻不知道怎麼做，能做出來，全靠木匠摸索。

姜禪只道自己不忍心看老人家受苦，又說了句「很簡單」，然而微微泛紅的耳根卻出賣了他的心思。

陸煙然哪裡不知道他在糊弄自己，但她不再追問，就在她要轉身離去時，姜禪突然出聲叫住她，問道：「生辰可有什麼想要的？」

這個問題讓陸煙然一怔，她有些傻傻地回道：「椅子就是生辰禮啊。」

「真容易滿足。」姜禪輕笑了一聲，拉著她的手腕就往對面的首飾鋪子走去。

一進店鋪，姜禪就開口對陸煙然說道：「挑兩樣。」

陸煙然有些哭笑不得，將這個難題拋回去給他。「既然是你要送東西給人，就應該由你來挑才是。」

一聽到陸煙然的話，姜禪頓時皺起眉頭，不過想了想，又覺得有道理，便在店鋪裡逛了起來。

看了一會兒，姜禪的視線落在一支簪子上，他讓店鋪的夥計取出來讓陸煙然試試。

那是一支珍珠步搖，看上去清新雅致，陸煙然接過東西，取下頭上的簪子，戴上步搖，對著鏡子看了一眼，覺得好像還不錯。

姜禪滿意地點頭道：「好，這個包上。」

夥計見姜禪這麼乾脆，當即又拿出一支簪子來推薦。「公子，這支簪子也很配姑娘。」

陸煙然根本來不及說什麼，只能被動地收下東西，走出鋪子時，姜禪手中多了個盒子，裡面裝了好幾支髮飾，還有一支手鐲。

在梁州時，陸煙然經常去香膏鋪子巡視，還交代過店裡的夥計，若是見到男子陪女子來買東西，一定要抓住機會，指不定會有一筆大生意，沒想到她自己也經歷了一遭。

這次陸煙然是真的準備回府了，可才剛走了兩步，後頭突然響起一道聲音，讓她的腳步頓在原地。

「聽聞姊姊已經訂了親，沒想到姊姊還同外人打情罵俏，真是讓人大開眼界啊！」

陸煙然一聽就知道這是誰，她轉身一看，果然看見穿著一身青色衣裙的陸婉寧出現在她身後，身旁還跟著一個丫鬟。

她的話讓姜禪臉色一沈。

陸婉寧見那男子臉色不好看，認為自己的話讓他們難受了，眸中閃過一絲得意。

這是回晉康以來，兩人知道彼此身分後第一次相見。

察覺姜禪表情陰沈，陸煙然扯了扯他的衣襬，小聲道：「沒事。」

姜禪聞言，輕輕地嘆了一口氣。

陸煙然知道姜禪是在擔心自己，但他不曉得，她的心根本不會為了陸婉寧起任何波瀾，因為對她來說，對方跟陌生人沒兩樣。別說原本就是不同母親生的，在小郭氏被流放之後，她們之間更是橫亙著一條巨大的溝壑，注定不可能和平相處，所以沒必要為了她動氣。

她看向陸婉寧，語氣淡淡地說道：「我記得你們來晉康也有些日子了吧，怎麼還在這裡？什麼時候回卞州？」

陸婉寧萬萬沒想到，陸煙然竟冒出這種話，只覺得胸口一滯，有些氣結地說：「妳、妳……」

陸煙然朝她揚了揚下巴。「我記得陸鶴鳴的任命是八年，如今還未到期，難不成你們不回去了？」

在姜禪眼中，她這個模樣像極了小時候，不管遭遇多大的事情，都堅強得讓人驚訝。正是因為陸煙然太過特別，他才一直對她念念不忘。

看了那女子一眼，姜禪握住陸煙然的手腕道：「不要理她。」

姜禪的維護之意再明顯不過，陸煙然點了點頭，任由他拉著自己離去。

由於思緒紊亂，待陸婉寧回過神，陸煙然已經轉身離去，她一時氣急，牽起裙襬連忙追了上去。

「陸煙然，妳果然如爹所說是個不孝女，竟敢連名帶姓稱呼爹！鎮國侯府被削了爵位，淪落到現在這個地步，全都是妳害的！還有我娘，妳害我和弟弟那麼小就沒有娘親，真是蛇蠍心腸！」

想到袁修誠對陸煙然的青睞，陸婉寧的話就像是淬了毒一樣，但陸煙然還是沒停下腳步。

面對這個情況，陸婉寧心中的不滿可想而知，她恨了陸煙然這麼多年，她怎麼能這樣無視自己！

「都是妳，陸家才會變成這樣，妳難道一點都不愧疚嗎？妳……」

「行了！」姜禪哪裡還聽得下去，他停下腳步回過頭，眼神冰得像是結了一層霜，冷聲道：「陸小姐，適可而止。」

陸煙然不欲同陸婉寧發生爭執，也不希望姜禪因為她而失了風度，她扯了扯他的袖子，低聲道：「姜禪，不用管她。」

陸婉寧自然注意到了這個動作，她發出一聲嗤笑，目光落在男子身上，說道：「你可知我姊姊已經同人訂親了？可不要被她蒙蔽了雙眼！」

話落，陸婉寧突然一愣，疑惑道：「你為何……」

這個男人，怎麼會知道她是誰？

姜禪看著陸婉寧，冷冷地說：「內心骯髒，眼睛看到的一切自然也是髒的。」

這話讓陸婉寧臉色一白，突然反應過來——他，就是同陸煙然訂親的人吧？

她見姜禪相貌不凡，比袁修誠還要俊俏幾分，心中更加不滿，一雙杏眼閃過一絲不易察覺的嫉妒。

看著陸婉寧的臉色變了又變，陸煙然微微皺起眉，正準備拉著姜禪離開，陸婉寧又開口了。

陸婉寧說道：「姊姊，妳知不知道，譽王世子已經答應娶我了，過不了多久，我就要當上世子妃了。」譽王乃是皇親貴胄，她料定陸煙然會羨慕自己。

聞言，陸煙然有些詫異，隨後她的眼神變得微妙起來，只道：「那恭喜妳了。」

陸婉寧只覺得陸煙然就像是一團棉花，不論打她哪裡，她都是軟軟的，根本不會回應自己，讓人憋屈極了。

見陸煙然要離開，陸婉寧咬了咬牙，說道：「妳果然如爹所說那般六親不認。因為妳，侯府敗了不說，到了卞州之後，祖母更是積鬱成疾，不過兩年便去世了，這全都是妳一手造成的！」

姜禪眸中閃過一絲冷意，結果身旁的人突然停下腳步，轉頭朝陸婉寧走過去。

第五十章　歡喜相聚

聽見大郭氏已經去世，陸煙然的心情終究有了些波動，不過她不揹這個黑鍋！

陸煙然一步一步朝陸婉寧走去，雖然她表情淡淡的，但陸婉寧卻覺得她氣勢逼人，忍不住往後退了一步。

輕笑了一聲，陸煙然說道：「陸婉寧，我還以為妳有出息了呢，豈料只有這點程度，竟將這些事都推到我身上！」

她的語氣與表情都很平靜，但陸婉寧卻覺得受到了壓迫。只是在她看來，陸家之所以會變成這樣，都是因為面前這個人，所以她不認為自己有什麼不對。

陸婉寧咬牙說道：「我哪裡說錯了？這一切本來就是妳引起的！」

「我引起的？」陸煙然嗤笑道：「這一切都是因為妳娘。若不是因為妳娘心思歹毒要害我，事情怎麼會變成這樣？陸婉寧，妳當真不記得妳娘當初到底做了什麼嗎？」

陸煙然這番話毫不留情，刺痛了陸婉寧的心。當初事情鬧得那麼大，她自然有印象，不過即便知道，她卻一直催眠自己，試圖用其他想法取代腦海中的記憶。

「不、不，之所以變成這樣，都是因為妳，是因為妳……」陸婉寧喃喃自語起來。

陸煙然不欲同她糾纏，冷然道：「不，不是因為我，是因為妳娘。不管妳吃了多少苦，都是妳娘害的，她被流放也是自作自受！」

她的聲音冷漠，說出來的話斬釘截鐵，竟然讓陸婉寧的情緒有些崩潰了。

「不、不是這樣，不是我娘的錯，不是……」陸婉寧表情呆滯，站在原地自言自語。長久以來，她一直不斷用「是陸煙然的錯」這個理由來說服自己，可如今被人三言兩語戳破，她根本承受不了。

陸煙然絲毫不同情陸婉寧，面無表情地轉身離開，姜禪瞇著眼看了陸婉寧一眼，轉身跟上。

兩人轉眼便消失在街角，陸婉寧則看著他們離去的方向，神色晦暗。

因為陸婉寧突然出現，陸煙然與姜禪之間的氣氛一時有些沈默，過了一會兒，她出聲問道：「姜禪，你會不會覺得我太……太咄咄逼人了？」

姜禪一愣，不知想到了什麼，突然笑著說：「我覺得妳已經很收斂了。」想到小時候發生的那些事，他臉上的笑意更甚。

陸煙然沒反應過來，她皺著眉看向身旁的人，突然間明白他這是在打趣自己。

姜禪見她表情複雜，忍不住伸手摸了摸她的頭。「妳說得對，陸家出事和妳毫無干係，不用覺得愧疚。」

雖然陸煙然原本就不感到內疚，可是聽了姜禪的話，心頭還是忍不住一酸，應了一聲。

她難得有這般乖巧柔順的時候，姜禪見陸煙然這樣，竟是有些捨不得離開了，不過他還是穩住心緒，將她送上馬車。

進了馬車之後，陸煙然的神情有些嚴肅，因為想到了陸婉寧說的那些話——袁修誠要娶陸婉寧？為什麼？

陸煙然猜不出原因，不過想到譽王府最後的下場，她還是微微替陸婉寧感到遺憾，只是陸家剩下的人到底是何造化，已同她再無瓜葛。

抵達文國公府，陸煙然調適好了心情，手裡抱著姜禪送的首飾盒子往院子走去，剛剛走近，卻聽見裡頭傳來一陣嘈雜聲，好不熱鬧。

陸煙然內心不由得犯起了嘀咕。雖然不知道發生何事，可她還是加快了腳步。

院子裡的人確實有些多，陸煙然甚至還看見幾道眼熟的身影，心中剛剛冒出一個想法，葡萄已經朝她跑來了。

「小姐，夫人回來了，已經等了您好一會兒了呢！」葡萄有些激動地說。

聞言，陸煙然露出欣喜的表情，可是一想到她娘的情況，她臉上的笑容收斂了一些。將手中的盒子遞給葡萄讓她收好，陸煙然連忙往屋子裡走去。

一進屋子，便看見梁瑾瑜和梁瑾玥兄妹倆，陸煙然哪裡還忍得住，當即出聲呼喚他們。

大概是因為趕路的原因，這兩個一向活潑的孩子精神有些萎靡，不過聽到了陸煙然的聲音，立刻振作起來，梁瑾玥更是直接朝她撲過來。「大姊姊，我好想妳啊！」

小姑娘梳著花苞頭，眼眶微微泛紅，看起來可憐兮兮，陸煙然頓時心一軟，趕緊安慰她。陪弟弟妹妹說了幾句話後，陸煙然連忙進了內室，原來嚴蕊不僅帶著孩子一起回來，連魏氏也同行。

當初因為處在懷孕初期，嚴蕊的身體狀況不穩，沒能回晉康，心緒本就不寧，得知薛氏中風之後，她更加擔心，生怕母親發生什麼意外。

日子一天天過去，嚴蕊成天都牽掛著，明明孕期沒出現什麼不舒服的反應，人偏偏瘦了一圈，讓梁懷安擔憂不已。

當嚴恩的婚期與陸煙然訂親的消息傳到梁州的威遠侯府，嚴蕊終於忍不住了。她二月下旬被診出有孕一個多月，只要趕路的過程慢一些，肯定不會出什麼亂子。

正因如此，他們這趟硬生生地在路上走了快兩個月。

陸煙然知道離梁州有多遙遠，看著她娘隆起的小腹，她心頭忍不住泛酸，叫了一聲：「娘！」

雖然這趟走得極慢，可嚴蕊還是覺得有些疲累，好在她這些年身子養得好了些，臉色還算紅潤。

見到女兒，嚴蕊一喜，連忙讓正在收拾衣物的丫鬟退下，將女兒喚過去。魏氏明白她們母女定要好好聊聊，自動走出了內室。

陸煙然心中有好些話想說，卻不知該如何開口？

嚴蕊見她神情複雜，大概猜到女兒在想什麼，於是淺笑著說道：「妳別擔心，我自有分寸。」

陸煙然無奈地說：「娘，我能不擔心嗎？」想到她娘大著肚子承受舟車勞頓之苦，她就心疼。若是如此，當初她何必代替她娘過來呢？

嚴蕊安撫道：「然然，如今妳已訂下親事，我自然得幫忙籌辦嫁妝，即便不能做什麼，過來看看也好。再說，我放心不下妳外祖母，待在梁州也是魂不守舍，倒不如回來。」

雖然話中提到了外祖母，可是陸煙然卻仍舊覺得她娘走這麼一趟，怕是為了她的婚事，這麼一想，她更覺得心頭堵得發慌，不過如今人已經回來，說得再多也沒用。

說了一會兒話，陸煙然不由得有些埋怨繼父任由她娘胡鬧，但一想到如今一家人只剩他在梁州，又有些同情他。

陸煙然說出自己內心的想法，嚴蕊不禁覺得有些好笑，最後道出梁懷安明年準備調任晉康一事。

得知這個消息，陸煙然自然高興，母女倆聊了許久，直到下人通知用膳，才停了下來。

魏氏是文國公府的親家，加上彼此又是舊識，得到了全府上下熱情的招待。

嚴蕊和嚴荔姊妹倆許久沒見了，方才嚴蕊去探望薛氏時是見到了面，卻沒說上什麼話，如今忍不住在席上小聲交談起來。

看著平日表情淡淡的姨母在她娘面前滿臉笑意的模樣，陸煙然忍不住搖了搖頭。

陸煙然的食量小，沒多久便飽了。用過膳之後，她才想起姜禪送的椅子，連忙讓人將東西抬去薛氏的院子，不過送到的時候，薛氏正在休息，只能隔天再試了。

陸煙然與嚴蕊的生辰同一天，這日嚴家幾代人都湊在一起慶祝，護國公府那邊得知之後，連忙送了生辰禮給未來的親家。

宴席過後，陸煙然立即提議試試昨日的椅子。薛氏知道椅子的功用之後相當興奮，坐好之後，她連忙讓丫鬟將她推去府裡的花園逛逛。

文國公府的花園地上鋪著青石板，椅子推動起來順暢無比。

薛氏笑著說：「這個好、這個好！」

見她高興，眾人也感染了這份喜悅，氣氛熱烈而溫馨。

雖然是姻親，不過梁家眾人不好一直住在嚴家，到了晉康，他們就派人過去威遠侯府安置行李了。五日之後，嚴蕊帶著婆婆與孩子回到侯府居住，陸煙然想了想，也搬了過去，好在兩家不遠，來往十分方便。

回到威遠侯府，陸煙然越來越忙碌，因為魏氏已經有好些年不管後宅之事，而嚴蕊如今又有身孕，所以很多事都落在她身上。

雖然陸煙然兩輩子都沒管過家，不過她的性子沈穩，有什麼不懂的便發問，倒是將一切管理得井井有條。

然而魏氏還是有點意見。因為姜禪在梁家眾人搬回威遠侯府時，上門拜訪過一次，見他相貌不凡，心中自然犯起了嘀咕。

於是陸煙然之後的日子可想而知。她每天都會被魏氏念叨，責怪她太看重相貌。明明姜禪的身世背景好，又是皇上賜婚，魏氏還能有意見，真是讓陸煙然哭笑不得。

這個夏季過得似乎格外快，轉眼間到了十月，嚴蕊臨盆，為梁懷安添了一子。

家裡多了一個小弟弟，梁瑾瑜和梁瑾玥相當興奮，遠在梁州的梁懷安收到消息，也是極為開心。

梁懷安找不到人分享他的激動，獨自樂了好幾天，最後回信表達喜悅之情，還為孩子取名「梁州遠」。

魏氏得知兒子為小孫子取了這個名字，恨不得飛到梁州教訓他一頓，陸煙然倒是樂不可支，覺得這名字很妙。

由於威遠侯府許久沒熱鬧一番，府上的人又多年不在晉康，因此魏氏就趁梁州遠滿月時，宴請各方親友，包括文國公府以及護國公府在內，許多人都來了。

因為嚴蕊剛出月子，還禁不得累，所以這個滿月宴是陸煙然操持的，雖然她從沒做過這些事，有些地方辦得還不夠周到，不過大夥兒都給予她肯定，也打趣她有了主母的架式。

送走客人，讓下人們將府上收拾妥當之後，陸煙然又讓管家將賀禮登記入冊。別人送了禮，以後有機會就得還，馬虎不得。

手邊的事情告一段落，陸煙然就去庫房查看情況，只見管家在門口支了一張桌子，每記下一個名字，便讓人送東西進庫房。

陸煙然在旁邊走動巡視，結果小廝念到一個名字時，她臉上的表情霎時一僵，腳步也停了下來。

一旁的葡萄一開始沒注意到，見陸煙然突然頓住，有些疑惑地問：「小姐，怎麼了？」

陸煙然抿了抿唇，轉身看向方才念名字的那個小廝，問道：「你剛剛念的是誰？」

小廝還以為自己犯了什麼錯，不過見陸煙然不是在質問他，便鬆了口氣，答道：「是陸家的陸鶴……」

「我知道了。」小廝的話沒說完，陸煙然直接打斷他。「將那東西拿去扔了。」

周圍的下人面面相覷，管家最先反應過來，應了一聲「好」。雖然這位小姐不是梁家的親生骨血，不過老夫人和侯爺對她都像是自家人，況且她還是未來的護國世子妃，他們自然不能怠慢她。

見小廝扔了陸鶴鳴送來的東西，陸煙然的表情終於緩和了一些，不過這陣子的好心情到底受到了影響。

陸鶴鳴一定是特地來噁心人的！

因為怕擾亂她娘的情緒，陸煙然不準備告訴她這件事，不過她的警戒心頓時升高，因為陸鶴鳴那人沒臉沒皮，誰知道他又會做出什麼事來？

陸煙然防備了好幾日，可是接下來都沒發生什麼事，倒是知道了姜禪要辦及冠禮。

如今距離兩人的婚期已經很近，他們不宜見面，陸煙然只能以威遠侯府的名義送一份禮，有些遺憾不能親口祝賀他。

天氣日漸寒冷，人們都窩在宅子裡不願意出門，然而姜禪卻在行了及冠禮之後，隨護國公去了軍營一趟。他獵到了兩隻兔子，讓人將雪白的兔毛做成滾邊，最後製成披風送到威遠侯府。

收到姜禪的禮物，陸煙然自是歡喜不已，嚴家人與梁家人瞧他們這對未婚夫妻感情極佳，也相當看好這樁婚事。

臘八那天，嚴蕊特地熬了臘八粥，不僅梁家上下都吃了，還為嚴家的長輩準備了一份。

陸煙然已經有小半個月沒去外祖家了，當即自告奮勇要親自送過去，殊不知，今日一行，將讓她的內心掀起巨浪。

一切準備妥當之後，陸煙然披上姜禪送來的披風，往府外走去，白色的兔毛滾邊貼著她的臉，帶來了一絲暖意。

雖然威遠侯府離文國公府還算近，可是天氣實在太冷，所以陸煙然還是乘了小轎，不到半炷香的時間，青色小轎就落在文國公府門前。

嚴煜正巧外出歸府，他在外頭站了一會兒，見是自家表姊，忙出聲喊人。

陸煙然淺笑著應了一聲，隨後兩人一同往裡頭走去，葡萄則將手中的食盒交給文國公府的嬤嬤。

表兄妹倆準備去探望薛氏，兩人邊走邊閒聊，說著說著便講到姜禪的及冠禮上。

嚴煜說道：「表姊，我也好想及冠啊！」

男子二十歲及冠，勛貴人家往往會讓長輩為其取個字，代表成人了。

陸煙然眸中閃過一絲笑意，問道：「煜表弟可是不想再被當成小孩子了？」

嚴煜忍不住瞪了她一眼，將話題帶回姜禪的及冠禮。

「表姊，表哥的字是他們族長取的，妳猜猜是什麼？」嚴煜賣起了關子。

陸煙然啞然失笑。她哪裡猜得中這個，不過還是順著嚴煜的意思猜了幾遍，當然，都快到薛氏的院子了，也沒能猜出來。

嚴煜擺了擺手，覺得沒意思，只道：「算了算了，還是我告訴妳吧，表哥的字是輕安。」

輕安……姜輕安?!

忽然聽見「姜輕安」三個字，陸煙然一時沒反應過來，可下一瞬間，她再也無法掩飾眼中的震驚。

她不由得重複了一遍：「姜輕安？」

一旁的嚴煜沒注意到她不對勁，嘴沒停下。「是啊是啊，表哥單名『禪』，據說佛家三禪便是輕安之境，所以為他取了這樣一個字，倒是相得益彰。」

說著說著，嚴煜才反應過來身旁的人好一會兒沒說話了，不禁看了過去，問道：「表姊，怎麼了？」

陸煙然的表情微微有些恍惚，還是有些不相信地問道：「他……他當真叫姜輕安？」

她怎麼會不記得這個名字？已經過去了這麼久，這個名字卻仍舊牢牢地印在她心裡。

老天為什麼這麼捉弄人！

第五十一章 死結難解

「表姊，發生什麼事了？」嚴煜終於發現陸煙然不對勁，俊秀的臉上浮現一絲擔憂。

明明方才嚴煜已經說得很清楚了，可是陸煙然還是忍不住又確認了一遍，因為她有些無法接受這個事實。

嚴煜見狀很是擔心，可是還是回答了一遍，隨後追問陸煙然是不是有什麼問題？

陸煙然用盡全身的力氣控制住自己臉上的表情，低聲道：「無事。」

但是怎麼可能沒事？她的心就像是被什麼給攥住，彷彿喘不過氣一般。

她仍舊記得自己為什麼會重活一次。

上輩子，汝州刺史想將她獻給贏了勝仗的年輕將軍，可是她的身分卑微，根本不敢有所奢望。她反抗，是為了讓閣裡的嬤嬤放棄，想讓刺史妥協，卻沒料到她直接一命嗚呼。

譽王通敵叛國，聯合今朝國攻打大越國的事情鬧得很大，最後率兵擊退敵軍的將軍也成了名人，他就叫姜輕安。

其實姜禪當初會以「輕安」這個字聞名天下，是因為百姓將他的字搭配「『輕』而易舉，『安』定天下」這句話大肆宣揚，使得世人反而對「姜輕安」這個名字比較熟悉，而非「姜禪」，所以陸煙然不知道也情有可原。

儘管那位將軍不知道汝州刺史的意圖，陸煙然卻一直記著對方。

重生這一回，陸煙然當初還是險些被賣，說明有些事情注定會發生。她還記得自己問過姜禪，他告訴自己不認識叫姜輕安的人，她高興地以為是老天垂憐，或許這個時空不再有姜輕安，她不用擔心自己會因他而發生意外。

可是上天卻同她開了一個玩笑，原來姜輕安就是姜禪，他一直在她身邊。她本以為沒這個人，沒想到竟是因為年齡未到，還未取字！

如今已是康元十九年臘月，而她前一世是在康元二十一年發生意外……

陸煙然一顆心直直往下墜，落到了深淵。

嚴煜哪裡知道，陸煙然因為他無心的話而大受影響，只覺得自家表姊的話忽然少了許多，即便說些有趣的事，也沒能將她逗笑。

陸煙然哪裡笑得出來，直到進了薛氏的院子，她還心神不寧，只勉強同薛氏說了幾句話。

護國公夫人薛氏雖然不比以往靈敏，但還是看出外孫女有些心不在焉，又見她臉色蒼白，以為她病了，連忙囑咐她找大夫看看。

聽了薛氏的話，陸煙然也沒強撐著，沒多久就告辭了。

嚴煜看著她的背影皺了皺眉，隱隱覺得有些不安，可是又沒想出個名堂，只能告訴自己，或許是女兒家的情緒比較善變，應當無妨。

陸煙然坐著小轎回去威遠侯府，讓下人告知嚴蕊自己回來了，又同葡萄說她有些不舒服，就將自己關進了內室。

自從嚴煜說了那些話之後，陸煙然心中升起萬千思緒，卻不知能向誰訴說？

她甚至在想，或許姜禪的字不是輕安，是嚴煜記錯了，然而這個想法連她自己都說服不了。

腦子控制不住地胡思亂想，陸煙然覺得頭痛欲裂，像是要炸了一般。

為了讓自己平靜下來，她翻出櫃子裡的安神香點上，可即便如此，她還是心煩不已。

「姜輕安」三個字，就像一根刺一樣扎在她的心口上。

陸煙然的手緊緊地攥在一起，突然一股冷風吹來，讓她的身子顫了顫，原來是房裡的窗沒關上。

她吁了一口氣，走過去關好窗，隨後窩到床上，然而渾身上下還是泛著冷意，一點兒也不暖和。

不知是不是安神香起了作用，本來思緒雜亂的陸煙然覺得眼皮越來越重，很快就陷入沈睡當中。

再次醒來，陸煙然覺得額頭發燙，腦子昏沈，在床上躺了一會兒，她才意識到自己好像真的不舒服了。

陸煙然沒將此事放在心上，只以為是心神不寧導致身子不適，本來準備起床，可是身子一陣發軟，忍不住又躺了回去。

第一個發現不對勁的人是葡萄。雖說陸煙然夏日有午休的習慣，可是進入冬日之後，晝短夜長，她通常會把握時間多做一些事，不會睡太久。

今日陸煙然進去內室之後讓人不要打擾，葡萄原本只當她是累了，可是過了足足半個時辰，她都沒聽到裡面有動靜，叫了幾聲也沒見人回應。

葡萄自然不能乾等，進房之後才發現床上的人臉色緋紅，明明是冬日，她的額頭卻滾燙得很。

這還得了！

葡萄差人叫大夫來，大夫診斷過後，嚴蕊連忙追問他情況如何？

大夫摸了摸自己的鬍子道：「倒沒什麼大事，不過是受了點涼。」他皺了皺眉，又說：「症狀更像是鬱結於心，開點藥試試。」

嚴蕊應了一聲「好」，梁瑾瑜和梁瑾玥知道姊姊生病了，吵著要進房，卻被嚴蕊阻止。「姊姊生病了，需要休息，別打擾她！」

內室的陸煙然聽到外間傳來的聲音，醒了過來，她一時之間有些恍惚，只覺得胸口悶悶的，很難受。

就在此時，嚴蕊進了房間，母女倆的視線就這樣撞在一起。

嚴蕊沒想到女兒竟醒過來了，有些驚訝，連忙往床邊走去。「然然，怎麼起來了？快好好躺著！」

見女兒臉色蒼白，一副沒精神的樣子，嚴蕊不禁有些自責，覺得她這些日子將女兒累著了，而且女兒今日也是為了送東西去文國公府才出門的。

陸煙然知道這是自己有心事引起的，見到她娘臉上寫滿了擔憂與愧疚，趕緊說道：

「娘，我沒事。」

她那微微有些嘶啞的嗓音讓嚴蕊更加心疼，正準備坐到床邊，就被女兒制止了。

「娘，我真的沒事，您快別在房裡待著，要是沾上病氣就不好，弟弟還小。」

見女兒病了還設想得這麼周到，嚴蕊只覺得對不起女兒，心頭一陣泛酸。

見嚴蕊仍放不下心，陸煙然只得忍著身體的不適相勸，嚴蕊見狀，怕陸煙然不能好好休息，叮囑葡萄幾句話後就趕緊出了房間。

見她離開，陸煙然鬆了一口氣，隨後弟妹進來探望她，也被她幾句話哄了出去。

陸煙然心中有事，雖然喝了藥，可是仍舊提不起精神，整個人看起來相當萎靡。

在嚴蕊的印象中，女兒只有當年發生意外、險些被害時，狀況才這般嚴重，因此即便陸煙然不讓她來，她每日還是要跑幾趟。

其實陸煙然覺得自己有些矯情，然而得知姜禪就是姜輕安這件事，對她的打擊實在是太大，她不敢想像今後會發生什麼事？

不過，為了不讓家人擔心，陸煙然還是打起精神，而繼續喝了兩天藥，她的身體狀況也好了許多。

然而葡萄還是覺得自家小姐有些鬱鬱寡歡，正巧嫁衣完工了，她就拿到陸煙然面前獻寶，好逗她開心。

看著那洋溢著喜氣的紅色衣裳，陸煙然卻是胸口一滯，鼻子微微有些泛酸。誰都怕死，更何況是死了一次的人，但若是躲不過，那也沒辦法。

姜輕安的出現，讓陸煙然知道，今後必然還有什麼意外在等著自己，要是嫁給姜禪，豈不是連累了他？

他還年輕，有大好前途……

此刻陸煙然心中一片黑暗。她不知道能否躲過上輩子的劫難，也不敢賭。

一滴淚在無人察覺的時候落在嫁衣上，陸煙然暗暗作了一個決定。

翌日，陸煙然寫的信送到姜禪手中，看了內容之後，姜禪微微有些不解。

兩人的婚期定在隔年元月，如今是臘月，相當接近婚期，已不宜見面，他不明白為何陸煙然要約他出去？

不過一想到能見到她，姜禪立刻將滿心疑惑拋到一邊。收拾一番之後，他趕往陸煙然指定的地點。

那個地方姜禪並不陌生，幾年前他們還去過一次，不過冬日可不是去那裡的好時機。但姜禪仍舊沒耽擱，他快馬加鞭，比預計的時間還要早到一刻鐘。

臘月時節，湖邊四周透出一股蕭瑟的氣息，所幸今日有一輪暖陽，讓天氣不至於太過陰冷。

看著停在不遠處的馬車，姜禪知道陸煙然比自己更早抵達，待在馬車旁的葡萄看見他，連忙說道：「世子爺，小姐在涼亭那邊！」

姜禪躍下馬，將馬兒交給車夫，隨後毫不猶豫地往涼亭走去。

只見一道白色身影站在涼亭內默默等著，見狀，姜禪加快了腳步。

陸煙然戴著披風的帽子，一張小臉被兔毛包圍著，十分暖和，聽到離身後越來越近的腳步聲，她一雙手攥得越來越緊。

他來了。

這幾個字剛剛在陸煙然心頭落下，姜禪的聲音便傳了過來。「為何約在這個地方？最近天氣寒冷，妳會受涼的。」

聽見他近乎關心的責備，陸煙然吐了口氣，讓自己淡定一些，接著轉過頭道：「你來了。」

許久未見到心愛的女人，見她此刻盯著自己瞧，姜禪有些不自在地偏開頭，清了清嗓道：「可是遇上了什麼麻煩？」當然，若是因為她想他，那更好。

陸煙然心頭一緊。事情確實麻煩，她根本不知道該如何解決，只能選擇最愚蠢的法子。她狀似無意地說：「姜禪，我記得你懼水吧？」

聽到這突如其來的一句話，姜禪微微皺了皺眉，正準備回答，結果她又開口了。「明知水裡有危險，你還會靠近它嗎？」

陸煙然的語氣平常，似乎與往常沒什麼不同，姜禪卻覺得有些異樣，他沒回答，思索著她剛剛的問題。

其實陸煙然也不知道自己為何問這種問題，只是默默地等待他的答案。
過了許久，姜禪回道：「看情況吧，若是妳在水邊，那我肯定會靠過去。」
陸煙然一怔。她沒想到姜禪竟然這麼說，只見他神色鎮定，一雙眸子沈靜如水。
「當真？」陸煙然胸口悶悶的，忍不住問道。
姜禪點點頭，說道：「自然是真的，再說了，雖然水有危險，但並不一定會傷害到我。」
「你說得有道理。」陸煙然抿了抿唇，心頭卻一沈。
其實她也不能保證自己同他接觸會發生意外，然而上輩子發生的事，一直是她的心結。
若是兩人成親之後她死了，那他該怎麼辦？還不如維持朋友關係比較好。
這個癥結點讓陸煙然憋悶至極，她不但擔心自己，也為他擔憂。要是自己驟然離去，他必然會受到影響。
姜禪早就發現陸煙然不太對勁，見她神思有些恍惚，眉頭微微一蹙，朝她走了過去。
當陸煙然反應過來時，她已經被姜禪半摟在懷裡，他低聲問道：「怎麼了？是不是受委屈了？」
他一邊說，一邊抬起手輕撫陸煙然臉頰旁的兔毛，讓她微微恍神。
陸煙然喃喃道：「姜禪，我……」她起了個頭，卻說不出口。
姜禪揚起一抹笑，眉眼間的清冷盡數散去，輕聲道：「嗯，怎麼？」
雖然兩人未曾攤開來明說過，可是陸煙然怎麼會感覺不到彼此之間情愫漸生，此時見他笑，她只覺得難過。

「姜禪。」陸煙然頓了一下，終究還是說出了心裡的話。「我們退婚好不好？」

姜禪的手頓時僵住，他眨了眨眼，以為自己聽錯了。他的掌心覆向她的臉頰，覺得有些冰涼，忙說道：「我送妳回府吧，湖邊冷，妳的臉好冰。」

說著，姜禪收回自己的手，隨後拉著陸煙然的手腕，準備帶她離開。

陸煙然察覺到自己被他帶著往前走，立刻止住了腳步，想掰開姜禪的手。

「姜禪，我們退婚吧，不要成親了。」陸煙然又說了一遍。她知道姜禪是裝作沒聽見，只能重複方才的話。

姜禪握著陸煙然的手一緊，臉上冷若冰霜。她那句話像是冰錐子一樣戳進他心裡，難受、憋悶、委屈……眾多情緒蜂擁而至。

他深吸了一口氣，這才回過頭，看著陸煙然說：「如今距離婚期僅剩一個多月，為何突然要退親？」

陸煙然表情微微一僵。難道要她說因為自己或許會死嗎？這麼一想，她選擇了沈默。

姜禪見陸煙然不回話，忍不住輕笑了一聲，眼神冷冽。

陸煙然從沒見過他這個樣子，心頭不禁一顫，知道他一定氣到了極點。

見她一直不吭聲，姜禪舉起她的手放在自己的胸口，說道：「陸煙然，我很生氣，所以妳將剛剛的話收回去。」他的語氣帶著責備和惱怒。

掌心下傳來姜禪有力的心跳，陸煙然的指尖顫了顫，別開了頭。

瞧她仍不肯答腔，姜禪心中升起了怒火，嘴上卻冷冰冰地說道：「妳要退婚，總要給我一個理由吧？」

幾年的軍營生涯不是白混的，更別說還有護國公教導，此番較起勁來，姜禪自然氣勢十足，甚至有些駭人。

陸煙然見姜禪這副模樣，終於將他同上輩子的記憶中，那道模糊的身影重疊在一起——

他真的是那個年少成名的大將軍。

陸煙然沒說話，只想將自己的手抽回來，卻沒成功。

「好，我答應妳，就退親吧，我送妳回去。」姜禪頓了一下，繼續道：「陛下那裡，護國公府自會去請罪，妳不必擔憂。」說著，他又加了一句：「妳不願意說出原因，我便不問。」

發現姜禪的聲音有些顫抖，陸煙然心頭微微一跳，她張了張嘴，正想說些什麼，結果手腕就一鬆。

只見姜禪轉過身去，語氣淡淡地說道：「走吧，我送妳回府。」

明明這就是自己想要的結果，姜禪也沒糾纏她，陸煙然卻難受極了。

姜禪自嘲道：「怎麼，連送都不願讓我送嗎？」他頓了一下，又說：「那好吧。」他的語氣有些悵然。

見到姜禪離去，陸煙然眸中浮起了淚光。原來不知不覺之間，他對自己的影響早已深入骨髓。

陸煙然的身子本就有些難受，此番情緒起伏更讓她不適，只得坐在涼亭內的椅子上。她的雙手搭著圍欄，將頭埋在手臂間。

這竟比當初被秦嬤嬤扔進池子裡的時候還難受，周身冰冷至極，似是不能呼吸了一般。

陸煙然努力在心中勸慰自己。現在這樣對他們兩個人都好，即便她以後會出事，跟姜禪也沒關係。

她會奮力一搏，若是能活下去，自然好；若是爭不過，只能說明她命該如此。

儘管明白這麼做最恰當，陸煙然的心還是像被掐住了一般，隨後她發現自己的袖子有些濕。

是她溢出的淚。

第五十二章　好事多磨

正愣神間，陸煙然的耳邊突然響起一道聲音。

「妳到底要怎麼樣？我不是答應妳了？」說話的人口氣中帶著幾分無奈。

陸煙然的身子僵了僵，下意識地抬起頭來，結果便見姜禪半蹲在自己面前，明明這個姿勢有些不雅觀，可是他卻毫不在意。

原以為姜禪已經離開，這會兒見到他，陸煙然的心不禁一顫，接著就發現姜禪的眼眶竟微微有些發紅。

陸煙然又是一怔。她何嘗不是如此，此刻她的眼角潤濕，並不比他好受。

兩人對視著，一時無言。

姜禪盯著陸煙然的淚痕，忍不住伸手幫她擦拭，沒多久，起身道：「我走了。」

陸煙然的手捏著裙角，低著頭沒吭氣，聽著姜禪的腳步聲越走越遠。

這次，他是真的走了。

陸煙然正這麼想，身旁突然襲來一陣風，還未回過神來，她的肩膀就被人一攬，隨後眼前一暗。

由於陸煙然此時坐著，被姜禪這麼一摟，她整張臉都埋進了他的胸口。

陸煙然有些不自在，正準備掙脫，姜禪反倒先鬆開她，只聽他用低沈的聲音說道：「陸煙然，不要退婚，好不好？」

明明這話沒什麼，可陸煙然聽了卻鼻子一酸，抬頭看向他，硬生生地將眼淚憋回去。她想說「不好」，可是卻怎麼都說不出口。

姜禪見了，伸手擦了擦陸煙然的眼角，隨後雙手往下一撐，陸煙然一時不察，直接被他抱起來站直。

陸煙然眼中的驚訝還未褪去，就見姜禪一張俊臉越來越近，隨後唇上微微一涼。

他……他在吻她！

陸煙然下意識地想要退開，然而姜禪哪裡會給她機會，他伸手扶住她的後腦勺，加深了這個吻。

姜禪只覺得陸煙然的唇實在是軟得過分，讓人控制不住力道；陸煙然卻覺得姜禪吻她的方式不得章法，讓她嘴巴酥麻，不是很舒服。

陸煙然想掙脫，可是姜禪的力氣太大，甚至讓她有些喘不過氣，不過一瞬，她的眼中就浮起了一層水霧。

在這方面的事情上，男人大概是無師自通，很快的，姜禪就得到了要領。

察覺到嘴唇被人吮了一下，陸煙然睫毛一顫，開口道：「姜、姜……」

姜禪倒好，竟然趁這個機會伸出了舌頭！

陸煙然再也忍不下去，她用力推開面前的人，而姜禪也因一時沒防備，往後退了兩步。

此時的陸煙然唇上泛著水光，看起來嬌豔欲滴，姜禪的眸色不禁一黯。

陸煙然當然懂這種眼神，她蹙著眉，有些惱怒地看著姜禪。雖然不至於討厭這個吻，可是她也不喜歡！

姜禪被她的眼神盯得有些心虛，垂下眼道：「妳剛剛也惹我不快，我們扯平了，所以妳不能生氣。」

陸煙然先是一怔，接著便開口道：「那你也不能這麼做，這不好……」

姜禪回嘴道：「陸煙然，我這樣是不好，可是妳方才那樣也不對。」

被指責的陸煙然抿了抿唇。她何嘗不知道自己有錯，可是……

「陸煙然，我現在再問妳一遍，妳還要不要退婚？」

這話一出口，氣氛頓時又凝滯起來。

姜禪在等待陸煙然的答案，一顆心懸得老高，他眼睛盯著湖面，只覺得自己的身子像是泡在冰冷的湖水裡一般，冰冷徹骨。

好一會兒得不到回應，姜禪的臉色越來越沈，即便腳下重如千斤，他還是準備離開。

剛剛邁出一步，姜禪身後卻傳來一道力量，雖然很微小，但他還是感受到有人在拉自己的袖子，接著就聽她開口道——

「姜禪，不退了。」陸煙然輕聲說著，然後又重複了一遍：「不退了。」

姜禪心頭一顫，轉過身看向她說道：「當真？不後悔？」

陸煙然見姜禪眼中滿是驚喜，忍不住說道：「我不後悔，但若是日後發生什麼事，你也不要後悔。」

姜禪哪裡知道陸煙然話裡的深意，他高興都來不及了，立刻伸手將她擁入懷中。明明她就在眼前，可他卻有種失而復得的狂喜。

陸煙然猶豫了一下，便環住了他的腰。

罷了，就讓她自私一回，不試試看，怎麼知道這輩子會如何呢？

眼看婚期不遠，護國公府和威遠侯府更加緊張了，不僅僅是因為要準備各家的年禮，還要籌備兩個小輩的婚禮。

那日在湖邊一別之後，陸煙然同姜禪就沒再見面，她知道姜禪心中肯定會有疙瘩，畢竟聽到那種話，任誰都會懷疑對方對自己的感情。

不過陸煙然不在意。既然已經確定要試一試，那麼成親之後再消除隔閡也不遲。

姜禪確實有些介意，不過最後還是說服了自己。他心想，也許是接近婚期，讓陸煙然有些緊張罷了。

姜禪亦是如此，婚期越近，越靜不下心，最後索性尋了個職位，當起巡城隊的領頭。只要讓自己保持忙碌，就沒空胡思亂想了。

年底是一家大小團聚的日子，然而因為梁州太遠，梁懷安又有職責在身，根本無法離開。

魏氏有些想念兒子，畢竟這些年他們母子倆都是一起過年，這回不能一同度過，她還有些不習慣。好在孫子跟孫女圍繞在她身邊，魏氏情緒只低落了半天，就恢復過來。

在梁州的時候，陸煙然開了香膏鋪子，賺了不少錢，所以過年時她相當大方，為弟妹們準備了壓歲錢，讓梁瑾瑜跟梁瑾玥開心不已。至於小弟梁州遠，如今他還幼小，壓歲錢只能交由她娘保管了。

這是陸煙然出嫁前與家人一起過的最後一次年，魏氏與嚴蕊也準備了壓歲錢，儘管陸煙然不好意思，最終還是收下了。初二時，陸煙然陪嚴蕊去文國公府住了兩天，返家之後未再出門。

過完元宵節，正月十六，護國公府送來了禮單，讓威遠侯府查看是否需要增刪？嚴蕊整理好禮單之後送了回去，第二日，姜家差人扛來聘禮，嚴蕊也抓緊時間整理嫁妝。

時間一天天過去，轉眼就快到婚期了。

天氣雖然寒冷，卻抵不過婚禮即將到來的熱鬧氣氛，因為有喜事，姜家、梁家與嚴家的人臉上都帶著笑容。

護國公夫婦倆自然滿意陸煙然這個未來的兒媳婦，畢竟兩個孩子在年幼時便有淵源，如今就要成為夫妻，他們樂觀其成。

元月二十一日晚上，姜禪輾轉難眠，怎麼也睡不著，而另一間宅子裡的陸煙然卻早已進入夢鄉。

想通之後，陸煙然的心境放寬了不少。未來是福是禍，只有親自闖一闖才知道。

午夜時分，威遠侯府外停下一匹黑色駿馬，隨後有人敲響了大門，得知來者何人，門房連忙打開了門。

「小聲些，我自己進去便是。」此人正是梁懷安。進入宅子之後，梁懷安很快就到了正院。守著正院大門的婆子知道是他，連忙放他入內，梁懷安進了屋子之後，卻在外間站了好一會兒。

梁懷安覺得此刻衣服上還沾著寒氣，不好馬上進內室。雖然他開門時沒造成什麼聲響，不過嚴蕊一向淺眠，外頭丫鬟幫梁懷安更衣的聲音還是吵醒了她。

嚴蕊輕聲問了一句，可過了好一會兒也沒無人回應。她看身旁的小兒子睡得香甜，正準備起身看看，結果一道身影便出現在房間內。

因為要照顧孩子，所以室內並未滅燈，嚴蕊看見來人，又驚又喜地說：「你怎麼回來了？」

梁懷安對她的反應十分滿意，他露出一抹笑容，連忙走到床邊。

「大閨女就要出嫁了，我怎麼能不回來呢？」梁懷安慶幸自己時間分配得當，要是再晚一日，就趕不上了。

說著，他注意到床上那小小一顆肉丸子，心頓時軟得一塌糊塗，對妻子說道：「這些日子辛苦妳了。」

嚴蕊笑著搖了搖頭，一雙眸子滿是柔情，夫妻倆又說了一會兒話，才雙雙歇下。

元月二十二日，陸煙然與姜禪的婚期終於到了。

寅時剛過，嚴蕊便起床了，她在衣櫃裡翻了翻，找出一個布包。

雖然聲音很小，但梁懷安還是聽見了，不過他眼皮很沈，只在嘴裡嘟囔著：「怎麼這麼早就起來了……」

嚴蕊知道丈夫很累，搖了搖頭說：「我去然然的院子一趟，你看著孩子一些，要是他醒了，就讓丫鬟抱他出去。」

梁懷安迷迷糊糊地聽著嚴蕊交代事情，應了一聲。她不放心地又問了一遍，見他回答了，才拿著東西離開。

其實昨晚她便該去找女兒講話，不過當時小兒子正在鬧騰，她只能選擇隔天早點起床。

不一會兒，嚴蕊到了院子。

陸煙然今日出嫁，她的院子四周掛著紅布，明明是喜慶的顏色，嚴蕊看了卻忍不住鼻子一酸。轉眼間，她的女兒竟然要嫁人了。

朦朧間，陸煙然聽到葡萄和她娘在說話，她裹在被子裡揉了揉臉，確認這不是夢，才準備起床。

陸煙然半閉著眼披上了一件衣裳，正準備下床，嚴蕊就走過來說：「然然，時間還早，妳先別下來，娘找妳說說事。」

陸煙然看了她娘一眼，見她手上好似拿著什麼東西，心中隱隱有了猜測，在看見她讓葡萄退下之後，她更加確定自己的想法。

母女倆先是說了一會兒話，然後嚴蕊就打開布包，將東西遞給女兒，說道：「妳看看這裡面的東西，要是有什麼不……不懂的，就問娘，娘會解釋。」

陸煙然應了一聲接過東西，看到封面，頓時有些哭笑不得，果然跟她想的一樣。

「然然啊，自古以來，人總是追求陰陽調和。」嚴蕊頓了一下才繼續說，說著說著，臉上開始發熱。

嚴蕊是面皮薄的人，即便是面對自己的女兒，她也覺得很不好意思，不過這些事情，只能由她這個當娘的來說。

「咳咳咳……」陸煙然被自己的口水嗆了一下，倒是沒想到，她娘竟然將閨房之樂說得這般正經。

見她娘面紅耳赤的模樣，陸煙然連忙說道：「娘，我知道了，您別說了。」

嚴蕊卻以為她是害羞，她怕女婿年輕氣盛傷了女兒，哪裡肯就此罷休。

「妳要注意一些，若是哪裡不舒服，一定要講，不說的話，肯定要吃苦頭……」

陸煙然早已知曉她娘說的那些事，可她耳根還是控制不住地有些發燙，趕緊應道：「娘，我知道了，待會兒我會好好看的。」

嚴蕊點了點頭。反正該說的自己都說了，想必女兒自己有分寸。

「那行，時間還早，妳再睡一會兒，喜婆怕是過一陣子才會過來。」

嚴蕊離開之後，房間裡安靜了下來，陸煙然翻了翻手中那本書，有些好笑地搖了搖頭。將書放到一邊之後，她重新窩進了被子。

不到一個時辰的時間，院子裡又熱鬧起來。

陸煙然聽到聲音，知道該起床，她也沒磨蹭，起身離開溫暖的被窩。葡萄瞧見陸煙然起來，趕忙取來嫁衣幫她穿上。

穿衣、洗漱，整理好一切之後，陸煙然坐到鏡前，馬上就有全福婦人來為她開臉。

她的肌膚本就細膩，幾乎連細毛都看不見，開臉的婦人意思了幾下就收手。完成開臉的工作後，又有人開始為陸煙然盤髮、上妝。

天色漸明，各家長輩陸續來為陸煙然添妝，這裡頭有好些人她都不認識，幸好有人負責招待。

卯時三刻，陛下與皇后的賞賜從宮裡送了過來。一來他們的婚事乃是陛下親自賜婚，二來兩家皆是朝中重臣，這禮送得合情合理。

雖說這是無上的榮耀，但陸煙然並不關心這些，她只希望一切能早點結束，因為她從未想過成親竟會這般累人。

七手八腳忙了半天之後，盛裝打扮的陸煙然照亮了整個房間。

她的五官本就精緻，精心裝扮過，更是令人驚豔，房內的眾人有些移不開眼，直到院子外響起了鞭炮聲，大夥兒才回過神來。

陸煙然坐在榻邊，聽著長輩們對她的囑咐，梁瑾瑜和梁瑾玥則被嚴雪護著站在一旁，兩個小人兒皆紅著眼看著她。

嫁人是喜事，也是陸煙然長久以來的期盼，她其實挺高興的，可是此刻卻忍不住想落淚。

一旁的蔣氏見她眼眶泛紅，立刻說道：「唉唷，然然，今天可是好日子啊，別哭別哭！」

陸煙然柔順地點了點頭，可是一看到嚴蕊，還是不禁落淚。

嚴蕊看見女兒哭了，用手絹擦了擦她的眼角，小聲囑咐她為人妻的道理，聽著娘親的話，陸煙然又是心酸又是害臊。

婚禮過程向來繁瑣，更別說嫁娶雙方皆是有爵位的世家，再加上是當今陛下賜婚，一切更馬虎不得。

威遠侯府門前又響起震耳欲聾的鞭炮聲，鞭炮聲落，又響起嗩吶聲。

馬背上的姜禪穿著一身紅衣，相貌俊逸，氣質卓然，身前的大紅花絲毫不顯俗氣，反倒為他添了幾分光彩。

今日就要將心愛的人娶進門，姜禪眼裡帶著幾分期待，不過眸子深處卻有些許黯然。

陸煙然之前要退婚的事情，終究為他帶來了影響，不過他立刻平復了心情，嘴角勾起一抹笑意，下馬踏進梁家大宅。

冬日的寒冷，被眾人臉上的笑意驅散。

經過梁家人為新郎設下的重重關卡，姜禪終於見到與自己同樣一身紅衣的人，視線再也無法移開。

揹著陸煙然出屋子的是大表哥嚴恩，表弟嚴煜則跟在一旁。

見到姜禪，嚴煜立刻跑到他身邊。身為娘家人，他今日壯起了膽，對著姜禪耳提面命。

「表哥，你可要好好對待我表姊，要是對她不好，我可不會放過你！」

姜禪瞥了他一眼，回道：「還用你說？」

梁懷安和嚴蕊正式升格成為岳父、岳母，他們也有話對姜禪說。姜禪認真地聆聽，嚴煜卻在一旁起鬨，姜禪瞪了他一眼之後，他忍不住往後退了一步。

姜禪見狀不由得笑了，隨後乾脆俐落地向長輩行了跪禮。

外面傳來催促聲，大家怕耽誤了吉時，於是簇擁著新人往府外走去。

陸煙然趴在嚴恩背上，怎麼都抑制不住心底冒出來的喜悅，一顆心咚咚咚地跳個不停。耳邊傳來喜婆的叫唱，直到上了花轎之後，陸煙然的心才漸漸平靜下來。接著又是一陣鞭炮聲，一刻鐘之後，花轎起。

迎娶新娘的一行人，選擇一條與來時不同的路線往護國公府走去，許多看熱鬧的人也跟著移動，娶親隊伍時不時撒幾把糖果，讓路人沾沾喜氣。

嗩吶聲、鞭炮聲絡繹不絕，一路從威遠侯府綿延至護國公府。

下花轎、過火盆、拜高堂。陸煙然頂著紅蓋頭，一切都是跟著身旁的人做的，期間不小心踩到裙角，還是姜禪扶住了她。

經過拜堂儀式之後，陸煙然牽著彩球綢帶進入洞房，最後兩位新人一左一右坐在床沿。

他們才剛坐下，房內就響起了男方喜婆的聲音，可是她嘴巴動得太快，根本就聽不清楚她說了什麼，總歸是些吉祥話。

察覺到手中的綢帶微微一動，陸煙然正準備偏過頭，結果額頭就被什麼東西輕輕敲了敲，隨後頭上一輕，頂了許久的紅蓋頭被揭開了。

喜婆見到新娘的容貌，頓時驚豔不已，又飆出了一串吉祥話。

此時在新房裡的人還有丫鬟，姜禪朝她揚了揚下巴，丫鬟會過意，連忙給喜婆吉利錢，喜婆喜不自勝，臉上漾滿了笑容。

經過一些禮節之後，房間內終於安靜下來。

姜禪看著陸煙然，忍不住笑了，原本就俊俏的臉龐更加耀眼。

只見陸煙然頂著濃豔的新娘妝，跟平時的樣子大大不同。這妝化起來雖然好看，可是臉頰太紅，像猴子屁股一樣。

陸煙然照過鏡子，知道自己現在的模樣，見姜禪笑了，不禁有些不自在地伸手擦了擦自己的臉頰。

大概是瞧出了陸煙然的忐忑，姜禪握住她擦著臉的手，吐出兩個字：「很美。」

陸煙然有些訝異地抬起頭，對上姜禪那一雙幽深的眸子，只覺得他眼中似是有什麼東西要湧出來一般。

由於府裡還有客人，新郎不能在新房中待太久，姜禪對陸煙然說了幾句話之後，就走了出去。

第五十三章　終成眷屬

見姜禪暫時離開，陸煙然不知怎的鬆了口氣，她揉了揉脖子，正準備起身，葡萄就推開半掩著的門走了進來。

「小姐！」葡萄臉上滿是笑容。

陸煙然有些疲倦地說道：「葡萄，讓人準備水，我要換衣服。」雖然是冬日，可是這套嫁衣竟讓她出了一身細汗。

葡萄連忙點頭。雖然才剛剛來到護國公府，她還不熟悉環境，不過門外有丫鬟守著，她只說了一聲，便有人去辦。

等待水來的時候，一個青衣丫鬟端著食盤出現在房內，說道：「世子夫人，這是世子爺要奴婢送來的粥，讓您填填肚子。」

陸煙然眉眼彎了彎。一早折騰到現在，她確實有些餓了，葡萄接過食盤，那丫鬟隨即退下。

因為要沐浴，所以陸煙然並未吃太多，只有半分飽。放下勺子之後，她在房內走了幾圈消食。

過了一會兒，水送到了房間最裡處的浴堂，陸煙然便進去沐浴。

泡澡可幫助解乏，陸煙然泡到心滿意足才出了浴桶，換上一身比嫁衣簡單不少的襦裙。

新娘換妝之後，就有人出去通報，廚房的人趕忙送上換妝湯果給客人，護國公府人聲鼎沸，喜氣洋洋。

見此刻時間還早，陸煙然同葡萄說了一聲，便躺在一旁的軟榻上。

明明今日只需要照著別人說的去做就好，可她依舊累得很，也不知道姜禪情況怎麼樣？

葡萄見陸煙然就這樣窩在榻上，不由得著急地說：「小姐，怎麼不睡床上？」

之所以不睡床上，是因為陸煙然不知道這樣會不會犯什麼忌諱？她只道：「妳去櫃子取出一套褥子吧。」

櫃子裡的褥子都是嫁妝，葡萄猶豫了一下，就取出一套為陸煙然蓋上。

想到姜禪此時還在陪客人，相比之下，陸煙然覺得自己能舒舒服服地窩在褥子裡，真是再幸福不過，她不禁說道：「葡萄，我睡一會兒。」

葡萄知道陸煙然倦了，忙應了一聲「好」，接著就去外間守著。其實葡萄今日忙得幾乎沒落腳，此時也累了，她坐在椅子上半倚著牆，就這麼打起了瞌睡。

姜禪在巡城隊當值時認識了幾個人，他們出席了喜宴，而他族裡的兄弟也來喝喜酒，當中有人起了鬧洞房的心思，被他冷冷看了一眼之後，就縮了回去。

待姜禪再回到房間，已經是一個多時辰之後的事。天色昏暗，府裡點上紅燈籠，透著喜慶的氣氛。

此刻宴席上還有客人，不過不需要姜禪相陪，自然有人招呼，他推開半掩的門，便見丫鬟的頭正一點一晃，顯然在打盹兒。

他輕聲咳了咳，頓時把對方嚇了一跳。

「姑爺！」葡萄看見姜禪，一雙眼睛瞪得老大，連忙起身準備進房叫人，卻見他朝她搖了搖頭，指了指屋外。

葡萄會過意來，馬上走出屋子，順帶關上門。

姜禪門好門，往內室走去，看見榻上的人睡得正香甜，不由得笑了。

屋子裡有地暖，大概是有些熱，榻上的人鼻尖冒出些許細汗，臉頰緋紅。姜禪眸色一黯，彎身抱起陸煙然，然而即便是這樣，她也沒轉醒。

姜禪抱著陸煙然走到床邊，掀開被子，準備將懷中的人兒放到床上。

這個動作讓原本熟睡的陸煙然驚醒，她發現自己的身子一半在床上，一半在姜禪懷中。

姜禪沒料到她會醒來，耳根有些發熱，低聲道：「醒了？」

陸煙然忍不住瞪了他一眼，伸手往身下一摸，白嫩的手心出現了一枚大紅棗——是放在床上的吉利物品。

姜禪一愣，索性將她抱回榻上，再走回床邊。

陸煙然起身穿好鞋走過去時，只見姜禪手中已經多了好幾樣東西：紅棗、花生、桂圓、蓮子，代表早生貴子。

兩人對視了一眼，開始摸索床鋪，花了一盞茶的時間，才將上頭的東西清理乾淨。

收拾好之後，氣氛忽然變得有些尷尬。

姜禪先移開眼，說道：「我去換身衣裳。」他身上還帶著酒氣，怕熏著了人。

陸煙然挑了挑眉，覺得姜禪有些不對勁，但也沒多想，只靜靜地坐在床邊等候。

從浴堂出來時，姜禪穿著白色的寢衣，髮絲上還帶著一些水氣，那模樣讓陸煙然微微走了神。

姜禪拿起桌上兩個繫著紅線的酒杯，各倒了些酒進去，隨後端著盤子走到床邊，問道：「喝嗎？」

這是合巹酒，夫妻共飲象徵合而為一，自此同甘共苦、永結同心。

陸煙然點了點頭，他們各自喝了半杯之後，交換飲盡。

姜禪將酒杯放回桌上，陸煙然正準備說話，就見他取出一把匕首，在她還沒反應過來時，割下她一縷秀髮。

「你……」陸煙然只吐出一個字，就見姜禪轉頭割下自己一縷頭髮，他沈默地將兩縷髮絲纏在一起，放進床架上掛著的荷包內。

做完這件事，姜禪輕聲道：「時間不早了，歇息吧。」

陸煙然心頭一跳，應了一聲。

條案上的大紅燭光輕輕搖曳，雕花木床的幔帳緩緩放下，四周變得昏暗。

此時陸煙然緊張了起來，不過很快的，她就覺得有些奇怪。因為姜禪似乎真的要歇息了，他不僅躺在床上，還背對著她。

陸煙然有些訝異地眨了眨眼，摸索了一陣子以後，索性跟著縮進被窩。

姜禪閉著眼，聽著身後傳來的聲音，當身後的人不小心碰到他，他頓時覺得那處像是要燃燒起來。

陸煙然躺下之後，身旁的人仍舊沒有動靜，她更加納悶了。

雖然很是害羞，但今晚不是洞房花燭夜嗎？

想到這裡，陸煙然的臉頰一紅，連忙清除腦中的雜念。看來姜禪是累了，那就睡吧。

身後安靜了下來，姜禪的心卻不得安寧──她會不會以為自己故意冷落她？

然而若是他做出什麼，會不會傷害到她？之前她都想退婚了……

姜禪的心霎時一冷。明明被窩裡頭很溫暖，他卻猶如身處冰窟。

她之所以嫁給他，是不是他強留所致？

陸煙然雖然閉上了眼，可是方才歇了那麼久，她自然睡不著。見躺在新床外側的人一直沒動靜，她忍不住開口道：「姜禪，你睡了嗎？」

過了好一會兒都沒人回答，陸煙然正打算放棄，姜禪低沈的聲音就在她耳邊響起：「怎麼了？」

「沒什麼。」陸煙然小聲回了一句。說完，她便閉上了嘴。

察覺身後的人不再說話，姜禪一顆心往下沈，可是忽然間，一雙手環上他的腰，後背被人蹭了蹭。

「姜禪，你怎麼了？」

陸煙然這輕聲低喃，讓姜禪的心一下子軟得一塌糊塗，他的喉結動了動，轉過身，兩人變成面對面。

他們的臉幾乎要貼在一起，還能感受到對方的呼吸。陸煙然覺得臉頰有些發熱，忍不住往後退了退。

姜禪問道：「妳還生氣嗎？」

生氣？她哪裡生氣了？陸煙然驚訝地說：「我沒生氣啊。」

姜禪有些悶悶地說：「妳之前明明想退婚，是不是我哪裡惹妳不快……」

陸煙然一怔，終於知道他到底哪裡不對勁了。她頓了一下，連忙開始解釋，然而她終究不能說出真正的原因，所以理由便有些不能說服人。

不過姜禪卻顧不上這些。只見陸煙然褪下外衣側躺著，身前一片春光十分惹眼，他根本無心聽她說話，況且她的聲音軟軟的，說是勾人心魂也不為過。

姜禪的呼吸變得越來越急促，看著陸煙然的眼神變了。

陸煙然正忙著解釋，一開始還沒注意到，說著說著，她的目光無意間對上姜禪的視線，頓時心頭一跳。她正準備縮起身子，結果手腕就被人一拉，撲進他懷裡。

姜禪二話不說，直接覆上那張帶著水光的紅唇。有了之前那次經驗，他吻起來熟練了許多。

陸煙然下意識地想要反抗，可想到兩人如今已是夫妻，就停住了，不僅如此，她還默默地回應他。

察覺到陸煙然的動作，姜禪的身子忍不住一顫。

吻著吻著，兩人的呼吸變得沈重，體溫也逐漸升高。交纏間，衣服緩緩鬆開，彼此都露出了更多肌膚。

漸漸的，姜禪不滿足於唇齒相交，開始換地方進攻。

額頭、臉頰、頸間……不知不覺間，身上的衣物越來越少，肌膚貼在了一起。

雖然早就知道會發生什麼事，可是陸煙然還是有些不自在，她不禁將被子往上拉了拉，讓彼此籠罩在黑暗中。

姜禪的手在她身上游移，陸煙然只覺得渾身滾燙，而姜禪也是如此。

被子下，兩具身軀緊緊貼合，即便是冬日，也出了一身汗。

「你、你要輕些……」陸煙然感受到身下傳來的異樣，低聲說道。然而過了好一會兒，想像中的疼痛還是沒有來臨。

此刻姜禪的手還在她身上摸索，陸煙然看不清他的表情，卻感受到一滴汗落在她身上。

陸煙然忍不住笑著說：「你沒好好看避火圖嗎？」

被打趣的姜禪咬了咬下唇，有些惱怒，報復性地在她頸間吸吮了一口，低聲道：「別胡說。」

陸煙然眼中滿是笑意，回道：「我有好好看，讓我教你。」

姜禪一愣，還沒反應過來，就被陸煙然一推，接著她一個翻身，便坐在他身上。

肌膚相親，最是要命。

姜禪在心中發出一聲嘆息，正準備拿回主動權，卻發現自己某處被握在一雙小手中，讓他的魂都險些丟了。

一股衝動讓姜禪身子一抬，吻住身上的人。

陸煙然腦子雖然清楚，但並無經驗，還在摸索著，結果姜禪身子突然一揚，兩人竟就這樣結合在了一起。

這蝕骨的感覺，讓他們渾身發顫。

儘管已有心理準備，可陸煙然還是覺得有些疼，眼角泛起了淚光。

姜禪低聲說道：「別怕。」說著，他動了動。

漸漸的，兩人都適應了。

身體傳來的異樣讓陸煙然發出低哼，明明姜禪很溫柔，可是這般細磨慢蹭，卻讓她覺得難受極了。

其實姜禪在忍耐著，見上方的人逐漸適應，他便摟住她，讓兩人交換位置。

躺回床上之後，陸煙然鬆了口氣，覺得這樣舒服多了，可是這個想法剛落下，她就知道慘了。

姜禪開始攻略城池，而一開始揚言要教人的某人，直接潰不成軍。

紅帳內，春光無限。

轉眼間，陸煙然與姜禪成親過了大半年，如今已是八月，只是天氣仍舊炎熱，讓人有些煩心。

姜禪在巡城隊的表現十分出色，不僅升了職，還獲得慶宗帝賞賜。

八月十五日當天，宮中預定舉行中秋宴，邀請各個世家與大臣攜眷參加。裴氏與陸煙然婆媳兩人針對這件事聊了一會兒，陸煙然不禁打了個哈欠，見婆婆盯著自己看，她有些不好意思。

裴氏見到兒媳婦一副做錯事的模樣，忍不住笑了。她向來喜歡長得好看的小姑娘，陸煙然幼時差點成了她的乾女兒，如今變成兒媳婦，簡直再稱她的心意不過，這麼一張臉放在家裡看著，心情都能好不少。

瞧兒媳婦害臊，裴氏主動說道：「妳若是想歇息，就回房睡一會兒。」

陸煙然確實有些疲倦，同裴氏說了一聲後便告退。

回到屋子，進入內室後，陸煙然實在忍不住，直接上榻歇息，沒一會兒就進入了夢鄉。

姜禪今日較早返家，見到的就是這樣的場景，嬌媚無比的妻子此時正睡得香，側著身子躺在榻上，身姿曼妙。

他眸色一黯，走了過去，見到一旁的蒲扇，索性拿起來為她搧風，手指還繞著她的髮絲玩。

如今秋老虎霸道無比，天氣似乎又回到盛夏時，姜禪想著夫妻倆可以找時間去納個涼，結果一走神，手上的動作重了些，陸煙然只覺得有人在扯自己的頭髮，立刻被疼醒了。

「你……」陸煙然還有些恍惚，反應過來之後不由得瞪了姜禪一眼。

姜禪連忙揉了揉她的頭，聲音有些低啞。「把妳弄疼了是我的錯，我沒注意到，下次會輕點。」

這話聽起來有些曖昧，兩人的視線撞在一起，似乎有什麼情感迸發了出來。

姜禪呼吸一重，低頭在陸煙然唇邊吮了一下，接下來便打橫抱起她。

直到被放在床上，陸煙然才回過神來，馬上推開姜禪道：「不行！」她的臉頰緋紅，唇上泛著水光，勾人到了極點。

姜禪輕喘道：「為何不行？」說著，伸手捏了捏她腰間的軟肉。

陸煙然怕癢，發出驚呼，最後幔帳還是被放下了，裡頭傳出讓人臉紅心跳的聲音。

半個時辰後，帳內才安靜下來。

陸煙然身子發軟，窩在姜禪的懷裡，她不禁掐了他的手臂一把，埋怨道：「大白天的……」

她話還沒說完，便被姜禪用手掌堵住紅唇，另一隻手則掐了掐她的臉頰。見她力氣恢復了一些，姜禪套上衣服，說道：「我讓人送水來。」

聽他這麼說，陸煙然臊得將臉埋進枕頭裡。雖然怕下人笑話，可是她剛剛出了一身汗，不洗的話肯定難受得不得了。

沐浴過後，陸煙然換上另一身衣裳，整個人清爽了不少，她一出來便見姜禪在榻上翻著某本書，不由得瞪了他一眼，隨後拿起乾淨的布巾擦頭髮。

姜禪的視線轉向她，說道：「過來。」

陸煙然順從地走了過去，兩人一個看書、一個擦頭，氣氛和諧。

轉瞬就到中秋佳節，眾多世家與大臣趕往宮中赴宴。

陸煙然跟在裴氏身邊，進宮之後就發現相熟的人都到了。她同婆婆說了一聲，就往她娘身邊走去，眾多親友聚在一起，好不熱鬧。

中秋宴很快就開始，眾人依次落座。因為已經成家，陸煙然和姜禪坐在一起，前頭則是公公姜寧宴和婆婆裴氏，坐在這個位置，別人瞧不清他們在後頭做些什麼，即便走神，也沒人注意。

陸煙然樂得自在，姜禪見她無事一身輕的模樣，忍不住輕笑了一聲。

宴席之間，大殿中有舞女跳舞助興。

看著婀娜多姿、貌美如花的舞女，陸煙然用手肘碰了碰身旁的人，小聲問道：「跳得怎麼樣？」

姜禪根本未注意，他抬頭瞄了一眼，懶懶地答道：「還行吧。」

陸煙然對他這般敷衍的回答很不滿意，但姜禪只淺笑著說：「快吃吧，妳餓著了，我會心疼的。」

聽到這些話，陸煙然瞪了姜禪一眼，臉蛋有些發紅。

宴席十分熱鬧，大概半個時辰後才結束，接下來便有人獻上中秋賀禮給陛下，那些東西自然不是凡物，陸煙然瞧見了，不由得發出讚嘆。

然而沒多久，慶宗帝忽然大叫一聲，殿上眾人無不驚慌失措。

「有刺客！」

「保護陛下！」

原來慶宗帝讓宮女將禮品拿過去讓他仔細瞧瞧，沒想到那宮女竟然用短刀襲擊他，因為距離太近閃避不及，他被刺傷了胸口！

中秋宴，亂了。

第五十四章　現世安穩

直到返抵護國公府，陸煙然才回過神來，裴氏則是臉色凝重。這個時候誰也沒有心情，裴氏同陸煙然說了幾句話，便讓她去休息，陸煙然點點頭，聽話地回到院子。

姜寧宴指揮禁衛軍捉拿刺客，姜禪也沒閒著，留在宮中待命，雖然擔心，可是陸煙然能做的，就是等待。

宮內如今門禁森嚴、人心惶惶，但是很快就調查出事情的起源，一切只因當今陛下年邁卻仍舊安坐皇位，有人等不下去了。

貴妃所出的三皇子已過了而立之年，慶宗帝在位的時間越久，對他越不利，在歹人的攛掇下，他起了反逆之心！

陛下遇刺、皇位之爭，檯面上下牽扯出一大批人，晉康徹底亂了。幸得護國公姜寧宴手段強硬、處事果決，又有忠臣相助，很快就平定這次內亂。

待一切徹查清楚，三皇子被關入天牢，過了幾日，貴妃、當朝司空紛紛落馬，與這件事有關的人都被收押。

更讓人咋舌的是，三皇子供出了譽王世子，原來他竟是受袁修誠撩撥，方行此等大逆不道之事。

當然，明眼人都知道，若是三皇子自己沒有謀逆的心思，怎麼會這麼容易受影響，只是這麼一來，譽王世子的罪名算是坐實了。

然而，這個時候，譽王世子已經離開晉康不下十日。

姜禪受命緝拿袁修誠，追擊數日，在快到卞州邊境時追到了對方，經過一番纏鬥，順利將一行人帶回都城。以袁修誠為首，許多人被關入天牢，陸鶴鳴父女就在其中。

慶宗帝本就年邁，經過這次刺殺事件，元氣大傷，各方勢力都伸出了自己的爪牙。就在朝堂不穩時，卞州傳來消息，譽王通敵叛國，今朝國的大軍已經拿下卞州兩座城池，繼續擴大侵略範圍。

為了安定民心，還在休養中的慶宗帝下了聖旨，立皇后生的七皇子為太子，給予他暫時監國的權力。

陸煙然沒想到，短短的時間內就發生這麼多變化，譽王終究還是聯合今朝國謀反了，不過她的心情比想像中還要平靜。

刺殺陛下一事落下帷幕，姜禪回到護國公府，向薛氏報了平安，接著就脫下身上的盔甲回到院子，發現陸煙然正在書房練字。

中秋以來，他們有大半個月沒見面了。

姜禪走到書桌前想抱她，陸煙然用手抵著他的胸膛，笑著說道：「滿身的汗。」

他吻了她，低喃道：「不要嫌棄我。」

兩個人像往日一樣你儂我儂，不過陸煙然心知姜禪有話要說，只是直到入睡前，他都沒開口。

翌日清晨，陸煙然是被姜禪叫醒的，一睜開眼，就見他穿著盔甲坐在床邊，眸色深沈道：「我有話同妳說。」

陸煙然咬了咬唇道：「你說。」

姜禪猶豫了一下，便開口道：「我可能會離開晉康一段時間。」

自從知道他是姜輕安之後，陸煙然就明白會有這一天，她頓了一下，伸手摸了摸他的手背道：「不要受傷。」

見陸煙然這麼柔順，姜禪一顆心霎時被不捨填滿了，他抱緊她。「如今朝中局勢混亂，父親需要留在晉康，助表舅一臂之力。今朝國進犯卞州，表舅不放心讓外人去，只得由我出馬。相信我，我不會受傷，一定會毫髮無損地回來。」

他口中的表舅便是太子，太子是皇后所出，裴氏又是皇后的親姪女，加上護國公府幾代以來深受天子信任，會把這件事交給姜禪，不是沒有道理。

陸煙然忍不住咬了咬下唇。她怎麼可能不曉得姜禪會帶兵反擊今朝國，她還知道他會得勝歸來。

姜禪自幼習武，又在軍營歷練了幾年，此次被封為副將，與姜寧宴的愛將一同出征。此時的姜禪還不是將軍，他是屢屢立下戰功，才在打仗過程中被陛下加封的。

「妳繼續睡，等妳睡著了，我再走。」姜禪摸著她的頭髮說道。

陸煙然應了一聲「好」，順從地閉上眼睛，過沒多久，沈穩的呼吸聲響起。

姜禪在陸煙然的額頭上落下一吻，輕輕地說了聲「等我」，隨後便起身離去。

看起來像是睡著了的陸煙然，在姜禪出去之後，睫毛顫了顫，一滴淚水從她眼角滑落。

一切都在往某個方向發展，她不知道自己的命運會往哪裡走？還有，她能平安度過可能到來的劫難嗎？

此刻，朝中風雲詭譎。陛下傷重未癒，不少對護國公有意見的人，利用三皇子與袁修誠的謀逆事件，乘機抨擊姜寧宴保護陛下不力，枉對「護國」兩字。

不過姜寧宴根本不在意那些閒言碎語，他只需替陛下守著皇位，順利地將大越國交給下一任君主便可。

至於文國公府這邊，雖然嚴苛尚了養在皇后膝下的端和公主袁欣，嚴邵卻是堅定的保皇黨，儘管如今陛下身受重傷，但只要他在位一日，嚴邵便不會同陛下離心。

陸煙然聽了不少朝政之事，不過她絲毫不在意這些暫時的紊亂，因為事情終有一天會塵埃落定。

秋老虎一走，天氣變得涼爽，轉眼間，姜禪已經離開一個月有餘，陸煙然正坐在榻上歇息，腦中突然跳出他的身影，她一怔，連忙到隔壁的書房練字，這才靜下心來。

只是她才寫了幾個字，就見葡萄念念叨叨地走了進來。

陸煙然被她念得有些心煩，問道：「發生什麼事了？」

葡萄回道：「小姐，妳這個月的月事前幾日就應該來了啊，可是……」

陸煙然手一抖，在宣紙上留下了一道痕跡，她蹙了蹙眉道：「無礙，也許只是遲了兩日。」

午膳時，廚房熬了鯽魚湯，裴氏讓人為陸煙然盛了一碗，結果她才嘗了一口，便乾嘔起來。

裴氏先是一愣，但馬上就反應過來，吩咐道：「快去叫大夫！」她畢竟是過來人，有些事還是比較有經驗。

經過半個時辰後，大夫來了，診斷出陸煙然已有兩個多月的身孕。

裴氏相當高興，讓丫鬟包了一個大紅包給大夫，府裡的下人也全得了賞賜。對陸煙然叮囑一番之後，裴氏又忙讓人去梁家報喜。

陸煙然躺在床上，忍不住摸了摸自己的腹部。沒想到裡面竟然已經有了小生命。

面對這個事實，陸煙然有些茫然，因為這顯然不在她的計畫內。她不確定康元二十一年自己會不會發生什麼意外，所以從未想要懷孕。

同姜禪成親之後，陸煙然特別注意這件事，秦嬤嬤曾告訴她一個避免有身孕的秘方，對身體也無害，她便用上了，但是仍然躲不掉。

若是明年自己會出事的話，倒不如……

這荒唐的念頭讓陸煙然打了個冷顫。這是她同姜禪的孩子，她哪裡捨得動手！

家中添丁是喜事，雖然如今卞州那邊的戰事正吃緊，可是裴氏還是想寫信告訴兒子。

陸煙然得知此事，連忙制止婆婆，說她不想讓姜禪分心。

嘴上這麼說，可是只有陸煙然自己知道是怎麼回事，她心中隱隱有了一個猜測，總覺得這孩子或許與她的劫難有關。

日子一天天過去，姜禪寫了幾次家書回來，陸煙然看過之後便收好了，並未回信。

秋去冬來，冬走春到，轉眼間到了康元二十一年四月，陸煙然已經有八個多月的身孕。大夫會按時到府上查看，得知孩子很健康，大夥兒都很高興。然而陸煙然的心裡卻沒底，覺得她就像是在走鋼索，一直期盼自己的猜測不要成真。

春日的太陽讓人懶洋洋的，陸煙然繞著院子走了兩圈之後，便到樹下的竹椅上坐著歇息。

葡萄雖然已經嫁人，可是依舊負責伺候陸煙然，見她在竹椅上昏昏欲睡，連忙進屋拿毯子要為她蓋上。

幾縷陽光從樹葉間灑下來，有些刺眼，陸煙然側了側身子，想要避開光線，然而剛剛一動，小腹突然傳來脹脹的感覺。

因為之前偶爾有這種情況，所以陸煙然並不在意，可是接下來的變化，讓她有些慌了。

一開始只是脹，漸漸地添了幾絲疼痛，而且那痛楚沒有消失，反倒越來越強。

陸煙然一下子冒出了冷汗，叫道：「葡萄，快、快去叫大夫——」

葡萄剛剛走到石階下，聽到陸煙然的聲音，連忙跑了過來，見她臉色蒼白，額上冒出了汗珠，頓時急紅了眼。

這個意外讓護國公府亂成一團，裴氏在一旁看大夫診斷，急得緊咬著牙。兒媳婦難受、害怕的模樣，讓她又是心疼又是焦急，還想到了即將返家的兒子。

其實此刻卞州的戰役已經結束，大越國軍隊大勝，正在班師回朝的路上。

裴氏原本想著，明天要給兒媳婦一個驚喜，卻沒料到她突然腹痛，這下裴氏哪裡還敢耽擱，立刻差下人快馬加鞭去通知兒子。

就在此時，大夫也診斷完畢，搖搖頭道：「世子夫人這是要早產啊！」

裴氏臉色一白，趕緊吩咐下人準備。雖然府中已經請了穩婆，然而誰也沒想到，這麼早便用上了。

陸煙然睜開眼睛，就瞧見婆婆正紅著眼睛為她擦汗，還小聲地安慰她。

其實陸煙然也聽見了剛才大夫說的話，不過她反倒勸起裴氏。「娘，我沒事。」

只是話一說出口，她的眼角就溢出淚來。

這一天……終究還是到了。

東西都準備好了之後，穩婆就將閒雜人等趕了出去。

腹部一抽一抽地疼，陸煙然感覺到穩婆在她的肚子上摸了一圈，時不時地推一推，隨後說道：「世子夫人，放心吧，雖然是早產，可是胎位正，只要養得好，孩子一樣活蹦亂跳的！」

陸煙然眼眶泛紅地說：「借妳吉言了。」

剛開始的時候，陸煙然還能同穩婆說話，可是後來便被疼痛占據了心神，忍不住發出一聲聲痛呼。

裴氏和丫鬟在外間守著，兩刻鐘之後，嚴蕊也趕來了，眾人皆是擔心不已。

誰都沒想到，陸煙然生產時間會拖這麼長，直到第二天天亮了，屋內還是沒聽見孩子的哭聲，陸煙然的喊聲也逐漸變弱。

嚴蕊心如刀割，裴氏同樣紅著眼。

產房內，穩婆急得不得了，可是她若是不能保持鎮定，就真的要出事了。明明胎位很正，為何偏偏難產?!

「快快快，餵世子夫人喝參湯……」

「熱水……熱水端進來！」

「世子夫人，您可千萬別睡啊，聽我的，振作啊……」

陸煙然筋疲力盡，眼淚和汗水交雜，可是這個時候她不能放棄，因為孩子還在她肚子裡。

見穩婆為她打氣，陸煙然狠狠地咬了咬舌尖，讓自己清醒一些。她死死地抓住穩婆的手，喘道：「孩子，保孩子……」

穩婆心頭一驚，忙道：「世子夫人，放心，您和孩子都會沒事的！」

「來，聽我的，用力……對！用力啊……」

這話陸煙然聽得都已經有些麻木了，身下的疼痛讓她恨不得直接暈過去，可是她不能。

想到腹中的孩子，她擠出最後一點力氣，隨穩婆的喊叫聲出力。

「世子夫人，已經能看見孩子的頭了，用力，再用點力啊！」

「對對對……就是這樣！」

陸煙然憋住一口氣使勁推，猛然間，她的小腹一輕，像是有什麼滑了出去，沒多久，她的耳邊響起一道尖細的哭聲，隨後眼前一片黑暗。

與此同時，一匹黑色的駿馬停在護國公府門前，面色冷冽的姜禪一躍下馬，就往院子奔去。

在外間守著的人聽到孩子的哭聲，終於鬆了一口氣，可是沒聽見穩婆出來報喜，心又提了起來。嚴蕊的手指幾乎是掐進了肉裡，一旁的裴氏也好不到哪裡去。

姜禪到了院子，發現外頭的下人有些慌亂，想到一日前接到的消息，他全身上下驟然冰冷無比。

衝進了外間，姜禪問道：「她人呢？」

裴氏正準備說話，結果姜禪就直奔產房而去。

穩婆剛剛收拾好東西，便見一個男子跑了進來，她正要開口訓斥，見他一臉寒霜，便自動閉上了嘴。

姜禪喊道：「走開！」

穩婆被姜禪的氣勢嚇了一跳，忙道：「世子夫人太累暈了過去，等會兒快請大夫來看看！」

姜禪聞言，眼眶頓時紅了，他彎腰將陸煙然擁入懷中，察覺到她淺淺的呼吸，心頭的恐懼終於一點一點消散。

陸煙然好像作了一個夢，但又不像是夢。

她看見自己被人從池子裡撈了起來，沒人喚醒她，還為她換了一身衣裳，送進了刺史府。

被放在床上之後，她還是沒醒來，不知道過了多久，門被打開了，姜禪出現在房間裡。

夢裡的他依舊俊逸非凡，只是神色十分冷淡，當他看見躺在床上的人時，似乎有些驚訝。

陸煙然低頭看了看自己，又看了看那個躺在床上的人，不知道是怎麼回事？

只見姜禪走到床邊，用低沈的聲音說道：「醒醒！喂，醒醒……」

陸煙然在一旁看著，忽然間眼前一黑，當她再次醒來，就聽見有人在自己耳邊嘮叨。

「妳是不是很累？是我不好，都怪我……」

「我回來了，快醒來吧，妳不想我嗎？」

陸煙然發現自己的手被人握著，手背還被人親了一下，她費力地睜開眼，脫離了夢境，下意識地叫了一聲：「姜禪……」

話音剛落，她的視線就對上了一雙微紅的眼睛。

「妳醒了。」姜禪的聲音微微有些哽咽。

陸煙然看見他，扯了扯嘴角，露出一個笑容，還未說話，就被他抱進懷中。

「都怪我，是我不好……」姜禪既心疼又自責。

陸煙然伸手抱住他，一顆心總算變得踏實。

她知道，這一劫過了，今後她和姜禪，可以共同撫育兩人的孩兒長大。

姜禪勝利歸來，自然令慶宗帝龍顏大悅。如今國家不再受到威脅，慶宗帝當即一併處置罪人。

譽王通敵叛國、譽王世子袁修誠攛掇三皇子謀反，被處以極刑；陸婉寧是世子妃，憐憫其為女子，慶宗帝令她削髮為尼；陸鶴鳴則是被發配邊疆。

遠在卞州的陸家人因為這個重大變故受到了影響，好在陸鶴鳴還有點良心，早早就已經安排好陸睿宗等人的去處。

造反的三皇子被貶為庶民關進皇陵，終生在祖宗面前懺悔，不得入世。

姜禪並未瞞著陸煙然這些事，不過她因為生產而消耗許多精力，他很擔心她的心情受到影響。

陸煙然比姜禪想像中來得平靜，她早已預料到會是這個結局，只悵然了半刻就恢復過來。

一步錯，步步錯，每個人都得為自己做過的事付出代價。

陸煙然恢復的速度超乎眾人想像，不過幾日便能下床走路，臉色也漸漸紅潤起來。不過姜禪還是不放心，總覺得陸煙然身子很虛，想盡辦法要替她補補。

在鬼門關前走了一遭，陸煙然自是惜命得很，姜禪要她吃什麼她就吃，兩個月過去，整個人圓潤了不少。

陸煙然有些惱怒，總覺得姜禪是故意的，可即便圓了一些，她卻更添風韻，姜禪恨不得她一直保持這個樣子。

注意到姜禪盯著自己的胸前瞧，陸煙然偏過頭瞪了他一眼，說道：「讓你給孩子取名字，想好了嗎？」

提到孩子，陸煙然立刻往一旁的小床看去。

床裡面的奶娃娃這會兒正熟睡著，不知道是不是聽見了爹娘的聲音，手指動了動。

陸煙然點了點寶貝兒子的小手，覺得自己的心軟得一塌糊塗。

姜禪走到床邊看孩子，忽然想起陸煙然無力地躺在床上，令他心有餘悸的那一幕，一顆心不禁一顫。

陸煙然沒聽見姜禪的回答，回頭看著他，語氣有些委屈。「孩子都兩個月大了，你不會還沒想好名字吧？總不能一直叫他小娃娃啊……」

姜禪伸手捏了捏陸煙然的鼻尖，說道：「想好了。」

這個突如其來的動作讓陸煙然臉頰微熱，她好奇地問道：「叫什麼？」

「姜惜然。」說著，姜禪重複了一遍。「他叫姜惜然。」

陸煙然睫毛一顫，正準備說話，唇上就落下一吻。

姜禪低沈的聲音在她耳邊響起。「我會好好珍惜妳，將妳放在心上，妳願意嗎？」

陸煙然眼眶微潤，輕聲答道：「我願意。」

話落，她伸手環住他的腰，兩人緊緊地相擁在一起。

現世安穩。

——全書完

為流浪貓狗加油 和貓寶貝 狗寶貝 廝守終生(一定要終生喔！)的幸福機會

對人來說，貓寶貝狗寶貝只是生活的一部分，
但妳（你）對牠們來說，卻是生活的全部，領養前請一定要考慮清楚——

▲ 擁有多樣面貌的小少女　尤咕

性　　別：女生
品　　種：米克斯
年　　紀：2歲
個　　性：愛撒嬌，可又愛耍高冷；超愛玩耍，很愛演
特　　徵：粉紅小鼻子、可愛的白色眉毛
健康狀況：1. 已打過預防針。
　　　　　2. 一隻眼睛曾受過傷，已痊癒，但有留傷疤。
目前住所：高雄市

『尢咕』的故事：

在一個下大雨的夜裡，中途的朋友聽見了狗叫聲與幼貓細微的哭聲，於是上前察看，就見全身濕漉漉的尢咕縮在小縫隙裡，還被幾隻狗包圍，且畏怯地發抖著。後來，中途和朋友把牠給救出，並送到中途家裡照料。

本來中途以為，尢咕應該會害怕而不敢從紙箱出來，殊不知才進家門十幾分鐘後，尢咕竟然就大剌剌在家中探險了！之後，中途在和尢咕相處時也發現，尢咕只要碰到水和狗，就會變得很緊張，中途想，可能是因為牠之前有過不愉快的回憶。

尢咕是隻非常乖巧的小貓咪，有時喜歡賣賣萌，有時喜歡耍耍白目，但牠最喜歡做的事就是——在大人講話時喵喵叫！就像是牠也有不少「個貓」意見要表達，忍不住想插嘴一樣。

中途表示，尢咕對陌生人會有戒心，因此需要慢慢與牠培養感情，可是只要肯花時間陪牠玩耍、摸摸牠，讓牠熟悉了以後，就會無時無刻黏在你左右喔！如果您正在尋找乖巧又有趣的貓貓陪伴，歡迎來信ppac5427@gmail.com，或致電0953-688-950（陳小姐）。

認養資格：

1. 認養者須年滿20歲，有穩定經濟能力。
2. 須同意簽認養寵物切結書，並對貓有一定了解。
3. 會對待尢咕不離不棄。

來信請說明：

a. 個人基本資料：姓名、性別、年齡、家庭狀況、職業與經濟來源等。
b. 想認養尢咕的理由。
c. 過去養寵物的經驗，及簡介一下您的飼養環境。
d. 若未來有結婚、懷孕、出國或搬家等計劃，將如何安置尢咕？

文創風 624

千金好酷 下

國家圖書館出版品預行編目資料

千金好酷 / 蕭未然著. --
初版. -- 臺北市 : 狗屋, 2018.04
冊 ; 公分. --（文創風）
ISBN 978-986-328-849-7（下冊：平裝）. --

857.7 107002734

著作者 蕭未然
編輯 連宓均
校對 于馨 簡郁珊
發行所 狗屋出版社有限公司
地址 台北市104中山區龍江路71巷15號1樓
電話 02-2776-5889～0
發行字號 局版台業字845號
法律顧問 蕭雄淋律師
總經銷 知遠文化事業有限公司
電話 02-2664-8800
初版 2018年4月
國際書碼 ISBN-13 978-986-328-849-7

本著作物由北京晉江原創網絡科技有限公司授權出版

定價250元
狗屋劃撥帳號：19001626
網址：love.doghouse.com.tw E-mail：love@doghouse.com.tw